读李富（代序）

欣　然

认识李富，既是偶然，也是必然。既是同乡，又是文友。因为我与他文也投缘，情也投缘，酒也结缘，为人处世的品性也颇相似。

"谈盐就说咸，说醋就言酸"这是李富散文作品中近似原生态的词句，且颇具个性化心灵闪现的道白。有道是文如其人，李富给我的印象，为人处世，坦率爽直，有人评价他是胡同赶鸭子——不打弯。用他为自己勾勒的性格品性来形容，说话办事在"正义"二字上偏凿死铆子，放着河水就是不洗船。李富确实是个直言快语的人，在人前讲话如竹筒倒豆子——一吐为快。有人冠以他李白的雅号，他确实有豪饮之气，写起文章也洋洋洒洒。但他不善写诗，也不肯接受这个"雅号"，如果说他写诗的话，仅为他的妻子写过几首小作，略表对爱人的相思和长期别离的牵挂。倒是在行文之时出奇冒泡的话特别多，如他撰写的报告文学《在那鲜花盛开的地方》，他形容大庆敖古拉林场的秋景："枝头摇翡翠，满地铺黄金"。此句描写的意境，大有诗仙李白"大漠孤烟直，长河落日圆"的感觉。还有"驴子的梦想永远是一把干草，千里马的梦想则是征服脚下的土地"、"睡梦心有千条路，醒来却是路一条"、"松涛使人念其北国，松树让人想起斗士；蕉林逗弄着彩袖，鼓荡着猎猎南风，让人想起窈窕淑女"。

李富对李白的确钦佩有加。他曾撰文赞美李白："他爱诗若痴，爱酒成狂，既有侠客豪饮之风，也不失文人品茗之气。他经常醉卧长安，却睁着一双世事洞明的眼睛窥视世间百态；他不加约束地喝，激扬的文词顺着杜康的流淌生发出指点江山的豪情。他有理由爱酒，因为他明白天若不爱酒，酒星不在天；地若不爱酒，地应无酒泉；天地既爱酒，爱酒不愧天。李白不能没有酒，因为只有在半酣半醉之中，才有涌动的灵感和生命的律动"。他对李白饮酒也分析得十分到位：望月独酌，他可以"举杯邀明月，对影成三人"；友人对饮，但见那"兰陵美酒郁金香，玉碗盛来琥珀光"；人在旅途，自有"金樽清酒斗十千"相伴；临行饯别，会有"愁来饮酒二千石"开怀。他更欣赏李白脍炙人口的《将进酒》，"将进酒，杯莫停。与君歌一曲，请君为我侧耳听。钟鼓馔玉不足贵，但愿长醉不复醒。古来圣贤皆寂寞，惟有饮者留其名。"他百读不厌，甚至能生出与友对饮之念，及人生旷达的胸襟。可见李富对李白的印象、受李白之影响是何等深刻。李富对酒也有自己的理论："男人总有酒的故事，酒助英雄胆，是英雄者何须酒助？酒是朋友的黏合剂，是官场的润滑剂，是喜庆心海的狂潮，是失意之时的麻醉品。然而，酒是商人的蒙汗药，酒是贪杯者的串肠毒药，酒是冲动的魔鬼，酒是愁肠的怨结。大海无边，吞灭生灵之有数；酒杯虽小，杯中之鬼多少魂？"寥寥几笔，就点透酒之利弊，酒之哲理。

李富对人的品性鉴别也有独到见解。世人无数，可分三品：时常损人利己者，心灵落满灰尘，眼中多有丑恶，此乃人中下品；偶尔损人利己，心灵稍有微尘，恰似白璧微瑕，不掩其辉，此乃人中中品；终身不损人利己者，心如明镜，纯净洁白，为世人所敬，此乃人中上品。李富对平易近人之词也有另一番诠释：平易者修德，近人者有择。近朱者赤，近墨者

谈盐就说咸

李富散文集

李 富 ◎ 著

石油工业出版社

图书在版编目（CIP）数据

谈盐就说咸——李富散文集 / 李富著 .
北京：石油工业出版社，2012.4
ISBN 978-7-5021-8984-6

Ⅰ . 谈…
Ⅱ . 李…
Ⅲ . 散文集 – 中国 – 当代
Ⅳ . I267

中国版本图书馆 CIP 数据核字（2012）第 049732 号

谈盐就说咸

李 富 著

出版发行：石油工业出版社
　　　　　（北京安定门外安华里 2 区 1 号　100011）
　　　　　网址：www.petropub.com.cn
　　　　　编辑部：(010) 64266875　发行部：(010) 64523620
经　　销：全国新华书店
印　　刷：北京中石油彩色印刷有限责任公司

2012 年 4 月第 1 版　2012 年 4 月第 1 次印刷
710×1000 毫米　开本：1/16　印张：17.25
字数：226 千字

定　　价：60.00 元
（如出现印装质量问题，我社发行部负责调换）

黑。以鲲鹏为伍，扶摇万里。与蓬雀为伴，蒿草栖身。跟凤凰走永远是俊鸟，随乌鸦走定会把你领到尸体上去。责怪小人为颠倒豪杰之士，而不知只有颠倒的人才是小人。可怜君子受世事折磨，而不知只有在折磨之中才能见到君子。人，不要为财而死。鸟，不要为食而亡。钱财地位，往往成为聚集怨恨的渊薮；才华能力，常常就是招致灾祸的根由；名望声誉，往往成为引来谤毁的媒介；欢欣快乐，常常就是走向悲凉的开始。不和囤积钱财的人争较财富多少，不和热心仕途的人争较地位高下；不和骄傲自夸的人争较名声大小；不和年轻力壮的人争较仪容风度；不和逞强好胜的人争较胜负高低。人，要防四种病：迷恋歌舞女色的心太浓重了，就会生出虚怯的毛病；追求钱财利益的心太浓重了，就会生出贪得无厌的毛病；热衷功名成就的心太浓重了，就会生出造作的毛病；追求声誉名望的心太浓重了，就会生出言行偏激的毛病。李富对人性的理解，恰如其分，发人深省，寓意无穷。

也有人为李富冠以"写稿机器"之谓。他确实是个高产作家，此书散文容纳近20万字。你可别以为这是他几十年笔耕的结晶，这仅仅是他在广西办报期间忙里抽闲积攒的"私房钱"，也可以说是他在广西撰写所有文章的冰山一角。有人评价他：生来就是写文章的，不管是散文、报告文学、短篇小说、中篇小说、长篇小说，还是其他新闻题材，只要一着笔，就能妙笔生花，就像舞台上技艺精湛的杂技演员，总能花样翻新的奉献给受众以新奇，更像一个精雕细刻的雕塑家，再难雕刻的"石材"，经他刻画打磨，都会栩栩如生，给人以艺术享受。但您可别以为他的文章是水上浮萍，有花没根，或者说是墙头芦苇，头重脚轻根底浅，嘴尖舌快腹中空。其实并不然，用中国石油报北京陆海油文化发展有限公司总经理康宏强的话来说："李富不写没有思想内涵的文章。"我在李富的新闻论文中读到："给予文章以魂灵。"魂灵，传神之笔，能与读者产生心灵的沟通，或者与读者产生共鸣。他曾撰写报告文学《中国第一位女地质师》，主人公读了感动涕零；他撰写的《水乡铁人向以平》，让一个同钢铁打交道的硬汉子流下了心酸的泪水；他撰写的《辛未抗洪大事记》，不但像重锤敲动了江苏石油人的心，也让全国石油文化大赛评委为之翘大拇指。他为中国石油企业协会常务副会长彭元正撰写的专访《他和别人不一样》，更具语言和艺术个性："站着看人，我和世人差不多，跪着看人，谁都比我高，仰着看人，只能看见他人鼻孔的两个黑洞洞。"虽然言辞不多，但极富生活哲理，在《工人日报》主办的《新闻战线》刊用之后，引起了强烈的反响。

李富在30多年前，创作的处女作散文《丑陋的邵伯桥》，率先亮出了别具匠心的审丑观点。他撰写新闻稿件，也独辟蹊径,追求标新立异，耳目一新，如《先进层思想政治工作不可忽视》，不但以整版篇幅被刊登，且将政治工作的导向引向了新的途径。

李富近几年创作的散文，可以说传承了他自己当年的"文化遗产"，创作和发表的散文，有别于叙事散文、抒情散文和写景散文，可以毫不夸张地冠以哲理散文也是绝对贴切的。李富创作的散文充满人生哲理，蕴含着他对生活的感悟，是他思想火花的体现、理念的凝聚、睿智的结晶。他的文章纵贯古今，横亘中外，包容大千世界，穿透人生社会，寄寓于人生百态家长里短，闪现出思维领域万千景观。

他善于抓住哲理闪光的瞬间，形诸笔端，写就内涵丰厚、耐人寻味的美文。用一句行话来概括："外师造化，中得心源。"他在《为自己下个赌注》中，有这样一番既通俗又赋予哲理的一段话："一个人本是两个人，一个在黑暗中觉醒，一个在光明中酣睡。在人生的跑道上，我们要不断地唤醒自己，超越自己。穿金戴银、山珍海味不是人生追逐的终点，不断超越、完善自我才是理想的目标。莫让鞋中的一粒沙子刺痛前进的脚步，莫让心底的一丝懒散懈怠了拼搏的信念，莫让潜藏的一点劣根性切断了奋斗的锐气。和自己赛跑，不为名利羁绊，不为权贵折腰。人们往往会震撼于开在冰天雪地里的梅花，而不屑多看开在四季如春的温室里的牡丹，好像只有在逆境中成功了才值得敬佩。但是我要说，在顺境中不被眼前的无限风光迷惑，不因小小的挫折而停步不前，能够不断用双脚丈量大地的人，定能走出人生的闪光之路。上帝用一些苦难来唤醒一些沉睡的心灵，为的是让我们醒后画出最新最美的图画。'天将降大任于斯人也，必先苦其心志，劳其筋骨，饿其体肤。' 趁上帝尚未行动，我们先把自己唤醒，去给自己下赌注，用超越自我来绘出令上帝瞠目结舌的人生。"再如他创作的《大海赋予我人生的哲理》："对失意人莫谈得意之事，处得意时莫忘失意之时。人有喜庆，不可生嫉妒心。人有祸患，不可生欣幸心。人之有德于我，不可忘也。我有德于人，不可不忘也。恶事向自己，好事让别人。宁可清贫自乐，不可浊富多忧。气度益宽宏博大，无论遭遇到的命运为善为恶，皆能适度以应对。成功不以为喜，失败不以为悲，外界的毁誉褒贬，不必介怀，只是为所当为，为所可为而已。存心养性，须要耐烦、耐苦、耐惊、耐怕，方能成熟。当可怨、可怒、可辩、可诉、可喜、可愕之际，其气平顺，这就是海一样的博大的胸襟和涵养"。李富创作的《红树不红》、《白海豚不白》、《桉树，你快快长》、《一艘被遗忘的破船》，不需要看内容，仅仅是标题都蕴含着哲理。

李富就是为出书人作序的语言也十分考究，赋有人生哲理。他这样为作者感言："山为有品格而可仰，松为有品格而可敬，人为有品格而可尊"，"品格是人生比金子还要贵重千万倍的财富，拥有这样的财富，平凡的人生就会殷实富足"，"处顺境而不滞留，陷逆境而不消沉，临险境而不堕落，坠绝境而能奋起"，以及"把复杂的事情做简单了是智慧，把简单的事情弄复杂了是愚笨。简单是淘尽砂砾后的真金，简单是汰去铅华的质朴。简单不是幼稚，简单是擦去虚幻后的实在，是脱去包装后的真容颜，是洗去脂粉后的真美丽"。

这就是我所了解的李富，他像文字田园里的一头"耕牛"，一直孜孜不倦地耕耘着。不，他更像一粒生命力极强的种子，任凭风吹雨打，任凭酷暑严寒，任凭深山沟壑，只要置身于沃土之中，就能生根发芽开花结果。

目 录
Contents

读李富（代序）/ 欣 然

第一部 咏物山川

被遗弃在港湾的破船 / 2

那座移走的小山 / 5

水漫栈桥 / 8

伏天的云 / 11

打开天窗，慎言亮话 / 14

北部湾赋 / 17

夜宿德天 / 20

五大连池散记 / 23

"怪坡"不怪 / 26

白海豚不白 / 29

泾边观海 / 32

一线连两点的小路 / 35

对话十万大山 / 38

"坐井观天"赏通灵 / 42

登鸡笼山 / 46

留点遗憾六峰山 / 58

第二部 触景生情

今时又见他乡月 / 62

大明山悟 / 65

大海赋予我人生的哲理 / 69

谈盐就说咸

TANYANJIUSHUOXIAN

又到元宵赏灯时 / 72

晨练札记 / 75

第三部　咀嚼人生

独处的感悟 / 80

自量方知长与短 / 83

风物长宜放眼量 / 86

云中有路志是梯 / 89

从一则故事说开去 / 92

说短道长 / 95

书籍与心灵 / 98

人生的等式与不等式 / 101

超凡之士必有过人之节 / 104

为自己下个"赌注" / 107

两想主义 / 110

第四部　城市印象

工地速写 / 114

衣食住行变奏曲 / 117

风卷红旗如画 / 128

钦州印象 / 135

新春壮乡话习俗 / 144

宿舍,一座精神的"圣殿" / 146

第五部　花红柳绿

虽无劲节也称竹 / 150

荔枝飘香不言妃 / 153

花儿朵朵向阳开 / 155

荷花映日别样红 / 158

红花何须绿叶扶 / 162

五九六九河边看柳 / 165

红豆之乡侃红豆 / 168

不以无人不芳的兰草 / 171

独木也成林的榕树 / 174

桉树,你快快长 / 177

红树不红 /181

花小言香不问美 /184

择时绽放的茉莉花 /187

诱敌深入的猪笼草 /189

第六部 志趣连篇

心灵的道白 /194

让雷锋之花在心灵绽放 /197

一部没有卖点的书 /200

五环与地球村的联想 /205

感觉真武阁 /208

金田壮歌 /210

五星红旗我为你骄傲 /214

"七一"放想 /217

元旦溯源 /220

话"五一" /223

闲侃端午节 /225

品 年 /227

百期物语 /230

第七部 杂章有序

油龙从此昂起头 / 234

着力铸就企业之魂 / 237

钓翁之意亦在鱼 / 240

让笔端流出"甘露" / 242

信念,不朽的魂灵 / 244

凡事皆规律 / 246

千招会与一招精 / 249

春风化雨润物无声 / 251

口才也是才 / 254

精神,成功者的动力源泉 / 256

石油是"黑金"还是"魔咒" / 258

第一部 咏物山川

diyibu yongwushanchuan

被遗弃在港湾的破船

在广西石化旧办公楼右侧的海边，有一艘被遗弃的破船残骸，静静地安憩于泾边的海滩，给人一种凄凉、悲怆、怀旧之感，令人顿生怜悯之情，当然还有震撼之意。它像大海的波涛，在我的脑际激起了许许多多的涟漪。

破船船骸已没有了旧日雄姿，支离破碎的船体，黑黝黝的船板，静静地躺在一片黄褐色的沙滩上。那千疮百孔的风帆，就像没有旗的旗杆，在那荒芜的海滩和莽莽苍山的怀抱之中，平添了几分惆怅、几分孤独和无奈。但船的形状依旧，给我第一个印象"虎老架不倒"。

"那颗漂泊之心终于停靠在平静的港湾"。我伫立在泾边，凝视着破船船骸，陷入了良久的沉思。王勃老诗人曾在《滕王阁饯别序》中感叹："兴尽悲来，识盈虚之有数"、"关山难越，谁悲失路之人"、"冯唐易老，李广难封。屈贾谊于长沙，非无圣主；窜鸿梁于海曲，岂乏明时？"借船拟人，不免多了几分伤感。吾已两鬓染霜，太阳西冲，人生之旅过半。梳理半个多世纪来的人生之事，多少磕磕碰碰，多少沟沟坎坎，多少荣荣光光，多少恩恩怨怨，多少追求成现实，多少美梦可成真，都像一团团乱麻，理也理不清。最后能够铭记在心的大都是重大挫折，就像船儿经受过飓风和恶浪袭击，必然留下永久的痕迹一样，永远都是抹不掉的记忆。还有的就是自己欠下的妻儿老小的情感之债。我曾撰文"暖暖然然如春至，凄凄凉凉如冬临。悲莫悲兮生别离，乐莫乐兮新相知。久别洒下情长泪，望月把酒寄归期。"以示对亲人的歉意，也是对自己这颗孤苦之心的抚慰。回首往事，三十年新闻生涯，归家如入旅馆，有夫如同独居，天南地北的奔波，寻寻觅觅的求索，日日夜夜的笔耕，多像汪洋之中的一叶小舟，又似随风飘零的落叶，那颗漂泊之心至今仍没有回到停靠的港湾。有道是人在朝阳遗憾少，太阳西沉惋惜多。人到暮年，就会有很多的感念在心中生成。然而，这些陈年往事，无论是悲欢离合，还是饱经人世沧桑，无论是功成名就，还是一次次希望的破灭，应了古人之言："天上乌飞兔走，人间古往今来。万般回首化尘埃，唯有青山不改"。一次次命运的摆布、捉弄和赐予，一回回身不由己的离离合合，一个个机遇的逢迎和失去，这是人生之规律，不能斤斤计较。忧劳可兴国，逸豫如亡身。借古人之言勉励自己，世事如流水，枯荣平常事，春风吹又生，后日悲亦喜。虽极尽无奈，却又存希望于未来，相信自己终究会有苦尽甘来的那一天。

知我者谓我心忧，不知我者谓我何求。曹操《龟虽寿》说："盈缩之期，不但在天；养怡之福，可得永年"。人生在世，发挥主观能动性，乐观向上，积极进取，将终生有益而少憾。苏轼《浣溪沙》感言："谁道人生无再少？门前流水尚能西"！人处困境，仍要力求振作精神。只要主观努力，心理健康，仍然能青春永驻。再言那条破船船骸，古人对此也不都是悲悯和感伤，同样抱以乐观态度。"老当益壮，宁移白首之心；穷且弥益，不坠青云之志。"此句乃王勃铭志之语，不难见其高傲风骨。还有那"沉舟侧畔千帆过，病树前头万木春。今日听君歌一曲，暂凭杯酒长精神"。人们应效仿那船，破旧，仍残留当年的记忆；当年可以笑傲大海的波涛，如今昂扬的帆已碎成了迅疾远遁的风，与海的距离也在一天天拉长，但临终仍在守望着大海。

沉船旁定有千帆竞渡，病树前头定有万木争春。破船船骸曾承载着无家可归者怀念、追寻、返乡的情丝，送走了多少颠簸之苦，留下了多少收获的喜悦。让多少卑微的灵魂不再渺小，使多少高尚的品格得到提升。破船船骸，你停泊在我想象的彼岸，停泊在故事的某一回某一章，见证了多少岁月的沉浮，尘封了多少思绪的悠长。人要学那船，乘着情意而来，载着诗意而去，游移过蓝色的梦，饱览过万重山川。船调，水声，绵延了千年万年的青山柔情，雄劲地跳起了舞蹈，荡漾起亿万次水珠，是船吟唱的不朽地韵调。古之成大事者，不惟有超士之才，亦有坚忍不拔之志。一年之计，莫如树谷；十年之计，莫如树木；百年之计，莫如树人。还是用陶渊明言自勉："盛年不重来，一日难再晨。及时当勉励，岁月不待人"。

那座移走的小山

　　仁者乐山，智者乐水。山水景物，能引起古今无数文人墨客的无限情思，它们为我们奉献了大量的歌咏自然山水的优美篇章。我言此山，既不高，也不大，也没人为它起个什么名字，就是原广西石化公司办公楼右侧的一座小山，而今被移为一片平地。

　　情因景而显，景因情而生。花草树木，山川河流，构成了我们工作和生活的环境，它们本没有思想，没有感情，只是客观存在。但忽然有一天，它被铲平了，被移走了，不存在了，让人似乎感觉接受不了，有些留恋，有些伤感，有些缺憾，但更多的是怀念。大有杜甫那种"感时花溅泪，恨别鸟惊心"之感，我言"情因景而显，景因情而生"就是我此时的心境。

　　他人对此山有何印象，我不想过多浪费笔墨，确实也没人谈过它。而我对此山的印象极其深刻。从山的前面观之，山的形状像一头卧牛，牛头朝着办公楼前方，不是开荒姿态，而是高举着头，直视着前方，似乎是一种期待，一种祈盼。从山的后面看，它特像是一只金蟾，翘首工地全貌，似乎是在为我们祈福，为我们见证广西石化建设历史，为我们呐喊加油！如果从办公楼一侧来欣赏它，又像桂林漓江岸边的九马画山，不但能找到形状各异的马，还能觅到蛇、龙、孔雀、苍鹰、奔月的仙女。可以说象形的太多了，天上飞的，地上走的，山上长的，水里游的，都可以找见，还能找到亿万年前地壳变迁的痕迹。

我曾在山脚下，欣赏过澹澹的海水，感受过"日月之行,若出其中,星河灿烂,若出其里。"沧海之大，波澜壮阔，展示了大海吞吐日月、含孕群星的气派。咀嚼过苏轼的"水光潋滟晴方好，山色空蒙雨亦奇。欲把西湖比西子，淡妆浓抹总相宜。"那山在水间，水含千秋岭，如诗如画的景色实在是太美了，别说"水光潋滟晴方好，山色空蒙雨亦奇"，就是雾浓之时，如帷幕遮住了万般秀色，也不失其朦胧之美。我曾撰文《泾边观海》，赞美过广西北部湾海滨的旖旎风光。我曾品味过山水竦峙，此山俯视七十二泾之水，笑对彼岸树木丛生，百草丰茂的连绵山脉，那种沉稳而又坚定倔强的品格，给人以拟人化的感觉，像一个不屈不挠的格斗士，屹立在泛北部湾海岸。谈到拟人化，使我念起刚到工地时，身处异土他乡，没有故知，没有亲人，难免有些孤独和惆怅。那时的我，虽处风景如画的北部湾之滨，从事着建设国内领先、世界一流炼厂之伟业，但人在孤独和惆怅之时，也会将"落霞与孤鹜齐飞，秋水共长天一色"的良辰美景，看作是"枯藤老树昏鸦，小桥流水人家，古道西风瘦马"的凄凉风景。我独坐在山下的一堆石头上，望着海，看着山，眉头紧锁，仿佛身处荒僻冷寂的境界。那郁郁葱葱的桉树林，如几株兀立在旷野之上的老树，抖瑟在秋风之中。而天空中、水面上飞来游去的鹤和各种各样的水鸟，似乎就是阵阵南飞的暮鸦。那种凄凉的心态，那种悲凉抑郁的感觉，无法言表。那如镜的海面，那唱晚的渔舟，游子见此景此物此山此水，也没了"小桥流水人家"的恬静，而是野地荒村，荒山野岭，穷山恶水，寂寥凄清。绝对没有现在的望山山美，观水水秀，处人人和，办事事通，创业业兴的美好心境。好在有这座小山和我对话，它告诉我好男儿志在四方！男儿有泪不轻弹！人生能有几回搏！偌大的泛北部湾，是蛟龙可入大海之地，是鸾凤可栖梧桐之林。三千亩工地接壤五湖四海，千万吨炼油项目是施展才华、体现人生价值的平台。千金摧手可得，机遇千载难逢。鲲鹏展翅三千里，燕雀蓬中惜寸步！无语的小山，打哑语般地理顺我的思绪，启迪我的灵魂，扶起我的身躯。难怪哲人说："大自然是人类最好的老师。"仿生学是科技发展的启蒙。文人骚客浓墨重彩，将黄河比作母亲，把泰山喻为华夏之表，无外乎都有其自然礼数。

自然的人化，人的自然化，这是近年才有的哲理性语言。人是大自然之子，大自然是人类最早的家园。大自然对人类是付出付出再付出，甚至牺牲它们的一切。而人类是索取索取再索取，只知所需所用所图，很少顾及自然之法则。据说，此次平山修路之举，是牺牲这个景致，服从于钦州至港区沿海公路的大局，不同于在自然野地里筑起围墙、栅栏，树起表示"文明"、"文化"的各种标牌，建什么旅游点、度假村，由导游引来成百上千人践踏、污染大自然的假文明。但一座小山就这么说没就没了，说移就移走了，昔日朝夕陪伴我们，为我们遮过风，挡过海潮，一座实实在在的小山，似乎瞬间被夷为平地。虽然我曾有过一山障目，不见沧海，如果没有此山，可以一览无余，多好的感觉。而今没了小山，没了屏障，觉得十分空旷，没了朦胧之美，有的是真真切切的怀旧感。犹如我们建筑工地，建设者由少变多，由多变少，陌生人成同志，同志变成朋友，朋友变成挚交，难免有一天天各一方，又拼搏在另一个建筑工地上，受命于石化建设使命，但往日方方面面的情节，永远是抹不掉的记忆。

小山，你没有会当凌绝顶的高峻，没有一览众山小的雄姿，但仍可见幽意无断绝，此去随所偶，海风吹行舟，悠然入泾口。

水漫栈桥

人的感觉很怪，有的景物天天见，并不一定引起注意，而是习以为常、熟视无睹。但有一天它突然发生什么变化，给人一种异样的感觉，就会触动人的视觉神经，磁一般地吸住人的眼球，让人不由自主地去揣摩它、品味它、欣赏它、玩味它，满足人的猎奇心理。这是人的心路玄理，还是其他什么缘故，生活哲理必有定数，不想更多理论，只想就其话题，谈谈亲历水漫栈桥的一些感悟。

栈桥，位于港区仙岛公园一隅，桥长不足三百米，平板结构，护栏是麻制悬绳，两边连着仙岛和径中之阁。

关于桥，可以说我见过的、知道的多了。据我所知以桥的形状和材质划分，主要有四种桥型：梁桥、浮桥、索桥、拱桥。这四种桥根据其建筑材料和构造形式的不同，又分别演化出木桥、石桥、砖桥、竹桥、藤桥、铁桥、苇桥、漫水桥、廊桥、栈道及飞阁等，几乎应有尽有，什么形式的桥，在我国都能找到。我国桥梁建筑的历史久远，现存最古老的敞肩拱石桥是河北赵县赵州桥，桥洞最多的联拱石桥是苏州宝带桥，十字桥是山西晋祠鱼沼飞梁，最早的开关活动式大石桥是广州潮州广济桥，世界仅有的扬州瘦西湖五亭桥，还有近年新建的一桥看二景的润扬大桥、南京的悬索斜拉二桥、武汉长江大桥、上海的杨浦大桥等。

人们对桥的认识十分深刻，以桥为由头，编了许多歇后语。如踩着银桥上金桥——越走越亮堂、半夜过独木桥——步步小心、踩着高跷过独木桥——艺高人胆大、扶着醉汉过破桥——上晃下摇，还有过河拆桥——不留后路、烂板子搭桥——白搭又难过、烂柱子塔桥——不牢靠、老太太走独木桥——难过、桥孔里插扁担——担不起、桥头上跑马——走投无路、宋太祖陈桥兵变——取而代之、天上架桥——想到办不到、张飞拆桥——有勇无谋等。有言物的，有拟人的，也有论事的，可以说言的是桥，论的是事，充分展示的是国人特有的智慧和语言艺术。

有山有水自然就会有桥，桥梁本身也是实用与艺术的融合体，建桥最主要的目的就是为了解决跨水或者越谷的交通，以便于运输工具或行人在桥上畅通无阻。若从其最早或者最主要的功用来说，桥应该是专指跨水行空的道路。故《说文解字》段玉裁的注释为："梁之字，用木跨水，今之桥也。"说明桥的最初含意是指架木于水面上的通道，以后方有引申为架于悬崖峭壁上的"栈道"和架于楼阁宫殿间的"飞阁"等天桥形式。桥梁的平直、索桥的凌空、浮桥的韵味、拱桥的涵影，摇曳着艺术的风采。故英国李约瑟先生说："没有中国桥欠美的，并且有很多是特出色的美"。

拽回不羁的联想，回到眼前漫水桥的现实。栈桥，对港区人而言，并不陌生。对建筑工地的建设者来说，熟悉的程度如同手心的纹路、上班的路线。我在此桥上往复过N次，曾仰天数过星斗，用手触摸过桥边泾水之月，投石击破过海中之天，还欣赏过红树的品格，鱼儿戏水，渔翁泛舟。就是没注意过栈桥的美与丑。这天，由于北部湾之海受月球的引力太大的缘故，整个栈桥都被潮水淹没，通往泾中之阁的木板桥，像嫦娥的广袖，缓缓舒展开来。给我更大幻觉的是，它如扬州的瘦西湖，鹅肠般弯弯曲曲，曲曲弯弯，中间一个环形之处，就是二十四景桥，让我刚刚收回的思绪又一次放飞。老夫子杜牧曾吟诗作赋："青山隐隐水迢迢，秋尽江南草未凋。二十四桥明月夜，玉人何处教吹箫"。这首诗已流传了一千多年，可谓妇孺皆知。毛泽东主席曾亲书这首诗，供世人品评，以至于成了游人不能不看的景观。诗因桥而咏出，桥因诗而闻名。有人说 江浙一带的秋月最具唐宋诗词的诗情画意，一动一静，一亭一桥都透着古典的意境。扬州自古繁华，风姿绰约，乾隆七下江南，每次必到扬州。可见扬州的景致之美。"二十四桥明月夜，玉人何处教吹箫"，晚唐诗人杜牧的千古绝唱不知引发了多少人对二十四桥明月夜的联想。《红楼梦》中黛玉思乡想到"春花秋月，山明水秀，二十四桥，六朝遗风"。一首短诗有这么谜一般的朦胧，怎么会不千古流传。谜是诱人的，常常不能硬解。谜又常常不止一解，那就让大家按照各自的喜好、阅历与审美情趣去见仁见智吧。谜又是虚幻的，假若能有美丽的物体承载，谜虽依旧是谜，但至少能让人有所把玩与寄托。如今瘦西湖上的白玉小桥，就是一座谜的载体了。新建的二十四桥旁原来立有说明标牌，称新桥长二十四米，栏杆二十四根，台阶二十四级等。于是，我不止一次听见游人们说：哦，怪不得叫二十四桥，原来有这么多二十四在里面……真叫人无言以对了。最近忽然发现那块说明标牌取消了。也罢，这不是几句话能说清的事，还是任其朦胧着为妙。

思绪牵不住，但想断也并不多难。烟花三月是折不断的柳，梦里江南是喝不完的酒。要我评说广西：一年只有一季都是青，魂牵梦萦是石化建设的情结。"十年一觉扬州梦"言的是青楼薄幸名，我者憧憬的是"秋尽江南草未凋"，这里自然景色胜于江南，因为北部湾的发展季节正值年轻气盛！

伏天的云

伏天的云，就是三伏天的云，它的特点是漂泊不定，说来就来，说走就走。古人形容的东边云彩西边雨，道是无晴是有晴。言的是云，描写的是雨，一语双关是国人特有的语言艺术。文中所描述的特定天干当然是伏天了。我曾著一部长篇小说，命过此名。而今撰此小文，套用此题，绝非题目如何如何美好，实属对三伏天多彩多姿变幻无穷的云霞感到美妙、新奇、有趣，还有一些人生的感悟。

云为何物？我所感知的云主要有三种形态：一是那丝丝缕缕飘浮，有时像片片白色的羽毛，有时像一块洁白的绫纱，有时成群成行地排列在空中，好像微风吹过水面引起的粼粼涟漪，我们就称它卷云，这种云极易观赏，且又不带雨。还有像棉花团似的白，高高地悬在碧空，一朵朵分散着，映着灿烂的阳光，云块四周散发出金黄色的光，人称它卷积云。还有一种云，是我们在港区，特别是逢上伏天，雷雨到来之前黑云逆风而上，如迅速地向上凸起，形成高大的云山，群峰争奇，耸入天顶，越长越高，云底慢慢变得浓墨一般，云峰渐渐模糊。这种云来势凶猛，如整座云山崩塌，乌云弥漫天空，顷刻间，雷声隆隆，电光闪闪，一会就哗啦哗啦地下起暴雨，有时竟会带来冰雹或者龙卷风。云除以上三种主要形态外，还有的云体均匀成层，呈灰色或灰白色，像雾，有时接地，经常笼罩山体和高层建筑，可称它浮云或层云。当然，云的形状很多，还有彩云、暖云、浮云和祥云等好多类型。至于怎么称谓，怎么形成，我无从考究，只有气象学家才能深究，我们只能直白地谈谈观感。

云的不同色彩，还可推测天气现象。有"日晕三更雨，月晕午时风"的说法。还有一种比晕小的彩色光环，叫做"华"。颜色的排列是里紫外红，跟晕刚好相反。日华和月华大多产生在高云的边缘部分。华环由小变大，天气趋向晴好。华环由大变小，天气可能转为阴雨。伏天，雨过天晴，太阳对面的云幕上，常会挂上一条彩色的圆弧，这就是虹。人们常说："东虹轰隆西虹雨。"意思是说，虹在东方，就有雷无雨；虹在西方，将有大雨。还有一种云彩常出现在清晨或傍晚。太阳照到天空，使云层变成红色，这种云彩叫做霞。朝霞在西，表明阴雨天气在向我们进袭；晚霞在东，表示最近几天天气晴朗。所以有"朝霞不出门，晚霞行千里"的谚语。工地人还有一说："西天虎皮纹，明天晒死人"。不言而喻，将是一个炎热天。

观云赏雾，莫过于在万米高空观赏机翼下的云。云状如棉絮，又似堆堆雪山。云在太阳下与飞机逆向轻轻地向后移动、飘去。云更多的时候像轻柔的大棉堆，洁白无瑕，千姿百态。我下意识幻想着从机舱走出去，享受一下云端漫步的惬意。有时认为它就是白雪皑皑的雪山，恨不能攀上巅峰，感受感受高处为啥不胜寒。有时觉得云是殿宇宫阙，真想到天宫去旅游，尝尝仙桃，吃个人参果，为玉皇大帝搞个访谈录，让他诠释天上人间有哪些区别，怎么做人、怎样追求、怎么践行自己的理想，怎么才能成正果？

收回不羁的思绪和幻想，回到生活的现实。身边的仍是路人，飞机仍像定影的苍鹰，高高的悬在碧空。现实让我从懵懂中醒来，现实往往原于幻想，幻想并不一定成为现实，还可能是空想的代名词。

　　关于云的欣赏，大千世界，品评各异，不言他人之所想，我情有独钟的是祥云。在工地办公楼右侧的海边浴场，我见过西边天际的七彩祥云。古书中形容宝物抛空，闪现霞光万道、瑞气千条，绝对没它美，且不知要逊色多少。第一眼给人的印象是大片的孔雀兰，一只孔雀在开屏，再细瞧是个昂首的蛟龙，令人震撼，激发出许多遐想。让我想起唐人的诗："千形万象竟还空，映水藏山片复重。无限旱苗枯欲尽，悠悠闲处作奇峰。"诗家忧患的是大片旱苗行将枯死，亟盼甘霖，想的是农夫。我者忧患的是建筑工地，连天降雨成了奔向竣工投产的羁绊，不能说这是我偏爱祥云的全部，也是我倾情广西石化的心路。

打开天窗，慎言亮话

——游三门海一得

"打开天窗，慎言亮话"与"打开天窗说亮话"，含义确实相悖，一者是慎而言之，话到舌尖留半句；一是敞开心扉，信口开河，一吐为快。笔者不是语言学家，更不是心理学家，就此话题一叙，实乃游三门海的一点心理感受。

三门海其实不是海，真正的名称叫坡心河，明明是条河，为什么称之为海呢？有此疑问的绝非我一人，大凡来这儿的人都有此疑惑，犹如云南处处可见海子湖一样，当地人"指鹿为马"、望河称海，一是山里的人早年没走出过大山，没有见过大海，所以就把自家门前这条河认为海；再就是河水像海水般湛蓝，所以会使人产生错觉所至。

言之天窗扯到河，难免有风马牛不相及之嫌，唱歌走调之感，张冠李戴之偏差。其实河、湖、海是人为称谓，犹如古人结绳记事和仓颉造字一样，都是初始于标记。有道是车走千年归正辙，还是言归正传，推开三门海的天窗，勾勒原汁原味的三门海，咀嚼打开天窗慎言亮话的触景生情的滋味。

三门海天窗群，又叫水源洞、寿源洞，为盘阳河上游坡心河的源头，所在地域属喀斯特峰丛洼地地貌，由七个串珠式连体天窗及地下河的形式构成。乘船逆流而上，游览整个景区，沿途三暗三明，忽而狭窄，忽而宽敞；洞中水，水中洞，水转山移，水山相连，仿佛一行经历了三个昼夜。驳壳船穿行在波平如冰的宝石蓝河水之上，如同破冰船缓缓前行，岸边的古柳保存着原始的苍翠，丛生的凤尾竹和一些不知名的花草树木，缠绕着一大块敞开豁口的巨岩，这就是三门海的入口。三门海共有七个门，奇门遁甲，是不是由此而得名，无须深究。首进之洞名为水源洞，传说古时候洞内深潭栖息着一头体形庞大的犀牛，由于洞口窄小无法外出而经常在潭中出没，故而也称"犀牛宫"。船家划水游波，顶岩越来越高，光线却越来越暗，恰似被巨大的犀牛神吞没。我们沿着幽暗的三门海主洞向右沿壁行舟，来到莲花湖，顿时有一种被解救出来的感觉。在此可以看到湖四周乱石悬空、钟乳垂吊、青藤援附、湖水如翠的壮景。由此，我联想到苏小妹和秦少游的对诗"用手推开窗前月"，"一石击破井底天"。细细品味，无论是言情、写意、绘景，都能找到出处。不容我细心揣摩，船家手中的桨如同钟摆，富有节奏地经西面岩口进入"内潭"，即俗称的"半月天窗"。半月天窗像月非月，不是月更似月。此处上面的山峰更高，而下面的湖水更深，缸瓮一样的峻峭，死一般寂静。在此可以找到月高星稀的感觉，可以体验与世隔绝的苦闷，可以感受困在电梯中等待救援的无奈。我们仰望半月的天窗，感觉很沉闷，想呼、想喊，想变作小鸟飞到窗外的世界，甚至想捅开天窗的另一半，让深谷中的人们驱走阴霾、沉闷，享受光明。"打开天窗说亮话"，我身边的一位智者脱口而出。这赋含欲念和哲理的话，像黑暗中擦亮的火柴，瞬间燃起了火花。不知他人如何，我者的心海泛起许多涟漪，说亮话和慎言亮话一直袭扰心海。

"国无秘者败国，企无秘者败企，人无秘者败家"。虽然天下快意之事莫若友，交友之事莫若谈。但嘴巴不把门儿，难免滋生病从口入、祸由口出之患。与其说马加爵凶残，倒不如说他的同学说话不留意，如不伤害他的自尊，也许就不会惹得他凶性暴露。如果你随便把别人的隐私泄露出去，传到当事人的耳朵，就会形成仇结。如果你自以为是，在他人面前炫耀自己钱财、学识、职位，如同手持锋利的之刃，在他人眼前挥舞，轻者招人嫉妒或愤懑，重者惹来杀身之祸。就是遇到自己意见被否或者与人吵架，也不要争一时之长短，更不能恶语相伤，此时在心里暗自数三至五个数，熄灭冲冠的怒火，就能避免悔之晚矣的内疚。心底无私未必天地宽，事事不可对人轻言。就是一时不快的抱怨也要慎言，牢骚太盛防肠断。生活本身不如意十之八九，抱怨不能改变世界，抱怨不能改变际遇，抱怨不能改变命运，抱怨会使人颓废。惜言如金本来就是处事的秘方，日出千言不损自伤，话到嘴边留半句，理到真时让半分。

人之相识，贵在相知。人之相知，贵在知心。慎言不是默言，相对胜于绝对。鄙人虽然受益多多，但也有"走麦城"的时候。一次与几十年的挚友交谈，言其他人之秘，未能直言以对，留下了难解之扣。

北部湾赋

　　"运交华盛，异地采风。纳北部湾之海韵，观炼化建设之风采。炼化非鬼斧神工，乃凡夫之造化。借天地之灵气，酿地壳之精华。劳其神，睿其志，造福于两广之众。"这是笔者亲历广西石化公司的一点感受，斗胆摇笔凑上几句，算之感言，舒其胸怀，表其建设者的心志。

　　工地位于钦州港一隅，呈簸箕状，三面环山，一面临水，占地面积约三千余亩。据说，这儿没开垦前，共有十六个大大小小的山包，很快便被建设者夷为平川，形成一个硕大的盆地。按风水学而论，前有潮汐川流，后有大山依托，此乃瑞祥之兆。

　　闲暇之余，站在办公楼远眺，远山叠峦起伏，绿嶂千里，蜿蜒苍翠，如诗如画，天高地迥，觉宇宙之无穷。此山如京郊燕山山脉，又有别于燕山，燕山可言高，此山可言广，既有十万大山的磅礴之势，又含桂林山水之美韵。

　　观过群山，再数工地。工地呈圆形，颜色橙黄，像一块硕大的鹅黄宝石，镶嵌在北部湾沿岸，熠熠生辉，光彩夺目。玉不琢，不成器。这里聚集了许许多多的能工巧匠，日日雕琢，天天修饰，巧夺天工，定成大器。这里更像一具金盆，有纳祥之气势，也有容百宝之量。将来装置落成，每年千万吨乌金般的原油，将在这里变成油品，为天上飞的、宇宙行的、地上跑的，注入新的活力，带来勃勃生机。这里还像一只巨大的扇贝，衔着数以万计的宝珠，串串高悬，通明如昼，光耀苍穹。她将是祖国的骄子，泛北部湾沿岸的一颗璀璨的明珠，中国石油工业的骄傲。

收回观山的兴奋之情，拉回纵观场地的视线，去瞧办公楼左侧的两池海水。这两池海水如星分翼轸，中间只有一页小路相隔，路中间有一通水孔，像一条彩带将它们系在一起。待潮起之时，先是靠海一面暴涨，那阵势如同杯酒漫溢，欲将漫过小路。而靠近工地的一池，如细水潺流，潮水慢慢浸入池中。到了退潮之时，景象迥异，靠海的海水急流勇退，凸显出黄金海岸和葱郁的红树林。工地这面似乎与海隔绝，水面如镜，缓慢隐退。俗话说，大河有水小河满，大河无水小河干。其不知天下之事，只有相对一说，没有绝对之言，大河无水小河未必就干。

这两池海水，说它是海，初起时我不这么认为，许多同志也是这个印象，后来才知道，那是视觉问题。也应了一句俗语："一叶障目，不见泰山。"我们站在楼上只能斜视，靠近办公楼的一面有座山，挡住了我们的视线。我们见到的两池海水，根本就没有波涛汹涌的海浪，更没有千帆竞渡、百舸争流的恢宏，仿佛就是百姓房前屋后的鱼塘，村前镇后的小河。当我们换个角度去看它，不觉眼前一亮，震撼至极。那分明不是什么鱼塘、小河，是泛北部湾的一个海滨，是七十二泾的一大美景，是我国东盟经济圈与我国华南经济圈、西南经济圈的结合部，是沟通我国和东盟的重要经济甬道。胡锦涛主席十分看重这个地方，曾指示："要进一步扩大开放，发挥沿海优势，广西沿海发展应该形成新的一极。"此地观其景致，可欣赏到孤鹜伴海霞腾飞，泾水与苍山一色的特有景观，可以品味到山原旷其盈视，川泽盱其骇瞩；以及虹销雨霁，彩彻区明，渔舟唱晚，喜望龙门之景。论其位之重，开国元祖孙中山曾在此地津津乐道地谈过建国方略，而今国家主席胡锦涛又在此勾勒了新的发展蓝图。

　　观此海之佳境，曰其工地之感慨。如果你是蛟龙，在此可入大海，如果你是鸾凤，此处可栖梧桐之林。海阔凭鱼跃，天高任鸟飞。关山能越，胜景常在，人生易老，青春难驻。三千亩工地接壤五湖四海，千万吨炼油项目是我们施展才华、体现人生价值的平台。千金唾手可得，机遇千载难逢。鲲鹏展翅三千里，燕雀蓬中惜寸步。

　　朋友，时运在济，命运多福。天时、地利、人和俱占，建厂锣鼓奏鸣。逢时之时须惜时，建功之日须发奋。我乃局外之人，敢竭鄙诚，恭疏小引，一言随感，四韵未成。请诸君见谅。

夜宿德天

　　"日照香炉生紫烟,遥看瀑布挂前川。飞流直下三千尺,疑是银河落九天。"这是诗仙李白之作,名曰《望庐山瀑布》,我在孩提时就熟背过,曾有过许多不解:"飞流直下三千尺",世间哪有这么高的高山瀑布,被称为世界屋脊的喜马拉雅山,高可称极,常年积雪,但绝对没有瀑布"。直到去年冬季身临其境,并在临近瀑布的山崖上夜宿,才感悟到诗人的良苦用心。

　　我们从钦州港出发,经崇左、过大新,历时五个多小时,便来到了位于中越边境交界处的德天瀑布景地。站在临近瀑布的崖壁上,举目眺望那瀑布,使我为之震撼、为之叫绝,顿生许许多多的感怀,以至于当夜如痴如醉地看那瀑布,听那涛声敲击我的心鼓,任那思绪挣脱羁绊,信马由缰,如痴如狂,随着飞瀑高台跳水,伴着激流撞击深潭,放飞情愫和异国人牵手,用手拂去界碑上的尘封,让鲜红的国徽光耀五洲,竟敲击出一点点灵感的火花,冒出几句顺口溜:"瀑挂德天紫雾烹,凌空飞泻惊雷鸣。上苍倾下银河水,只为牛郎织女情"。我视那瀑布为天上的银河,以至于产生错觉,将那瀑布掀起的浪花,疑是天上的白云,天山上的积雪。将那银河两岸嬉戏玩耍的红男绿女,误以为是过七夕节有情男女在约会。我还羡慕那随着飞瀑跳入深潭里的鱼，一改"海阔凭鱼跃，天高任鸟飞"一说，高瀑凭吾跃，潭深任我游，还能感受深潭腾蛟的惬意。当然，这是夜观瀑布之感。

再言那瀑布。水有源，树有根。德天瀑布位于大新县归春河上游，距中越边境53号界碑约五十米。清澈的归春河是左江的支流，也是中越边境的国界河，德天瀑布则是它流经浦汤岛时的杰作。浩浩荡荡的归春河水，从北面咆哮奔来，高崖三叠的浦汤岛，巍然耸峙，横阻江流，江水从高达五十余米的山崖上跌宕而落，犹如刘备挥剑断石之力，力劈顽石，雷鸣震天，水花飞溅，雾迷朦胧，鸟瞰似天宇白云，嫦娥舒袖，皑皑白雪，珠帘幕卷。能品味到"清行出俗，能于绝群"，"滕王高阁临江渚，佩玉鸣鸾罢歌舞。画栋朝飞南浦云，朱帘暮卷西山雨。闲云潭影日悠悠，物换星移几度秋。阁中帝子今何在？槛外长江空自流"，还能感受到"天门中断楚江开，碧水东流至此回。两岸青山相对出，孤帆一片日边来"的佳境。虽然近观瀑布顿失朦胧之美，但那飞珠溅玉，透过阳光的折射，五彩缤纷，别样风采。还有那轰隆隆的涛声，振荡耳鼓，气势雄壮。据介绍瀑布与越南板约瀑布连为一体，就像一对亲密的姐妹，宽约二百多米、落差七十米、纵深六十米，年平均水量是黄果树瀑布的三倍，是亚洲第一跨国大瀑布，被国家定为特级景点。

德天瀑布雄奇瑰丽，变幻多姿，碧水长流，永不停歇。这里山峰奇巧，云雾飘杳，湖若明镜，江如玉带，怪石峥嵘，古木参天，步步是景，处处含情。春日，红棉怒放，灿若云霞；夏临，青峰浴水，花木繁茂；秋至，金风送爽，遍地金黄；冬来，群峰峭拔，山色空蒙。无论阴晴云雾，季节交替，都各具情态。

古人之言，讲究修辞，常表意境，言情推理，回味无穷。农夫之话，平平淡淡，平中见奇，俗中有雅，蕴含哲理。诗人之慨，有感而发，描摹意境，舒其胸襟。这是我观摩德天瀑布之时，心情与诗人描绘的"飞流直下三千尺，疑是银河落九天"的瞬间互动。诗人确实太伟大了，寥寥几笔，就将偌大的瀑布描述的既贴切又十分到位。

不到德天瀑布不知德天独厚一语源自何处，此成语出处绝非此地，但它汇聚了中越两国的山水之美。德天旅游景区，名胜之多，风景之美，岂止德天瀑布。整个景区，真是处处皆景。使观者感受那犹如千军万马奔腾而下的壮景，溅起一百多米高的水雾，给人心灵带来一种震撼：天地力量之伟大，德天瀑布之壮观。收回观瀑的心绪，再看与瀑布近邻的美景，山峦丛翠，奇峰错列，轻纱缭绕，霞落云飞，山影平湖，茂林翠竹，花草掩映，百鸟低徊，绿水梯田，民居水车，小桥流水，耕夫荷锄，村童在小河中嬉水，竹筏在秀水中穿行，构成了一幅幅宁静抒情的南国特有的风光、风情画卷。置身于山水画廊之中，令人目不暇接，美不胜收。这又岂止是丹青妙手所描绘美景，真可谓观过德天瀑布不看水。

"知者乐水，仁者乐山"。身临那瀑那景，咀嚼李白《望庐山瀑布》及古训，感受飞流直下的意境，思绪不羁，为之震撼。我在雷鸣般的瀑布声中感受生命，感受惬意，玩味美景，体味人生。大自然是人类最好的老师，人要效仿那瀑布，愿乘长风破万里浪，任尔千峰万壑，日夜奔腾脱俗，抖落星河填秀。还要启迪灵魂，不惜身跌深峡壑谷，一幅银帘昭日月，壮歌南北思报国。还是借古人言搁笔："幽意无断绝，此去随所偶。晚风吹行舟，花路入溪口。际夜转西壑，隔山望南斗。潭烟飞溶溶，林月低向后。生事且弥漫，愿为持竿叟"。

五大连池散记

"水千条何如五池秀水，山万座岂比十四名山"。这是我在北方工作时就熟知的赞美五大连池的诗句，但五大连池美在何处？有何玄妙的景致，直到2000年仲秋一个偶然的机会，我到此地饱览火山奇观，游历池水圣地。无论是登山远眺，还是涉水泛舟，让我为之震撼，为之叫绝，此地此景确实是上苍的神来之笔。

欲观池水必先登山。我们从药泉山疗养区出发，有一条简易公路直通这个地区最有代表性、最高的老黑山，沿着用火山熔岩修建的山路拾阶而上，望着满山黑褐色的熔岩，拽不住的思绪穿越几千年的时空，再现火山喷发的实况："烈焰冲天灼日月，巨石飞迸漫荒滩。岩浆滚滚塞河谷，五池连珠嵌黑山。"这是我观山时心里迸出的几句顺口溜。我想象火山喷发的岩浆，如同熔炉倾出的铁水，溅着金黄色的火花，泼向广袤的北疆平原。朋友见我登山不言山，对我侃侃而谈。五大连池位于黑龙江省西北部，公元1719—1721年，火山爆发堵塞了当时的河道，形成了五个互相连通的熔岩堰塞湖。五大连池的人类历史源远流长，早在四千年前就有人类在这里活动，商周时期这里属肃慎族居地；秦汉时属乌桓地或汉岁地；三国时属北夫余地；隋唐时属黑水靺鞨部居住地……清代为布特哈总管衙门辖区的达斡尔人，被编入布特哈八旗。它的古老先民达斡尔、满、蒙、鄂伦春、鄂温克等各族人民创造了丰富的民俗文化，这里不仅有萨满、佛教、道教文化，而且还有浓郁关东风情的流民文化、屯垦文化、知青文化、神鹿的传说、黑龙白龙的故事随着五大连池的美誉流传大江南北。这里是北方龙文化的起源，是火山文化、矿泉文化的摇篮。

朋友的详解，似乎缩短了登山的路程，我们很快就登上了老黑山火山口。火山口很深，有100多米，像一口深不可测的大锅，升腾着棉状烟雾，见证着当年天崩地裂、熔呼岩啸之后，留下难以愈合的创伤。我目不转睛地盯着幽深的山口，联想着一句赋有生活哲理的话："冲动是魔鬼。"火山冲动如此，一个人愤怒而失控的时候，亦如火山爆发，狰狞的面目成为别人难忘的印象，不智的言词冲出口就再也无法回收。一旦失了控，又要经过多久的时间才能抚平这贪一时之快所造成的后果？我们每个人的心中都有一座火山的存在，只是成熟的人心里是沉睡中的休眠火山，幼稚的人心里则是随时随地都蠢蠢欲动的活火山。同样都是火山，活火山只有荒凉一片，休眠火山却能长出一片森林。

扯回不羁的思绪，我们从老黑山上下来，驱车又去探寻龙门石寨。石寨，石，特指火山岩；寨，不知其详，如果称其海，确实有海的感觉。海，有容乃大。我们走在长达九百米精美的栈道上，脚下踩着玄武岩组成的黑色的火山石，放眼望去，如同万顷汪洋瀚海。火山喷发时形成的石龙、石海、熔岩瀑布、熔岩暗道、熔岩钟乳、熔岩旋涡、象鼻熔岩、翻花熔岩、喷气锥碟、火山砾和火山弹等地貌景观，千姿百态，美不胜收，难怪科学家称之为"天然火山博物馆"和"打开的火山教科书"。

如果说十四座火山演奏的是一曲恢弘雄壮的交响乐，那么五大连池的水则是一首优美舒缓的小夜曲。我们漫步湖边，细数五大连池，一池莲花水寒，二池渔舟晚唱，三池鱼美味鲜，四池寻幽修仙，五池藏密待探。五个仙池紧密相连，神奇无底，深藏着千年的奥秘。一池湖水，一草一木仿佛都流淌着美妙的音符，充满了诗情画意。阳光下的湖水波平如镜，偶尔随微风泛起的几道涟漪，在水面上折射出一串串耀眼跳动的小星星。水面上不时游过来几只野鸭，一只鸭妈妈领着一群幼鸭戏水的画面尤为动人。岸边是湿地，生长着茂密的芦苇和低矮的柳树。微风中，飘逸的芦花恣情摇曳，那里是鸟的王国。没来五大连池之前，我从未在万籁俱寂的大自然中听过如此动听的鸟语。悠扬的，婉转的，低沉的，偶尔还能听到布谷鸟空谷幽灵般的鸣唱，它们如同天籁之音，令我痴迷，令人陶醉。

仁者观山，智者戏水。仁者观山，这里有与美国夏威夷火山、印度洋中的留尼旺火山、法国的中央高地火山和东非裂谷乌干达境内的托罗—安科尔火山齐名的五大连池火山群。智者戏水，这里有五个汐水相连的如串珠般的湖泊，还有蜚声中外的药泉山下的药泉。此泉和法国的维希矿泉、俄罗斯北高加索矿泉并称为"世界三大冷泉"，是上苍赐福于人类的甘露。

"怪坡" 不怪

　　关于"怪坡",耳闻颇多,济南市东南外环路也有一段"怪坡",平顶山汝州市北9千米处有一神奇的"姊妹怪坡";北京海淀区北安河乡阳台山半山腰有一个怪坡,西安、厦门等地也有"怪坡"。人说百闻不如一见,耳听为虚,眼见为实,不久前我亲历了大庆农场丛林中的一处"怪坡",人说它怪,我倒不敢苟同,还从中生出许多感悟。

　　这段"怪坡"并不长,有一百多米,宽约三个车道,放眼望去,路的一端和另一端呈一字倾斜坡度。为了让更多的人体验"怪坡",当地人紧贴着这条路修了一条路,同样的倾斜度,就没有了怪坡的感觉。猎奇之心驱使我做了几种体验,找来一辆自行车,从西端最低处向上骑,轻轻地蹬了几米,自行车就飞快地跑了起来,虽然看似一路上坡,却有一种下坡才有的那种飞快的感觉。骑到最后,速度越来越快,我试图握紧手闸刹住车,但自行车并没有停下来,只是速度有所下降。一百多米的距离,很快就骑到了头。很奇怪的是,车子一转弯,马上就停下来。等到下坡的时候,不用脚蹬,车轮根本就不转,而且越往下走,蹬起来就越费力。等走到头时,已经满头大汗。自行车体验之后,我向一位游客借了一辆摩托车,这辆摩托车车身很重,从最低处推起来比较吃力,但走了几步,不用我用力，摩托车自行行驶起来。我跨上去，摩托车在没有启动油门的情况下照行不误，只不过速度比自行车稍微慢了一些。司机师傅见我意犹未尽，让我坐上他的小轿车，车启动行走几米后熄火，挂到空挡上，车仍能悄无声息地行走，而且也逐渐加快。当车行使到"怪坡"中间时，我从车上下来，拿一瓶矿泉水，用力朝着下坡的方向往下滚，矿泉水滚了几圈，就像有线拽着似的，竟逆着上坡的方向滚动起来，且越滚越快。更让人感到不解的是，下坡如逆水行舟，上坡如顺风扬帆。每逢此处下瓢泼大雨，那水往高处流的奇观，更是谓之壮观。我曾在安徽黄山西递亲眼目睹过水往西处流，虽然有违自然常理，但仍没有改变水往低处流的规律。究竟是什么原因制造了"怪坡"之"怪"，是"重力异常"、"视差错觉"、"磁场效应"、"四维交错"、"黑暗物质"，是"飞碟作用"、"鬼怪作祟"、"失重现象"、"黑暗物质的强大万有引力"，还是"UFO的神秘力量"……各种解释，众说纷纭，却难以使人信服。"怪坡"，依然成为人们竞相前往探奇的"旅游谜地"。让我研究这玄之又玄的课题，也是老虎吃天日——无处下口。

我不想钻那牛角尖，倒想另辟蹊径，侃一侃怪坡给我引起的反思。怪坡似乎改变了牛顿"万有引力定律"，自然界中任何两个物体都是相互吸引的，引力的大小与两个物体的质量的乘积成正比，与两个物体间距离的平方成反比。著名物理学家李政道曾风趣地说：弄清楚它的原因，我又可以获得一次诺贝尔奖了。很显然，"怪坡"现象如果属实，物理学教科书无疑得重新改写，这事情看起来有点悬乎。佛门的高僧，则常吟：一沙一世界，一花一乾坤。一朵小花之中，便蕴藏了整个春天。一座钟表，便容纳了人类的丰富情感。别小瞧了一沙一石，诗人投射上情感和美，放在诗腹中酝酿、烹煮，绣口一张——沙不是沙，石也不是石，日月之行，若出其中；星汉灿烂，若出其里，何必总用一种模式，来论述自然界之短长。试想，蒸汽机的发明，如果没有沸腾之水掀动壶盖的引发的奇思怪想，火车怎么能为人所用。造纸术、火药、指南针、印刷术，以及我国新的"四大发明"：杂交水稻、汉字激光照排、人工合成胰岛素和复方蒿甲醚，不见得都是循规蹈矩所致。因此，一沙一世界，一花一乾坤，懂得见微知著的人才能真正打开这个世界科幻之门。

白海豚不白

　　人的心路很不规则，当一种欲望立马成为现实，心里的感觉不见得十分惬意，更谈不上感受惊喜，因为惊喜的前提是意外。虽然这个观点有点偏颇，但这是我游历三娘湾亲见中华白海豚时心里刹那的感悟。

　　春节前的一天，我沐浴着冬日的暖阳，乘渔民的舢板在三娘湾的海上寻觅中华白海豚。锥形的船头像往复在农田中的犁，将平平如镜的海面，耕出深深的沟壑，溅起朵朵浪花。我和同船的三十多名游客，一双双眼睛像鱼鹰猎食似地俯视着海面，都想第一个发现目标，报第一个惊喜。大家一个个脖子伸的像鹅颈，眼睛瞪得像不打弯儿的探照灯，那状态大约坚持了半小时，行程足有十多海里，也没见到中华白海豚，倒是搞出了几次错觉，平添了几分笑料。有人误将飘浮物和海鸟看作中华白海豚，大呼小叫："白海豚！""那是白海豚吧！""这回肯定是！"以至于有人看见渔民收网，往船上拖白花花的鱼也惊呼："白海豚被渔民捕到了，你看他们正往船上拖呢！"还有人为之下赌注："见到白海豚我给你一百万，见不到我给你十倍的钱。"玩笑归玩笑，渴望归渴望。理想变为现实，是瞬间的心理美好感受，追求的过程才是切身的体验。是不是绝望和有望只是一步之遥，也可以说绝望中蕴含着希望，当我们大失所望，各自落座，调转船头返程的时候，奇迹出现了。只见船左侧的海面，暗流翻涌，水花飞溅。"白海豚！"随着一声惊呼，整个船上的游客像开锅的水饺，顷刻便沸腾起来。有的惊呼在那儿，有的大喊在这儿，有的不停地按动照相机快门。中华白海豚似乎通人性，像嬉戏、玩耍在母亲身边的孩子，忘情地绕着船的前后左右跳跃，一次次将游客的兴致带上巅峰。

中华白海豚并不都是白的，我们所见的有粉红色、白色、灰色、海蓝色、黑色。为什么称它中华白海豚，难道说它们中还有别的物种？世间事都是事出有因，都有一定的规律和常理。据渔民介绍，此处中华白海豚数量较多，约有800至1000头，但不是因为数量多就有多种颜色，它们五颜六色的肤色是随年龄增长而变化的，初生的幼仔呈黑灰色，成年呈乳白色或海蓝色，而呈红色和粉红色时，就像人到老年头发变白一样，是壮年和老年的了。中华白海豚的智商相当于五六岁的儿童。且寿命较长，正常情况下能活三十五年左右。

中华白海豚在动物分类学上隶属鲸目，海豚科。白海豚俗称白忌、白牛、白海豚。还有"美人鱼"、"水上大熊猫"、"排风鱼"、"海上精灵"、"海上国宝"等爱称。1988年，被列为国家一级重点保护的濒危野生动物。

中华白海豚不是鱼类，而是水生哺乳动物，与陆地哺乳动物一样用肺呼吸，呼吸孔在头顶端，呼吸时露出水面，常发出哧哧的喷气声。体呈纺锤形，重达二百三十公斤左右。白海豚猎食中上层鱼类，如白姑鱼、鲳鱼、黄鲫等，食量特大，曾记载一头雌性中华白海豚的胃里装七公斤鱼。未消化的都是完整的鱼，也就是说，它捕捉鱼时，并不咬碎而是囫囵吞下。中华白海豚猎食时相互协作，海鸥很喜欢成群结队飞在白海豚身后，专拣吓昏的、逃逸的小鱼、小虾。那景象十分壮观，海面是游动的白海豚，其上是飞翔的海鸥。人们在海上寻找中华白海豚，也常常是根据动物之间这种特殊的关系来搜寻。中华白海豚游动时速度很快，总是成群活动，单独比较少见。

中华白海豚极易观看、易亲近。在三娘湾海域一年四季都能看到，寻找它大概有七条规律：一是每当天气即将发生变化之前的两三天，或转北风和晴转阴等；二是海面阳光明媚，太阳光线比较柔和；三是每天退潮到最低点的前一个小时和涨潮后的一个小时；四是遇有打鱼的船只，一般它们会追随在渔船后；五是海面附近没有干扰，没有让它生厌的噪音；六是它喜欢有节奏的声音，如放音乐、敲船板等，它们会循声而至；七是它喜欢颜色鲜艳的物体，喜欢在人们的欢呼中跃出海面。

中华白海豚是人类的挚友，它曾救护过落海姑娘，英勇战胜过鲨鱼，帮渔民捕鱼，还是吉祥之物。

我听着渔民的夸耀，欣赏着中华白海豚在海面上仰泳和翻跟头。我们对它拍照，向它呼喊，为它们鼓掌，用手轻轻地触摸它们的脊背，给我们的感觉极好。它们像出色的演员，但不图索取，不向人们讨价还价索要出场费；它们是生灵，但不与人为敌，它们是那么和善，那么悠闲，又善解人意；它们没有语言，但能与人的心灵沟通，更懂得感恩，当它们为渔民捕鱼，渔民将鱼抛给它时，它们会连续多次跃出水面，给人以礼节式的回敬。

中华白海豚不白，五颜六色。它是美的化身，大海的骄子，世界的瑰宝。

泾边观海

　　广西石化工地大楼右侧的海，也就是人们常在那里游泳的地方，我去的次数多得数不清，用现在通晓英文的人来说，那就是N次。而今我言它，绝对是事出偶然。那是几天前的一个清晨，我到餐厅用餐，由于来得早了点，信步来到海边，听听波浪声，看看波光粼粼的海面，望望葱绿的山岭，才有此描述它的感觉。

　　没写此文之前，我对海的认识很宽泛，孩提时给我的印象，江没头，海没边。一是言长，再就是说阔，要么就是江水淡海水咸，直到如今才明白海的定位。所谓海，现代人的概念是指大洋靠近陆地的部分，但在古人的认识里，类似于海的大湖也叫做海。如里海、青海、洱海之类称名传承至今。海是广大的。因此，它又可以指称具有大或多的意义特征的事物，可称连成大片的很多同类的事物，如"人海"、"火海"之海；可指大的容量、口气，如"海碗"、"海量"、"夸下海口"之"海"。

　　海曾经是方向的代名词，古书中有"四海犹四方"的说法。这表明，在古人心目中，海是天下的尽头，所以可成为方向的名称。古人之所以会形成这种空间概念，答案可以从古人对于海字的声训中求得：海者，晦也。海者，晦暗无知也。古人声训，意在揭示词语的得名因由。所以以

"晦"释"海"，实际表明了这样一种历史事实：由于缺乏航海能力，先民面对茫无际涯的大海，唯有望洋兴叹而不得知其详，更不了解大海之外另有新大陆，所以便将它视为天下的尽头了。是不是哥伦布发现了新大陆之后，才有了新的概念，确实是无从考究的课题。

江也好，海也罢。我不是研究它的学者，关于海之著作，别说行外之客，就是行内人，也不见得言得透彻，把话题转回来，还是让我谈谈观海的感觉。

独自易沉思，人众好嬉戏。话说那天清晨我独自沿着木板缓坡去观海，举目盱眙微微蠕动的涟漪，像农妇膝间的搓板，很均匀，很宽大，传出的声音很小，近似用手划拉一把竖琴，哗哗作响，正好同工地的夯锤声、机械的轰鸣声和弦。这个管弦乐队，能让您听到高分贝的锣鼓声，豪迈奔放的喇叭声，悠扬悦耳的小提琴声，富有节奏的梆子声，还有音调低沉的大提琴声……

于是，我的感觉似乎不是站在海边赏景，是交响乐舞台下的一个观众。我是唯一一个观众，唯一一个独享曲调的听者。这是一个多么大的乐池呀，这是一个多么庞大的乐队呀，这是多么美妙的旋律呀！我敢断言，《多瑙河圆舞曲》没有它浪漫，贝多芬的《小夜曲》比不上它悠扬，世界最好的乐师琴手也弹不出这种激昂的音符。我读过《约翰·克利斯朵夫》，他创作的得意乐谱，都是秋虫的叫声，原野小草的瑟瑟声，林海的涛声，震耳欲聋的电闪雷鸣，给了他启迪，才有其力作。我想即使西部歌王王洛宾还在世，体味一下这一雄壮的"乐章"，没准会创作出惊世之作。

思绪带走了视觉。关闭思想的阀门，我从视而不见的状态中，重又切换到眼前海的一幕。硕大的海面平平如镜，绝对没有天蓝蓝、海蓝蓝的感觉。这不仅仅因为它没有巨浪，没有边际，没有海市蜃楼，主要是因为水面墨绿，水秀山青，且又清澈见底，身在海边似乎置身在桂林山水之中。再瞧那一只只小舢板，夫妻双双摇橹拍打着海面，唱着百年同渡的古老歌谣，做着收获鱼虾的富足之梦，更是不能使人信其为海。

俗话说：触景生情。牵不住的思绪，让我想起了第二故乡扬州。那小桥流水人家的水乡风韵，那湖边岸上丝丝柳的独有景观，那半月戏水的拱桥，那水上穿行的一叶叶小舟，那美若天仙的窈窕淑女，那"竹外桃花三两枝，春江水暖鸭先知。蒌蒿满地芦芽短，正是河豚欲上时"的古诗，那"晓日照江水，游鱼似玉瓶。谁言解缩颈，贪饵每遭烹"的千古佳句，用来形容此海此山此情此景，也不能称之为过。"腰缠十万贯，骑鹤下扬州。""三分天下明月夜，二分无赖是扬州。"佳章绝句出自文人骚客之笔，是良辰美景给予其灵感。古城扬州有古朴的美，泾中渔歌互答具有独特妩媚；名城扬州有小家碧玉的城市品味，南国石化城具有带动北部湾的气吞山河之大气；秀美水乡弹奏千古之曲、吟唱杜十娘悲悯之歌，鼎沸的石化工地演奏着划时代的最强音，咏唱着崛起的大业。

已将异乡当故乡，这曾是我迁驻江苏水乡的感言。而今，身在西南海滨，望山山美，观水水秀，处人人和，办事事通，创业业兴。不用说，这已是我的第三故乡。

快乐，是一种体验；奉献，是一种境界；幸福，则是一种心理感觉。攀登珠巅，强健的是筋骨，锤炼的是心志；布阵大石化，开创世界之先河，与三千亩互答，同国际号的大炼厂拉歌，此乐何极！

一线连两点的小路

　　"世间本来没有路，人走多了便成了路。"这条小路应了这句赋有哲理的话。这儿本来是山边荒地，自从广西石化人在这里走多了，走久了，才有了此路。

　　这条路没有名字，也没人给它取个什么名字或代称，顶多称它为通往办公大楼的小路，或者称它是去往石油公寓的羊肠小道。

　　小路不长，约一千二百米，行人按每分钟走一百二十步，每步走七十五厘米计算，要走十二至十五分钟。小路不宽，并排走四个既显拥挤，如不"礼让三先"，没准能有人过不去。小路一面靠山，那片山裸露出了棕褐色的灰质岩，很像漓江边的九马画山，能让人揣摩出许许多多象形的图案。能寻到狂奔的骏马，找到沙漠中的骆驼、大海中嬉戏的蛟龙，以及仙鹤、孤鹜、耕牛等，只要你用心玩味，在这幅巨幅"青云上河图"中，你想象到什么，那上面就有什么，有如大千世界，无所不在，尽其所有。还能读出岁月的年轮，亿万年的变迁，历史的印证，大自然之造化。套用那句诗"山不在高，有仙则灵。"这里可以形容为：山不在高，有诗情画意令人则铭。在山的一瞥，还有一个碎石跌落的小峡谷，让人触景生情，大有于无声处听惊雷之感。小路芳草萋萋，路旁没有一棵像样的树，只有稀稀疏疏的一些叫不出名字的青草，同这面山很不协调。显不出小路有什么美感，更谈不到小路有什么富庶之处，倒显得有几分贫瘠、几分苍凉。小路虽然不长，但弯儿很多，曲曲弯弯的拐了三道弯儿，随地形地貌而就，形状很像一条爬动的蛇，也算是随形随缘。

自从走上这条小路，有一次，我见到一条横穿小路的蛇，那是一个雨后的清晨，在一个拐弯处见到了它，从小路的一边向山的一边蠕动，它显得那么从容，那么悠闲，似乎不在意我的存在。也就在这个胳膊肘弯的一侧，一堆乱石围成的一个圆形的水坑旁边，有一只两个拳头大小的小白鹤，自发现它的那天起，每天都能见到它，更多的时候它都是单足伫立，举颈昂首，温文尔雅，自命不凡。让人感觉它是一种执着，一种期待，一种渴望。望远看去它像北方秋季田地里待摘的棉桃，在棕褐色的碎石相衬下，十分显眼，洁白无瑕。久而久之才发现它总是放单儿，它同小路的品格十分相似，给人的感觉它是那么孤寂，那么无奈，那么无助。孤寂是宝，沉默是金，无奈逼人寻觅，无助教人立志，不知他人如何理解，这是我从小鹤那儿得到的一点感悟。

短短的一段小路，平平常常的一条小路，真真切切的一叶小路。小路比不上高速公路或国道的宽阔和笔直，也比不上上海南京路那么人气鼎盛和繁华，更比不上北京王府井大街那么典雅，那么富丽堂皇，甚至都没有时下乡间小路那么幽静和宽敞。

然而，这条小路一线连着两个点，一边是广西石化的临时指挥中心（简称办公大楼），另一边是石油公寓，是广西石化人的栖息之处。这一线小路位于中间，酷似一个扁担，一头挑着办公大楼，另一头担着石油公寓。于是，小路成了广西石化员工上下班的必行之路，一条最便捷的路，一条日复一日、年复一年的往复之路。广西石化员工急匆匆的上班脚步踩在它的脊背上，小路默默承载，且送给他们一个个希冀，圆他们一个个理想之梦。闲暇的工友们漫步在它的身躯上，它也无怨，让他们忘却的是烦恼，纯净的是身心，陶冶的是情操，强壮的是身体，享受的是愉悦。情侣们手牵着手，细数着百年同船的时日，它也会恭敬地顺祝，愿他们百年好合，连理永结。孩提们在它的身上顽皮嬉戏，它也会悄悄地将细小的石子塞进他们的鞋子，还他们一个小小笑料，平添一个情趣。

白天做事一条路，晚上做梦路千条。小路，它是钦州港千百条路中的一条，广西石化人对它情有独钟，其中的内涵你知、我知、谁人都知，还是让我更确切地告诉您：钦州港有许多条路，广西石化人为什么不去涉足其他路，偏偏选择了这条路？因为这条小路是广西石化人的起步之路，追求之路，理想之路，求索之路，创业之路，开拓之路，成功之路，攀登世界巅峰之路！

"世间本来没有路，走的人多了便成了路"有一定的道理，但我觉得这天下之事，只有相对一说，没有绝对之言，世间本来就有路，人走多了、走久了便没了路。

若干年后，广西石化人也许不再走这条小路了，或许路中长青草，新颜还旧貌。但这条小路实实在在的存在过，广西石化人在这里走过，它铭刻着广西石化人创业的一段履历，它是中国石油西南地区战略布局成功的见证。

对话十万大山

    建设广西石化初选第一个目标是2008年12月11日，世间就有这样的巧合，公司组团12月2日登十万大山，如12月11日登山，距这个目标正好是一年。更巧的是十万大山的最高峰——狮山观海，海拔一千二百六十四米，虽然不是完完全全的巧合，但数字基本相似。另外，登十万大山有三段路程：第一段路是栈桥，第二段路是石子路，第三段路是千级台阶，最后达到顶点；实现炼厂竣工目标也要经历三个大的时段：一是"三通一平"，二是地基强夯，三是安装装置，最后竣工投产。竣工投产要付出千辛万苦，登十万大山要经历万苦千辛。

    这天，我们一行四十人，其中有十二个巾帼，二十八个须眉，驱车三个多小时，来到十万大山脚下。十万大山是国家森林公园，位于广西防城港市上思县境内，离壮乡首府南宁一百三十六公里。园内分布着完整的原始状态的亚热带雨林，可谓无山不绿、无峰不秀、无石不奇、无水不美。这里不仅山青水秀石头美，且植物种类有一千八百多种。空气异常清新，实为少有的人间净土。置身山中，可饱览雄、秀、奇、险、幽、旷为一体的自然景观，可让人胸襟开阔、陶冶心灵。

    人说奔家心切，我们的登山勇士，登山的心情更是急迫，没等组织者发号施令，人们就排成雁阵，进发深山。刚刚踏上栈道，PMT的一个小伙子，就情不自禁地冲着大山吼："喂，我来了！"听了这一吼声，让我联想起："石油工人一声吼，地球也要抖三抖"的诗句。让我感觉这不是平白无故的喊声，这分明是在与大山对话，是一个团队的宣言！是在告知大山：山再高，峰也在我等脚下；路再险，渊再深，没有我们逾越不了的障碍！

队伍继续前进，脚下的栈道嘎嘎作响，酷似在为勇士们助威的掌声，预祝大家凯旋。河床怪石林立，流水潺潺，时而音律柔和，时而曲调高昂。据当地的山民介绍，山洪暴发时，此河更壮观，咆哮的河水奔泻而下，像无数匹脱缰的烈马，远远便听到嘶鸣声，蔚为壮观。两岸大树参天，遮天蔽日，树下原始状态的野草、山藤或蕨类植物郁郁葱葱。一些不知名的野果，有的红澄澄，有的金灿灿，有的已果熟蒂落。更让人惊奇的要数那过江龙，它的果实如巨蟒，尾部挂在高高的树梢上，头则伸向江的对岸。看不到的鸟儿，在远处吟唱着万年不变的歌谣。连绵起伏的群山蜿蜒苍翠，在如烟的雾气中显得更加娇媚动人。身边五颜六色的小花，赤橙黄绿青蓝紫，如天上的彩虹，似仙女抖动的彩带，向勇士们展示着自然之美，并送来阵阵幽香。十万大山仿佛在告诉大家："我是国字号的森林公园，有三亿五千万年前侏罗纪时期与恐龙同一时代生长的椤椤树，还有万年木、紫荆木多个树种，以及大千美景。"勇士们并不示弱："我们打造的是世界级炼厂，栽植的是钢铁森林。你有你的巍峨，我有我的壮观；你有你的秀美，我有我的妩媚；你是西南一柱，我是大西南炼化的一极"。

游历此山，栈桥给人的烙印极深。除此之外，这里还有别出心裁的根雕文化。大家一边前行，一边揣摩根雕的含义，不知不觉来到三叉江。三叉江绝对没钦江那么深，也没虎跳峡雷霆般的磅礴气势，更谈不上与长江比长论短。称之为三叉江，很重要的原因，是它一点连三线，一头连着珠江源，一方牵着青石沟，还有一面连着石头河，它是一个通往众多景区的交汇点。叉口处卵石为路，大石如磨，小石如栗，游鱼碎石，随处可见。

过此江毋需畅游，也没危险，但择石过江落脚不慎，跌落江中，也能让你冒出几滴冷汗。团中一对新鸳鸯胡林和爱妻马莉娜，就上演了一幕鸳鸯戏水的喜剧。三叉江又如迷魂阵，入阵不易，出阵更难，团中有两位女中豪杰，本取狮山，杀入珠江源，要不是陈德恩副主任等前去"搭救"，险些被困在阵中。

勇士们笑过三叉江，又取粤桂古商道，也就是第二段的石子路。此路如同股市曲线，时高时低，逢高扶摇直上，低如高台跳水。险境像在向我们宣战："汝等敢过此关？"此乃小瞧了石油人的胆量和气魄。我身边一位40岁左右的同志，不知是讥笑山低，还是要为自己和队友们鼓劲，唱起了《我为祖国献石油》，那极赋磁性的歌喉，那"风雪雷电任随它，云雾深处把井打"的豪迈歌词，给我的感觉不是随心所欲的哼哼小曲，是要令高山低头，是在和十万大山叫板。这段路确实太险了，韭菜叶似的盘山小道，曲曲弯弯，爬上大半截山，向前行者喊话，听声音似乎近在咫尺，其实是在隔壑对话，要想赶上去绝不是件易事。大家一路前行，沿着绿树环抱的山道拾阶而上，如同钻进绿色山洞，很难看见外边的景色，平添了几多神秘感，偶尔见之，大有云开忽见青山翠，伸手拂去一片云的感觉。可付出的代价是一个个脸如水洗，衣若雨淋，有的已经柱起了拐棍。令人费解和敬佩的是，那些古代商人干嘛择这条路出境？他们年复一年、日复一日牵着驴，驮着货翻过这座山，需要何等的耐力和韧劲？

胜利往往在最后的努力之中，这句极赋哲理的话，用来比喻征服千级台阶更加贴切。前段路大约攀了一小时，大家转过一座山，跨过了一道壑，来到了千级台阶，也就是第三段路。千级台阶是通往狮山顶峰的必经之路，也是最陡峭的一段。是稍加休息再继续登山，还是组团攻下这段艰险的山路，让十万大山的主峰为我们竖起折服的拇指。一位北方籍的同志，举目看看天梯般的台阶，颇风趣地对大家说："三十六拜都拜过了，还怕这一嗑瑟？""上！"大家几乎异口同声，继续向上顶峰爬去。我看着登山勇士的背影，一个挨着一个，像一个长长的人梯，很快便登上了山顶。勇士们有的忙着立此存照，留下这幸福而又珍贵的瞬间；有的站在山顶鸟瞰渔帆点点的北部湾，眺望那蜿蜒起伏的群山峻岭和越南村庄上升腾的袅袅炊烟，去体味一山看两国，十里不同天的惬意。

"坐井观天"赏通灵

"坐井观天"本不是褒义，此语指井底之蛙只能窥见巴掌大的一块天，喻人见识短浅，思路狭窄。

"我愿做井底之蛙。我愿坐井观天。人不可能样样皆知，至少井顶的那片天和驻足之地属于我自己"这是我游览和观赏通灵大峡谷的感觉，或许是固执的不能再固执的己见，但确确实实是我触景生情的心灵感受。

通灵大峡谷位于中越边境的广西靖西县的湖润镇新灵村。通灵大峡谷是"地球上一道美丽的伤痕"，导游解释说。我观之颇有同感，也应了我喜欢逆向思维的心态，特想描摹此情此景美在何处。通灵大峡谷让我想起维纳斯，想起海明威，想起保尔·柯察金，想起残奥会金牌得主。

何谓通灵？导游姑娘解释："上通天，下通地，所以取之为通灵。"此说我不能苟同，最起码理由不那么充分，如果让我认同的话，也只能认作"通"，不能言其"灵"，因为"灵"字蕴含着更多的神奇和玄妙。还是谈谈我观大峡谷的感受吧。我觉得此情此景美妙甚多，观峰峰如利刃，望水有高山飞瀑，有深潭暗涌，有涓涓细流，但美美妙妙还是话归前言，那就是坐井观天的感觉极好。我们刚刚跨入山门，就感觉别有洞天，令人耳目一新。我曾游览过北京的龙庆峡、长江的三峡，都是自下而上那种攀岩的感觉，而游此峡却是自上而下，大有石子落井的过程。我们拾级而下，密密匝匝的原始古树把小径遮蔽得像条绿色隧道，沿途种类繁多的古生植物，在春天的笑靥里释放着旺盛的生命力，展现着那一份永远属于它们的美。脚下是青色台阶，旁边是叮叮咚咚的涧水溪流，构成一幅独特而又迤逦的景致。我细心地数着台阶，大约下行八百多阶，便着陆于谷底。

也许是人的猎奇心理驱使，我的第一个想法便是仰观谷顶，高高谷峰的缺口处，哪里是什么"地球上一道美丽的伤痕"，分明是一轮弯月，"举头望明月，低头思故乡"的意境，也不过如此。我真恨不能舀杯溪水为酒，吟诵起"明月几时有，把酒问青天……"的诗句。我用目光触摸天上的弯月，感受大自然景物蕴含的哲理，月亮是很有浪漫色彩的，她很能启发人的艺术联想。一弯新月，会让人联想到初生萌芽的事物；一轮满月，会让人联想到美好圆满的生活；月亮的皎洁，又会让人联想到光明磊落的人格。月亮身上集中了人类许多美好的理想和憧憬。此月简直被诗化了！我的思想犹如长了翅膀一般，在天上人间自由地飞翔着。我追溯着明月的起源，惊叹造化之巧妙。我真想打通空间的阻隔，让对于明月的共同的爱把彼此分离的人结合在一起。

我收回"望月"的惊奇目光，留意眼前的河流崖壁、花草树木，才真真切切地认识到自己对通灵二字，感悟颇浅，下定义尚缺审慎。此谷为什么不叫月牙谷，而取名通灵大峡谷，是因为通灵大峡谷通天彻地，灵气飘逸，自然造化，鬼斧神工。

通灵大峡谷称奇则神奇，言灵则玄妙，论美则处处皆景。我们刚落脚的峡谷上方崖壁，露出了棕褐色的熔岩，望远窥之，整体轮廓像个老寿星，垂着长长的胡须，还有着高高的额头，更像大肚弥勒佛，既有"大肚能容容天下难容之事"的憨态，又有"慈颜常笑笑天下可笑之人"的警示。

观罢崖壁，还有一个明显感觉就是满目葱绿，通灵峡谷喀斯特熔岩

千百万年以来在水的作用下形成的一种漏斗形地貌，丰富的水源孕育了丰富多样的植被，整个通灵峡谷犹如盛满了绿色的琼浆玉液。畅游在这充满了灵气的绿色琼浆玉液里，你会有被彻底的涤荡，身心怡悦、回归自然之感。这里有与恐龙同时代的桫椤群与观音莲座蕨、硕果累累的桄榔树、奇异的咬人树等植物，使通灵大峡谷蒙上了神秘的面纱，因此这里也被誉为中国最绿的峡谷。整个通灵大峡谷是一个长方形全封闭式的峡谷，四面石壁合围，峡谷全长二千八百米，最窄处只有十余米，最深处达三百余米，小小方寸之地植物就有二千六百多种。进得谷内，满眼翠绿，看天一条线，看地一条缝，溶入一片碧绿的蕴气之中，游人犹如置身于世外仙境之中，神清气爽，天人合一之情油然而生。

观山峰料峭，赏稀有植物，通灵大峡谷千奇百怪，无所不有。通灵峡谷内水流众多，山势溶洞奇特，形成洞内有瀑布，洞外瀑布大小相叠的奇特景观，众多的瀑布多姿多彩，其中最为壮观的是被称为广西之最的通灵瀑布。通灵瀑布位于峡谷的最南端，也是顺着开辟的旅游线路行走的最后一个景点。通灵瀑布落差约二百多米，宽约三十米，是华南最高的瀑布。在远处遥观通灵瀑布，只见一条素练凌空而降，直泻入深深的峡谷，似乎是长年不息的水流把山体冲击成了这个深不见底的幽潭，轰鸣之声不绝于耳；又似乎是千万条白色巨龙奔腾而下发出的嘶鸣叫喊声。水流冲击形成气流，激起阵阵山风，扬起团团水雾，远在一公里以外，未见瀑布，就能看到升腾起的白雾。走近通灵瀑布，更真切地感受这非凡壮丽的山水奇观，你会更加惊奇于大自然的神奇奥妙和天地造化，你会更感叹于人类的渺小与微弱。那飞洒的水珠会湿润你全身，带给你浓浓的自然情趣。沿谷底来到通灵峡谷的下面，只见瀑布飞泻而下，直捣深潭，势不可当，迎面感到飞流的水带起的风夹着重重的雾气激扬而来，水声咆哮，如雷贯耳。近距离观赏瀑布，看着汹涌清澈的河水一头扎进了"天坑"，发出雷鸣般的响声，飘散出漫天白雾，十分美丽。瀑布飞花碎玉般乱溅，如杨花般恣意轻舞，如柳絮般风情万种。仰望着飘逸的飞瀑，不禁想起了李白的《秋浦歌》来，"白发三千丈，缘愁似个长？不知明镜里，何处得秋霜。"也许这长长的飞瀑就是那三千丈的白发，而当时恰是深秋季节，但因此认为它是"伤痕"又似乎太勉强。我痴痴凝望着瀑布，惊诧它竟然出落得如此的美丽。那飞飞扬扬、飘飘洒洒的气势，到底是出自哪一位艺术大家的手笔，把它描绘得如此出神入化？到底是哪个仙家，游方至此，将他宝葫里的酒倒在山之顶峰，才有了那源头活水的飞瀑？更奇的是峡谷内的河流与通灵瀑布流下的水在这里汇合后突然钻入地下不知去向。钻入通灵瀑布形成的水帘洞内，更意想不到的景象出现眼前，水帘洞后又隐有一洞，由上下两洞套叠而成，上洞又有一条地下河喷涌而出，形成多级小瀑布，浪花飞溅，似与游人嬉戏，洞内的小瀑布与洞外的大瀑布遥相呼应，相映成趣，游人不由得惊奇于通灵峡谷神奇独特的山水景观。水因山而多姿，山因水而雄奇，水的多姿多态和山的雄奇壮丽构成了靖西山水的诱人魅力。这些大大小小的瀑布就在这奇山秀水间日夜吟唱着一曲曲大自然的颂歌，展示着这山山水水的原本的神奇与灵性，还有峡谷溪流、洞穴观光、古石垒、古悬棺，更不失其秀美与玄妙，通灵峡谷不愧为一块通灵剔透的人间宝玉。

　　奇异的通灵大峡谷，大饱游人眼福，让人回味无穷的还是那"坐井观天"的感觉，一览无余，可观其空旷，难觅其玄妙，给人的启迪是广而大之，不由得使我联想到一个人自己脚下方寸之地都立足不稳，何谈云游四海？一个人本职工作都干不好，还谈什么雄图大志？那"坐井观天"的感觉告诉我们切忌好高骛远，成其大事者不在于一时的轰轰烈烈，而贵在孜孜不倦的努力。

登鸡笼山

一

古人云：望山跑死马。言中之意，仿佛山在咫尺，触手可及，但近距离去看它，绝不是一脚油门或扬鞭催马即可到达的易事。此次登鸡笼山，让我和会龙深刻体会到了这个理儿，虽说没付出什么生命代价，但也因其过程惊险而被吓出了几身冷汗。

鸡笼山，按易学推论：左青龙，右白虎，前朱雀，后玄武。此山位于工地后侧，方位在西北，无论是前照，还是后靠，都可以称为风水宝地。从办公楼上望去，山的形状怎么也看不出什么地方像鸡笼子，若说它像一条卧龙，绝对能找到出处。它特像一个高昂的龙头，前面低矮的山丘是龙须，后面紧连其颈的逶迤山脉是龙身，龙尾在何处？在北部湾海峡或在十万大山之中，需乘飞机或航天飞船才能考究。《三国演义》中刘备与曹操青梅煮酒论英雄，忽见天际现龙挂，寓意将出天子，那是文人的杜撰，信不信由人。此山有何寓意？当地人称其为鸡笼山，肯定有其道理或某种寓意。垂询当地长者，不仅得知鸡笼山其名之来历，还了解到此山是当地祥瑞象征。相传一官吏流放至此，偶一日清晨出门，见此山祥云缭绕，瑞气蒸腾，一群金色鸡状之物从山中拥出，呼之大吉。"鸡"与"吉"同音，果不出征兆，此人不但归家复职，合家团圆，还得以重用。金鸡报喜，吉星照人，因此而得名，直到现在此山仍是此地吉祥的象征。

鸡笼山并不高，海拔不足五百米，但在钦州港区当数它最高。登鸡笼山的初衷，是因为要换个角度拍工地全景，才有此意。因为听人讲山中毒蛇较多，让它亲上一口，轻是一场虚惊，搞不好要付出生命代价。是工作需要也好，是猎奇也罢，我们决定登鸡笼山。说起来，人很奇怪，怪就怪在喜欢猎奇，猎奇并非孩子的属性，男女老少皆如此。也许人类尝到了猎奇的甜头，感悟到心扉刹那惊险一颤的刺激，既能彰显其个性，又能给人以回味。就说蹦极，冒险者在一跳之前，心往上提，小腿打颤，吓的鼻涕一把眼泪一把的，让观者看了觉得可恨、可怜又可笑，甚至让人觉得不可思议，既然那么惧怕，干嘛出那风头、冒那险？可跳过的人会告诉你：此举图的是经历，玩的是心扉刹那间惊险一颤。不管他人什么心态，反正我是如此，心里越是怕毒蛇，越怕登山，那种登山的念头总是挥之不去。在这种心态的驱使下，我们才有此冒险登山之念。

记得第一次登山，是以车代步，顺着工地一侧小路上山，虽说坐在车内，不会受到蛇蝎侵扰，但危险还是可能发生的。小车沿着崎岖的山路进发，遇到高峰可以仰目望日，感受不到脚下还有山。过了山冈可见崖下低谷，若跌下去的后果无法想象。大约行驶半小时，转到山后的一个小村庄，嘎然间便没了路，费了九牛二虎之力，才调转车头回驻地。此次登山一无所获，但也改变了一个观念：车到山前并不一定就有路，峰回也不一定路转，世间之事只有相对论，没有绝对一说。触景生情，幡然省悟，走错了路可以择路重走，人生误入歧途，绝路逢生的可能不是没有，但要付出多少代价？

第二次登山，可谓冒险之旅。登山之前，我们打探路径，略知方向，便去登山，其结果吃尽了苦头。我们首选的，是条扇形的小路，橙色的崖岩呈齐刷刷的圆弧形，看上去很美，也不算高。岂不知那是在山下的视觉感观，当我们爬上去向下俯视，吓出一身冷汗。那崖陡峭如斧砍刀削的一般，还有那林立的石峰，如锥似刃，要是一脚踏空，不出生命之险，也得损伤筋骨。另外，让我们不可理解的是，这条所谓的山路，除刚上山时有条几乎被草埋没的细如鸡肠子一般的小路，到了半山腰就没了路。首次登山，要是有所收获的话，就是真真切切地领悟到什么叫上山容易下山难，因为脚穿的鞋子可以见证，鞋垫在里面打了个卷儿。

有了第一次教训，按说吃一个豆该知道腥了，因为谁都晓得犯同样的错误，那就是愚蠢或考虑一个人的智商问题。可我们偏偏就没长那记性，要说找个理由的话，那就是在我们问路的时候，一条大黄狗悄悄向我们逼近，令人十分恐惧，使我想起了家乡王家女人被狗撕咬得露出头骨的一幕，顿觉脊背骨冒凉气，下意识地从地上抄起一根木棍，择条小路就去登山。

这次误入歧途还有个原因，是在我们寻路上山的时候，前面一个着工装的人也顺着我们要去的方向前行，我们就像赌场输红了眼的赌徒，那就是一个字：跟。我们也就跟了不足百米，钻了一会儿草丛，忽然发现目标丢了。前边的路对不对，好不好走，又是一片空白。有人说过：世人几乎都有错误转移法。所谓错误转移，意思是说一个人摔了一跤，不是怪有东西绊了他，就是怪地不平，绝不会怪自己。当时，我们的心态就是如此。怪那人不登山干什么来这儿，弄得我们进退两难。怎么办？打道回府？已经步入山林之中，望望头上的鸡笼山，山峰叠翠，蜿蜒起伏，酷似一幅国画。回首看来的方向，工地林立的塔架，已淹没于绿色世界。瞧瞧前边的路，不能称其不是路，说它是路只是有人曾走过，高过头顶的葱绿草丛，犹如野马分鬃，时而左右分开，时而倒向一边或另一边，时而紧抱着小路。此时置身此地的我们，绝对没了体味"风吹草低见牛羊"的雅兴，有的只是对危险丛生的警觉。因为来到工地在路上亲见过小道上爬过的蛇。在办公楼的一侧的山脚下，有人打过蛇。在网上见过蟒蛇吞村妇的恐怖一幕。还听到无数次当地人被蛇咬的惊险故事。

二

来到工地，在路上见过过路之蛇；在办公楼的一侧的山脚下，有人打过蛇；在网上见过蟒蛇吞村妇的恐怖一幕；还听到无数次当地人被蛇咬的惊险故事。

大蛇，小蛇，青蛇，白蛇，黑蛇，无毒蛇，有毒蛇，我满脑子想的都是蛇。最毒不过的是"过山风"，咬人一口，当场毙命；杀伤力极强的眼镜蛇、响尾蛇、银环蛇，也是剧毒物种，伤者不当场毙命，生还的可能性也不大；还有世界珍稀的烙铁头、蟒蛇等等，数也数不清，当地人都叫不全其名，我这个他乡之客，又能知多少，心里十分恐惧。在公寓的居所，不堵下水口，都怕有蛇乘虚而入，身处丛山峻岭之中，我们在明处，蛇在暗处，涉足它们的领地，一旦遭遇它们，怕是留下买路钱，它也不会放行。怕是自然心态，临危不惧是心理素质。是工作需要？是一种征服感的心态驱使？还是什么原因，说也说不清，道也道不明。我俩只是交换了一个眼神儿，互相鼓励一下对方，打起精神继续向山上走。人说：三人同行，小弟受苦。我俩恰恰相反，可说两人登山老大担险，我首当其冲在前边开路。不仅仅因为我比他年长，也因为我手里有根木棍，他赤手空拳，若说他手里有东西的话，也只是台照相机，我不在前谁在前？

先民造词：敲山震虎。不知何由何故，没问过典故其详，我倒是经历过敲山震蛇。每前进一步，我是逢树敲树，见草打草，目的只有一个——打草惊蛇。其不知敲山未必震虎，打草也未必惊蛇，这是此次登山被实践证明的定理。当我们翻过一个山头，转到山的后侧，惊险的一幕证实了此理。在我们路前方的枝条上，倒垂着一条葱芯绿的小蛇，也许这就是人们说的"竹叶青"吧？它可不是等闲之辈，虽不同于"五步蛇"和"过山风"，咬上一口不出五步，便可毙命，但被它咬上一口，我们所处的位置离山外道路那么远，我俩又都是大块头，谁能背得动谁？就是抬到路上，搞不好也一命呜呼了。小蛇倒是没有狰狞的面孔，也没向我们发起进攻，像一顽童在荡秋千，又像一条葱芯悬在树上，颇是悠闲。它不时地将头向这边伸伸，向那边摆摆，还有节奏地吐出带叉的红红的小舌头，似乎不在意我们的到来。可它的悠闲，给我们带来了新的恐惧心理。本以为用棍子敲山打草可以惊蛇，没料到起不到任何作用。直到有一天中央电视台动物世界栏目介绍蛇的故事，才进一步验证拿棍驱蛇，也只是给我们带来精神上的麻痹，或者精神的慰藉，起不到什么防身和驱蛇的作用。因为蛇只有舌头伸缩的嗅觉，没有听觉，又是个视觉模糊之物。要不是我们的眼睛管事，难说会发生什么恶果，就是不被蛇咬，也可能被吓得三魂出窍、六神无主。当时真的很后怕，看看我们走过的山路，杂草茂密，险象丛生，顿觉头皮发紧，两腿颤抖，心跳加速。假如遇到一条毒蛇咬我们一口，或踩在巨蟒身上，这棍子真能吓跑蛇？还是真能防身？

　　不知是何人总结人生命运之定数："三十而立，四十不惑，五十而知天命"。此时，我感慨颇多，已是这把年纪，该是过其不惑，可还是有惑。因此，我命运定数有了新的感悟："四十不惑"也就是说人到四十，遇事不迷，处事有方，不会轻易误入歧途。但这不是对任何人任何事都适用的定理，对有的人能够不惑，有的人是不惑、有惑兼而有之，但对更多的人则是事后诸葛亮。由此，我想起了古训："以情统智，则人昏庸而事颠倒；以智统情，则人聪明而事合度"。人做事不可无目的，也不可缺少激情，但往往只靠激情是不行的，没有理智的激情，同样也是愚蠢的，如果事前没有充分的思想和行动准备，成败不论，很可能恶果相随。那么，无论为人做事，还是为官为民，或是从商从政，个中必有礼数。行事鲁莽，感情用事，则人昏庸而事必颠倒。反之，凡事谨慎小心，以智统情，则人聪明而事必合度。淮安有座胯下桥，表的是史上大将军韩信。韩信幼时父母双亡，主要靠钓鱼换钱维持生活，经常受到一位靠漂洗丝绵老妇人周济，屡屡遭到世人的歧视和冷遇。一次，一群恶少当众羞辱韩信。有一屠夫对韩信说：你虽然长得又高又大，喜欢带刀佩剑，其实你胆小如鼠。有本事你用你的配剑来刺我？如果不敢，就从我的裤裆下钻过去。韩信自知形只影单，硬拼肯定吃亏。君子未争一时之气，他强忍胯下之苦，当着众人的面，从那个屠夫的裤裆下钻了过去，而后刻苦习武，谋求大业，终成栋梁之才。刘备与曹操青梅煮酒论英雄，曹操煮酒意在试探刘皇叔的心志，刘备不争一时舌间短长，故作惧状，逃过此劫，而后成为一国之君。凡此种种，笔笔皆是。当然，言此种种，是我当时的心里反映，也是心有所慨。一句话，悔不该盲目进山，怨自己头脑不够冷静。后悔药没处可买，开弓没有回头箭，只有硬着头皮往前闯。我看看手中的棍子，用它作拐棍还嫌短，其他的用场也不大，真想把它扔掉，但又不能扔，不管怎么说，这根一米多长的小棍，曾是我们的精神支柱，引领我们走了这么长的一段山路，相信它在前行路途中，还能给我们以精神慰藉，哪怕是精神上的麻痹。

<h1 style="text-align:center">三</h1>

也许是蛇随人意，或者是小蛇惧怕了我们，像落叶似的掉在地上，眨眼功夫消失在草丛之中。

小蛇的出现和消失，说给我们带来了恐慌，还不如说给我们带来了警觉和征服险境的信心。何以畏惧？我们怕它？还是它怕我们？如果当时心中不存善念，一棍子下去就会轻取它的小命，能奈我何？"知穷之有命，知通之有时，临大难而不畏惧者，圣人之勇也。"没记错的话，此话出自老子之口。我们不是圣人，但也略晓天之有时，地之有灵，人之生命之有数。当时那处境，那心理状态，那感觉，大丈夫何惧区区蛇蝎？死活也得登上鸡笼山！

　　告别小蛇，度过一险，前路如何，不可得知。我们像去西天取经似的，继续向前挺进。我俩绕过一个山梁，来到一个三面环山，一面是水的湖畔。其实，此水像湖非湖，是七十二泾的一个支流。但当时我们可不这么认为，给我们的第一印象，此湖位于大山的怀抱之中。也许是因为水面不大，没有波光，没有涟漪，没有船只，没有候鸟，明亮如镜，特像一潭秋水，如有孤鹜起落，能让人感受到王勃"落霞与孤鹜齐飞，秋水共长天一色"的意境。别说我们是他乡之客，就是当地人，不熟悉境况，处在这个地界上，也难分辨出哪个像湖，哪个是海，哪个是河，哪个是江。也得和我们一样靠尝水咸淡辨认，何况我俩？另外，让我们有此错觉的还有一个原因，就是在靠近鸡笼山的一侧，有一条长方形的稻田，虽然久已没人耕作，但凸起的田埂清晰可见。那有横有竖的田埂，横平竖直，够成个田字，让我体会了仓颉造字之出处，象形字出炉的根本缘由。要说还有不解的是，稻谷一般生长在江河湖的沼泽地，属淡水生长植物，这沿海滩涂种稻谷，闻所未闻，更不要说亲眼所见。真可以套用一句名言来形容："不识庐山真面目，只缘身在此山中。"其实，我们所处的位置，实属山边小道，也可以称它是绕山小路，我们根本就不晓得，此湖并不是一潭死水，更不知道水流的一端还有一个急弯儿，转过山去，直通北部湾之海。我们就像井底之蛙，坐井观天，不知天高地厚；更似盲人摸象，只知其一，不知其余。如果登上山顶，见到水自哪儿来？流向何处？肯定不会有此错觉。为了弄清是湖是海，我俩还打了一赌，非要弄个是咸是淡，直到亲口尝了苦涩的海水，才搞清湖海真相。我们尝了苦涩的海水，要说有回味的话，那就是我领悟到枉自下定论，实属自负，而非自信，也可以说是心性不成熟。"路遥知马力，日久见真情"的典故告诉我们，凡事不能轻易下结论，遇事首先要冷一冷，弄清事情原委，三思而后行。试想人与人之间相处，又何尝不是如此。听信一句谗言，可以刀戈相见；一个小小的误会，挚交反目为仇；一个不同观点，竟能挑起事端，轻者造成同志间的隔阂，重者造成相互间的伤害。

我望着静静的海水，拴不住的思绪，不知不觉地回到学生时期读过的两句古诗的意境："寒塘渡鹤影，冷月葬花魂"。我揣摩这两句诗，玩味此海此景，眼前的泾水多像一池寒塘呀，如有仙鹤拍空，水中必有影相随。再看那半月形的泾水，酷似残缺之月，月中有树，有传说中的嫦娥，有玉兔。触景生情，望月思亲，思绪万千，感慨多多。天命之翁，奔波半世，妻在淮扬，子于京粤，我置"南蛮"之地。为财？我吃国家俸禄，年年有余。为仕途？年龄如此，还有何求。为名？著书多部，方块田地耕耘三十年有余，也未出奇冒泡。到底为什么？图什么？言不明，理不清。由此，我思绪的时空，又切换到古代，仿佛亲见挥刀操剑的战场。那"操起战鼓忘其身，临军约束忘其亲"的壮举，似乎就是我们石油将士"头戴铝盔走天涯，哪里有石油哪里就是我的家"的缩影。我者触景思乡，工地数以万计的石油人哪个不是望着婵娟度日？

四

收回视线，牵回思绪，按住滚烫而激奋的心，举目仰望隔岸的鸡笼山，山峰障目，垂青如帘，仿佛触手可及。人说"一叶障目，不见泰山"。隔山观虎，怎见其物？我们身处此境，山峰如墙，高不可测，怎知山外世界？触景生情，思绪扯断了我的束缚，跨越了久远的时空，飞越到诗仙李白的年月，体味"日照香炉生紫烟，遥看瀑布挂前川，飞流直下三千尺，疑是银河落九天"的诗情画意，浮想联翩，玩味其境。诗仙留此佳章绝句，绝非酒酣所至，更不是醉眼观景，异想天开，定是有感而发。将此山和诗仙描述的佳境相比，高山作炉，云霭为烟，大地如盘，世人观之，都会为之叫绝，呼之为奇，赞之奇美。若有瀑布飞流直下，抬头观景，低头看海，侧目望山。这高耸苍翠的鸡笼山，平静如玉的北部湾之海，身处此山此水此地此景，定会疑为诗仙所描绘的仙境。

我曾在《泾边观海》中，有这样一段感言："身在西南海滨，望山山美，观水水秀，处人人和，办事事通，创业业兴。不用说，这就是我的第三故乡。"想到故乡，不由得使我想起赞美家乡的诗句："三分天下明月夜，二分无赖是扬州。"佳章绝句出自文人骚客之笔，是良辰美景给予其灵感。古城扬州有古朴的美，泾水沿岸，远山叠峦起伏，绿野千里，蜿蜒苍翠，海水茫茫，祥云缭绕，天高地迥，如诗如画。如当年文人骚客游历此处，观此山此景此水此地，也许会赋："三分天下明月夜，二分无赖是钦州。"说不定还会创作出更妙的佳章绝句。

闲心观景，忧苦独思，归途步疾。拽回思绪的缰绳，继续我们的登山之旅。我们眼望隔岸的鸡笼山，忽见对岸的山坡上，有一对白房坐落在荔林之中，隔岸观之，小房洁白如玉，如鹤一双，倒影摇湖，点缀青山。这两座小白房，给我的第一印象，特像大庆油田的采油井房。当年我当采油工人，在松辽盆地的大草原上，与白房为伴，同采油树对歌，和书籍交谈，度过了近三年的青春时光。那时，井房多如繁星，人烟稀少，独自一人在房中值守，每天面对一扇小窗，坐观外面世界，十分寂寞。但也应了一位哲人的话："孤寂是宝，沉默是金，无奈逼人寻觅，无助教人立志。"我虽然不知高等学府的大门冲那儿开，可正是在那小白房里，我读了上百部中外名著，自修了古文，还练就了一手草书，以至于在那之后，著书立传，挤进了文人的阵营，端起了办刊办报的饭碗。思绪的潮水总是泛滥，难免话多言过，但绝非抬高自己的"物价"，只是回忆自己人生的一段经历，一个爬坡之旅，一点人生感悟，绝非自吹自擂，请著公见谅。

关闭思绪的闸门，转动视而不见的目光，再去揣摩对岸那两座小白房。小白房没有炊烟、不见人迹，显得有点冷清，有点孤寂，如在此打坐修禅，倒是个绝妙之处。但这是后来亲见小白房铁将军把门儿的感受。可刚看见小白房子时，我俩心态可不是那样，而是惊喜，是精神上的依托。

我俩第一眼见到小白房，可以说眼睛一亮，那种心里感觉不亚于落水人抓住了救命绳，迷路人找到了方向，黑暗中见到了光明。因为有房子，就意味着有人居住，有人在这里生活，就不会有狼虫虎豹出没，就是有蛇蝎，也不会太多。我俩真像抓住了救命的稻草，几乎是异口同声地说："有住家的！我们过去看看，准能打听到山路！"先民造词，有句成语叫忘乎所以，不知字典如何解释，我俩历险，对此倒有些感悟。那就是忘乎为因，所以是果。我理解此意，凡是必须理性思考问题或理性对待人情世故，只有这样的前因，才会有好的结果。反之，忽略理性二字，凭一时的头脑发烧，或者感情用事，不恶果相随，也要遇到烦恼。

说心里话，我们还真没得什么得意，更说不上什么欣喜若狂，若说能令我们忘乎所以的话，就是我们在险象丛生的情况下，见到房子，似乎有了依靠，有人相助，多了一些安全感，少了一些恐惧。正是萌生了这种思想，才有了之后的一险。我们也顾不上草丛中有没有蛇了，像久别家乡的游子，见到了自家的房子似的，也不用小棍敲树打草了，三步并作两步径直向对岸走去。

就在我们急匆匆欲将穿过稻田，向小白房靠近的时候，危险也在不声不响中逼近了我们。

五

我的脚步像锤子捣蒜似的，一步紧似一步的向对岸奔去。就在我沿着田埂向对面走，大约走出二十多步的时候，我见前方田埂断开，对面接头处，有稀疏杂草，误以为那就是田埂，便纵身跳了过去。当两只脚落下去的时候，只听噗的一声，身体急剧下沉，只是眨眼工夫，两腿陷至膝盖，且不觉得脚下有底。人自救的本能是生之具来的，就在我两脚下沉的瞬间，嗓子立马就发出了喊声："不好！"我虽然没喊人求救，但我遇险的信息很快传达给同伴，也惊飞了正在沼泽地觅食的两只小白鹤，小鹤啪啪扇动着翅膀，嘎嘎嘶鸣着，像飞机冲出跑道似的，很快就消失在碧空。而我深陷泥潭，两条腿像生了根一样，牢牢卡在泥潭里，会不会继续下沉，能不能重演扎龙鹤乡姑娘的悲惨一幕，生死未卜。世间事无巧不成书，巧就巧在我手中那根打草惊蛇的木棍没扔，此时派上了用场，又成了我的救命棍。我将棍子的一端递与向我跑来施救的会龙，轻轻移动双腿，没费多大力气，便脱离了险境。我回头望望深陷两腿的两个黑洞洞，令人窥之阴森恐怖，思之毛骨悚然。不由得使我想起了王勃老夫子的感伤："关山难越，谁悲失路之人？萍水相逢，尽是他乡之客。" 他言关山难越，可他哪里晓得泥潭比关山更险，谁悲失路之人倒是颇有同感。此时的我与他，不求有谁悲悯，只图择路登山。我们断定前方无路登山，只好沿着原路返回，也好再择登山之路，完成我们该做的工作。

具有哲理的语言是成功者的智慧结晶。不知他人是否认同，反正我是十分认这个理。因为我们返回最初登山的地方，经一村妇指点，我们钻过铁丝网，穿过一个废弃的村庄，直取鸡笼山顶峰，我们才有此领悟。

我们顺着山路向上攀登，不知不觉来到一片竹林。竹林不大，算起来能有十几墩，可这竹子长得特高特壮特美特有观赏价值。可以说全国乃至世界有这么高的竹子也不多见。竹子粗的有大碗口那么粗，高的如擎天一柱，直插云天。这竹子，有的弯弯曲曲像巨蟒；有的笔直挺拔像旗杆；如果你远望整体地去欣赏，它特像一幅美竹画；要是近距离去品味它，板桥老先生笔下的竹子，绝对没它美，没它粗犷，也没它那种大自然特有的神韵。另外，它给我还有一个感觉，它们肩并肩、手拉着手，相互簇拥着，特像是同胞姊妹，更像个团队，任凭狂风肆虐，暴雨袭击，晃动的是它不屈不挠的身躯，植根大山之中的根系是它特有的品格！置身竹林之中，感受一下竹的韵律，更会令人心旷神怡。在这里能听到噼啪啪啪的爆竹声，小鸟啾啾的对歌声，还能欣赏到音质浑厚的大提琴、曲调悠扬的小提琴、咚咚激昂的打击乐。这出自山谷的天语，似乎在告诉我们什么，是炫耀大自然的美妙？是深山旷野的神奇？是竹的高风亮节之品格？

我们带着这一连串的不解，大约用了二十分钟，便登上了鸡笼山的顶峰，到了我们想到的目的地。登高鸟瞰，左瞧右看，横观纵赏，美不胜收。可以感受到山原旷其盈视，川泽盱其骇瞩。可以寻觅到杜甫的 "会当凌绝顶，一览众山小" 的意境。可以品味到苏轼的 "横看成岭侧成峰，远近高低各不同。不识庐山真面目，只缘身在此山中" 的奇妙描述。以及韦应物的 "春潮带雨晚来急，野渡无人舟自横" 的绝妙描绘。再去品味工地全貌，如同偌大的竞技场，那一圈连着一圈的罐区，酷似奥运会的五环会标，那车水马龙的阵势，如同竞赛的族群，他们同样为摘取世界级桂冠而拼搏，同样为祖国乃至世界争光。

留点遗憾六峰山

人的心态真是不可思议，凡是未能称心如愿之事，就觉得惋惜和遗憾，想做的事称心如意了，虽然没有了惋惜和遗憾，但又觉得来之容易，就不知道珍惜又特别容易遗忘。这不仅仅是我到了灵山没攀六峰山的感悟，也是我以及身边人人生经历的心路。

关于六峰山，我虽然没有见过它的尊容，没参观过庙宇和特有的蛮夷之地的旖旎风光，但我对山上有什么建筑、有什么绮丽景色，有什么特产，有哪些历史背景，可以说悉知有加。也许是我的职业关系，我采访哪个单位、哪个先进人物，都是先对其进行详细的侧面了解，然后制定报道计划，接下来才能进行深入细致地调查研究。此次去登六峰山，自然是循规蹈矩，也没破这个不成文的老习惯。

灵山不是山，是钦州市的一个县，六峰山才是山。六峰山风景区位于钦州市灵山县境内。称为六峰山，指的是龙头峰、凤尾峰、龟背峰、芙蓉峰、冲霄峰、鹤立峰六峰。望远观瞻，六峰山像人的手指多长了一个指头。六峰山虽然没有海南五指山那么巍峨险峻，没有五岳之首泰山的云蒸雾霭，也没有黄山的奇松迎客。但它拔地横空，山石嶙峋，老树盘根，古刹幽深，东西北三面悬崖峭壁，自古就有南麓"灵岩初地"一条石径之说。有龙船岩、狮子岩、北帝庙、仙人井等溶洞景观、人文遗迹近百处，素有"粤西胜景"、"人寰胜地"的雅号。古人称六峰山为石六山、粤"半巫山"。自古以来登览粤南麓山门一石径。瘦石倚城留云，谷幽树藤雾攒，古刹新亭两生辉，山花含笑向人迎。当代著名画家黄独峰生前赞誉其峨黄山之风韵。花石山、凤凰山和翠壁峰，与六峰山一脉相承，错落分别，各呈俏容，偌登高俯视其山，有些类似夏夜星空中的北斗。在古、近代地方政治、军事、文化、人文风俗和旅游史中，占有非常重要的席位。六峰山唐宋时期称石六寨，是宋朝灵山县治、灵山学宫所在地；花石山五彩瑰丽的灵山花石，明朝时曾定为贡品；翠壁峰空镜岩内有抗日名将蔡廷锴当年"振旅岩疆"的遗墨；凤凰山根的三海岩素称"粤西胜境"，"一岩三海洞天开，鬼斧神工别有缘"，更以幽洞、钟乳和摩崖石刻三绝引人入胜。

　　牵回难以约束的思绪，放下言山的心境，捡起遗憾接着叙。其实，人在朝阳遗憾少，太阳西沉惋惜多。人，四十而不惑，五十而知天命，六十而耳顺。人到暮年，如五彩的云霞，就会有很多的感念在心中生成。多少年以来，自己做些什么？经历着什么？失去了什么？得到了什么？哪些是成功的履历，哪些是遗憾的缺损，都会不时地萦绕在脑际，而且总是拂之不去。也应了那句"上了年纪的人，多少年前的事想忘忘不了，眼前的事想记的又记不住。"人，一次次命运的摆布、捉弄和赐予，一回回身不由己的离离合合，一个个机遇的逢迎和失去，这是人的生活之规律，千万不要斤斤计较。得也好，失也罢，都可以统统忘却。因为计较得会沾沾自喜，计较失会惋惜不迭。人生谁还没有憾。人不能在计较中生活，不要为遗憾而悲悯，不要为所获而雀跃。无痕的岁月，能记载的是英雄的故事，神话的传说，还有恶人孽障。假如让我们退出生命之海，所有的悲欢离合、是非对错，甚至死亡新生，都会被炎热太阳炙烤的魂飞湮灭，永远平静。

　　遗憾乎，不遗憾矣，一切的一切，都只是时光隧道中的一粒光点，天宇中的一颗流星，大千世界谁人不是如此？

第二部　触景生情

dierbu chujingshengqing

今时又见他乡月

　　我在广西石化工地度过了三个中秋，中秋言月思乡，不能不让我想起第二故乡扬州，不能不想起远方的亲人，不能不引发许许多多的感慨。

　　扬州确实是个美丽的城市，"三分天下明月夜，二分无赖是扬州"，这是徐凝《忆扬州》的佳句。古时扬州极尽繁华，是重要的经济、文化聚集之处，如云的商贾"腰缠十万贯，骑鹤下扬州"，文人雅士亦是"烟花三月下扬州"。难怪六宫粉黛拴不住乾隆游历之心，六次南下扬州玩味景物。而今，扬州既有古代的典雅，更有现代的时尚，天上有航线，地上有"长龙"，城分新旧两域，不然联合国最佳人居奖怎么能垂青于她？然而，月圆之时人难圆，笔者自十多年前在扬州定居，就驻守大庆，往复京沪，参加炼厂会战，一年十二个月，能在亲人身边有几日，能享受名城美景又有几时？

　　还是收回思乡之心，谈谈关于中秋节的感怀。"人有悲欢离合，月有阴晴圆缺，此事古难全。但愿人长久，千里共婵娟。""露从今夜白，月是故乡明。"这是离人的感叹，是思乡的情愫，是心酸的泪滴。"春风又绿江南岸，明月何时照我还。"这是宋代王安石的心迹，代表了多少客居他乡的游子之恋家情结。感慨是一种心境，是一种感悟，或者说是一种心志。千百年来，月亮是黑夜的光明，是嫦娥的故乡，是玉皇大帝身边的明灯，是文人墨客笔下吟诵的永恒的赞美诗。她伴随着人类的脚步，关注着世间苍生的冷暖，创造了许多优美的意境。那"床前明月光，疑是地上霜。举头望明月，低头思故乡。"我孩提时就铭刻于心，不用深究便晓得出自诗仙李白的形象思维。还有苏东坡的"月出于东山之上，徘徊于斗牛之间。"以及"月出皎兮，佼人僚兮"。古人描摹的月亮之美，无论是以物拟人，还是触景生情，都给人一种意境、情操、美感的享受。月亮也是人类相思情感的载体，她寄托了恋人间的相思，表达了人们对故乡和亲朋好友的怀念。信笔于此，让我想起"海上生明月，天涯共此时。情人怨遥夜，竟夕起相思。"还有最抒情、最有代表性的苏东坡的《水调歌头》："明月几时有？把酒问青天。不知天上宫阙，今夕是何年？"诗人运用形象描绘的手法，勾勒出一种皓月当空、孤高旷远的境界氛围，把自己遗世独立的情绪和感受融合在月的阴晴圆缺之中，渗进浓厚的相思情感。另外，月亮在失意者的笔下，又有了失意的象征，引发了许多失意文人的抒怀，也引发了人们对哲理的思考，因而成为永恒的象征。"人生代代无穷已，江月年年只相似。""兔寒蟾冷桂花白，此夜姮娥应断肠。"关于写月的诗，虽然写的是同一个物象——月亮，但是在不同的诗人笔下，其象征意义是各不相同的。能使人开启心智、给人以精神力量的诗句比比皆是，有"枫林纤月落，衣露净琴张"的恬静优美，有"夜深经战场，寒月照白骨"的战争悲愤；有"星临万户动，月傍九霄多"的拳拳忠心，也有"露从今夜白，月是故乡明"的悠悠深情；还有"片云天共远，永夜月同孤"的怀才不遇和悲情绵绵。这些诗感情丰富繁杂，思往昔、叹现实、想未来，驰骋宏阔，低沉雄浑，意境舒缓。

望月思乡是扯不断的情感，"满月飞明镜，归心折大刀"，是一种情感。"月里嫦娥真凄惨，冷冷清清碧云天。翠袖生寒谁是伴，天下人情总一般"，是一种感怀。"此生此夜不长好，明月明年何处看"，是一种希冀。但我仍推崇 "将受命之日则忘其家，临军约束则忘其亲，操起战鼓则忘其身。" 因为她能抒发赤子的拳拳忠心，能使人滋生以敬仰，振奋以精神，效之以行动。笔者几十年的石油生涯，多少年的漂泊生活，在采油井站曾数过星星，望过月亮，度过除夕之夜。在文字的田园里临摹过家乡月，也勾勒过他乡的婵娟。有过 "举头望明月，低头思故乡" 的情节，有过 "故乡月更明" 的感慨，有过 "望月泪湿襟" 的瞬间，也有了 "青丝变白发" 的履历。但是，我认为不论是家乡月，还是他乡月，都是天上人间一轮月。改变的是颜面，不改的是有志之士的心志。

大明山悟

有句广告词："山高人为峰"。对此词的含义，我揣摩已久，但一直没找到合适的答案，直到登上大明山，才有了深切的感悟。

大明山，山体海拔千米左右，主峰龙头山一千七百六十米，是桂中壮族地区最高峰，也是北回归线上的绿色宝珠。我们驱车而上，像一个小小的甲壳虫在爬行。不由得使我念起"山高人为峰"这句广告词，此句并非首创，原出自国画大师张大千的友人所赠送的对联"山至高处人为峰，海到尽头天是岸"。"山高人为峰"，其中的寓意是一个人只要肯攀登，就能达到"登泰山而小鲁"的境界。而后，又派生有"山高人为峰，海阔心无界"、"海到无边天作岸，山登绝顶我为峰"。我咀嚼着这一个个佳章绝句，在感叹诗人心性高洁且抱负远大的同时，自然而然地联想到做人。人不可以有傲气，但不能没有傲骨。做人要低调，做事也无须太张扬。人生在世，要在荣、安、贵、胜、善、智这六个方面以"守"取胜。德行宽裕，守之以恭者，荣；土地广大，守之以俭者，安；禄位尊盛，守之以卑者，贵；人众兵强，守之以畏者，胜；聪明睿智，守之以愚者，善；博闻强记，守之以浅者，智。人常常面临着"理与欲"、"灵与肉"的搏斗，人需要用美德和理智与冲动和欲望作不懈斗争。做人不可小肚鸡肠，须宽宏大度；不能说话抢上句，办事占上风，事事计较，非要争个你高我低、水落石出。人间事大都是有得必有失，计较多了，再得亦失，况且"方其拾玑羽，往往失鹏鲸"，形象一点的诠释是：丢了西瓜拣芝麻。有句话叫做吃亏是福，何必争一时之短长？流传已久的"三尺巷"的故事中不是有句诗："万里长城今犹在，不见当年秦始皇"，说的就是这个道理。对于自己的事业，人应当善于守拙，静待时机。把握时机时不能急于求成，条件不具备、时机不成熟的时候，要善于忍耐和等待，积蓄力量，这样，才能在适当的时候一举成功。有人善于示强，结果会成为众矢之的，有人善于示弱，比如韩信，最终成为一代王侯。此乃是我上大明山的第一个感悟。

再有就是站在不老松下观峡谷时的感受。我登过黄山的天都峰，天都峰的途中有一段长十余米，宽仅一米的"鲫鱼背"，两侧是千仞悬崖，深邃莫测，其形颇似出没于波涛之中的鱼之脊背，故得此名。天都峰自上而下，坡陡达八十五度左右，若遇风吹云涌，仿佛山摇石动，游客至此无不战战兢兢，难怪有"天都欲上路难通"感慨。唐代岛云和尚曾历经千险，从东侧攀崖，始至峰顶。他是现存文字记载中登上天都峰的第一人。世间事无独有偶，通往不老松的观景台有段路，酷似天都峰的鲫鱼背，好在两边有护栏，或多或少能淡化一下人的恐惧感。但低头看那深不可测的悠悠峡谷，仍有"盘空千万刃，险若上丹梯；调入天坑里，回看鸟道低。他山青点点，远水白凄凄"之感。在此逗留，使我深切地体会到什么叫"提心吊胆"，什么叫"命悬一线"，什么叫"惊险神奇"。是触景生情也好，是心由境生也罢。我突然生出"这高山峡谷仿佛人生轨迹"这样的人生感悟。人生路上，风景与诱惑无时不在，惊奇与刺激经常相伴左右。人生的路怎么走，一步之差，失足晚矣，将会痛悔终生；一念之差，误入歧途，将会自食苦果。这难道不正是生活中最朴素的哲理吗？万事莫太过，太过则乱。一旦越轨，追悔莫及。但人几乎像长不大的孩子，为了寻求刺激、贪图享乐，而去铤而走险。何以避险？登山不看山，赏景不走路，小心走好足下的每一步！这就是我登此山的第二个省悟。

至于第三个感悟，则是"不老松"了。它枝繁叶茂，凌空伸出悬崖峭壁，枝杈比树的主干还长。其树枝朝下，针叶却朝上，枝条弯曲成形，远远望去，如同分别多年的情侣重逢，要伸出手去给对方一个热烈且持久的拥抱。

观此松，怦然心动，思绪纷飞，感悟多多。"不老松"，不老是寓意，松是物之本体。年轻人为此而来，是想让其做一个爱情见证；老人为此而来，是为了寻求"长命百岁"的吉祥寓意；摄影家为此而来，是"倾心"于"不老松"的优美姿态；诗人钟情于它，则是因为大明山"不老松"能撞击出浪漫的思想火花。其实，人都是在虚幻中填充自己孤寂的灵魂。青年人到处存照，让松为之见证相互之间的爱情，殊不知两情若是相爱时，心心相认，志同道合，何须由松来作证；年长者到此求寿，却不知人生生死自有定数。自古以来长生不老曾经是多少帝王、仙家苦苦追寻的梦想。秦始皇曾两次驾临天尽头，拜祭日主、修长桥、求寻长生不老之药，留下的是"秦桥遗迹"、"秦代立石"、"射鲛台"等历史遗迹和人文景观，而他老人家在求寿的归途上，到最后该寿终正寝的还是寿终正寝，该驾鹤西游的还是驾鹤西游了。其实，世界上生生死死皆为自然，不生不灭、不垢不净、不增不减，是佛之舍利子，是诸法空相，无眼耳鼻舌身意、无色声香味触法，心无挂碍，无有恐怖，远离颠倒梦想，才能涅槃。"不老松"的状态也合了道教的宗旨，人修为的最高境界就是无为，人无为得以长寿，物无为才得以不老。"福如东海长流水，寿比南山不老松"，是人类给自己开的空头支票罢了。

还有一个醒悟，那是在大明山上观日出时感受到的。这天清晨，大明山的能见度极好，一改昨日云蒸雾霭的样子，能清晰地看到山下一个个蠕动的人影。我随摄影家攀上一座楼顶，放眼东方，眺视远眺，我们用期盼的目光，很快见到了一轮初升的太阳，它以那无可阻挡的神力喷薄欲出，光芒四射，似乎整个世界都燃起了光辉。也许是由于光线折射的缘故，抑或太阳升腾的动感，远远望去，太阳硕大无比，又似被蒙上了一层薄薄的霓裳而显得那般神秘。不由得，我念起赵朴初的《宽心谣》："日出东海落西山，愁也一天，喜也一天。遇事不钻牛角尖，人也舒坦，心也舒坦。早晚操劳勤锻炼，忙也乐观，闲也乐观。心宽体健养天年，不是神仙，胜似神仙。"眼前的景观使我茅塞顿开：日出之时，便有日落之刻。回首自己一生，经历了风雨，也见过了彩虹；经受了痛苦，也得到了欢乐；经历了挫折，也见证了成功。风风雨雨走过多少年，明白了平平淡淡才是真的道理。不要埋怨生活给予太多的曲折与磨难，不欣喜得到的掌声与美言。微笑像清醇香甜的美酒，越喝生活越醇厚，微笑像优雅缠绵的诗篇，越读生活越浪漫。在经意与不经意之间，在有意和无意之时，在对人或对事的时候总会有一些伤害，也许会伤害到别人，也许会遭到别人的伤害，也许生活中会有很多的不如意，这就需要有一颗宽容之心。宽容是人生的自我感悟，是心灵的自身修养，宽容是最高尚的美德，宽容需要一颗博大无私的心。人生在世，孰能无过，学会宽容就多一份友谊、多一份理解、多一份感动。学会宽容就少一些烦恼、少一些忧愁、少一些愤怒。人，要仰不愧于天，俯不怍于地。无愧于父母、妻子和儿女，无愧于同事、朋友，无愧于工作中的点点滴滴。

"日出东海落西山，愁也一天喜也一天。"不为外物所迷惑，处事以真，待人以诚，不欺诈、不骄横、不霸道，公正于心，不欺暗室，慎重为人。看风轻云淡，荣辱不惊，不为物喜，不为己悲，潇洒自如，不拘小节，过好生命中的每一天。一个人一生不可能都一帆风顺，但当你遇到困难和挫折时，要鼓起勇气，看到希望。因为希望如太阳，当我们朝着它走去的时候，它会把我们重负的影子抛在身后。

大海赋予我人生的哲理

为人骨宜刚、气宜柔、志宜大、胆宜小、心宜虚、言宜实、慧宜增、福宜惜、虑宜远。这是笔者在钦州港以海为师，日积月累积存的学习心得。以海为镜，比照人生之顺逆，得此之启迪。

对失意人莫谈得意之事，处得意时莫忘失意之时。人有喜庆，不可生嫉妒心。人有祸患，不可生欣幸心。人之有德于我，不可忘也。我有德于人，不可不忘也。宁可清贫自乐，不可浊富多忧。仰不愧天，俯不愧人，内不愧心。内不欺己，外不欺人，上不欺天。气度益宽宏博大，无论遭遇到的命运为善为恶，皆能适度以应对。成功不以为喜，失败不以为悲，外界的毁誉褒贬，不必介怀，只是为所当为，为所可为而已。存心养性，须要耐烦、耐苦、耐惊、耐怕，方能纯熟。当可怨、可怒、可辩、可诉、可喜、可愕之际，其气平顺，这就是海一样的博大的胸襟和涵养。

"海纳百川，有容乃大；壁立千仞，无欲则刚。"此乃福州南后街林则徐纪念馆大厅的一副对联，据说此联是他任钦差大臣、两广总督时，题写在总督府书堂的。上联讲团结众人，不要计较别人的小缺小失；下联讲坚持原则，排除私欲才能刚直不阿。"有容"的是大海，"无欲"的是峭壁，吟咏的是山海，启迪的是人之心灵。

人，生命要有品质，生活要有境界。感恩之心，可以拯救人的灵魂，会将渺小变为伟大，将贫穷变为富庶，将平庸化为神奇。人生不如意十有八九，为人处世要常念一二。而我们就是要用心感恩，庆幸、珍惜人生中那如意的十之一二。要感谢父母给予我们生命，感谢朋友给予我们关怀，感谢组织给予我们成长，感谢高山给予我们伟岸，感谢大海给予我们壮观，感谢草原给予我们辽阔，感谢阳光给予我们温暖……人生在世该感恩的实在太多了，而不应心存怨恨、嫉妒、邪念，要以豁达与坚韧去化解并超脱苦难。

诸葛亮曾经在《诫子书》中对他的儿子说"非淡泊无以明志，非宁静无以至远"。有了淡泊的心态，就不会随波逐流、追逐名利，就不会牢骚满腹、攀比嫉妒。淡泊的心态，能使人始终处于平和的状态，也有益于我们的健康。有时我们要学会换个角度看人生。有一则小故事讲：有一个老太太，下雨天在哭，晴天也在哭。人们不理解：为什么老太太有那么多的忧愁和悲伤？老太太解释说，她有两个女儿，大女儿是做雨衣、雨伞生意的，一到晴天，她就担心大女儿的生意不好做，所以为大女儿伤悲；二女儿是经销防晒霜、防晒油产品的，一到下雨天，她就担忧二女儿的产品不会有人买，所以为二女儿而哭。这时有人劝解："为什么你不反过来想一想，晴天想到二女儿，雨天想到大女儿呢？"就是这么一个主意，从此后让哭婆变成了笑婆。因为晴天二女儿的生意好，雨天大女儿的生意妙，几乎天天都有高兴的事，哭婆没有理由不笑。

一个人不管在什么情况下，都要做到神定自若，悠悠自得。不怨天尤人，不耿耿于怀，这样岂不乐乎？心态平常方能安然，情绪乐观则地阔天宽。德靠自修，神靠自养，乐靠自得，趣靠自寻，忧靠自排，怒靠自制，喜靠自节，恐靠自息。汶川之灾，悲痛再大，十三亿人共同承受，便不算什么；爱心再小，十三亿人共同付出，便是大爱的海洋。船不能因惧浪而不远行，鸟不能惧风而不飞翔，人不能因惧难而不生活。重重乌云中能寻觅一丝黎明的曙光，滚滚红尘中能开启一片宁静的天地，濒临窒息之时能有一片生机，这些都是多么美好的事情。超凡之士必有苦难相随，力克苦难，苦难便化成生命中最肥沃的养料。人生如意或不如意，并不决定于人生之苦旅的胜负，而是取决思想的瞬间。观枫桥夜泊，不要看古人之惆怅情泪；看瓜洲古渡，不要思李甲和杜十娘的情感幽怨。既然天下不如意事，常十之八九，我们又何必总抓着"八九"不放，不如索性忘掉或不予理睬，去想想那令人高兴的"一二"。殊不知当我们在羡慕别人的同时，其实别人也在羡慕我们，只是各自不知道而已，何必自寻烦恼？

这些人生哲理都是海教会我的。凡事都要学会换位思考，有时你为苦恼和不幸深感忧愁之时，转回身你会发现身后是一片晴朗的天空。

又到元宵赏灯时

　　传统的观念似刻刀刻出千古不变的痕迹，让世世代代的追随者延续而不改旧辙。古老的习俗犹如远古铺就的悠长的古道，使得人们恪守陈规从古走到今。又到正月十三上灯时，炼厂的灯火打破了千古的定律，自去年九月投产至今，整个三千亩厂区夜夜灯火阑珊，串串高悬如昼，万盏绚丽多姿，疑似银河再现。

　　过年言年，逢十五侃元宵佳节。细数我国一个个传统节日，大多和天文、地理、历法、数学，以及后来划分出的节气有关。据《夏小正》、《尚书》等文献记载，到战国时期，一年中划分的二十四个节气，已基本齐备，后来的传统节日，全都和这些节气密切相关。如春节，古人描述："日出日落三百六，周而复始从头来。草木枯荣分四时，一岁月有十二圆。"每逢正月十五，人们迎来一年之中第一个月满之夜，这一天理所当然地被认为是吉日。早在汉代，正月十五已成为人们祭祀天地、祈求福佑的日子。后来古人把正月十五称"上元"，七月十五称"中元"，十月十五称"下元"。在南北朝早期，三元是举行大典的日子。三元中，上元最受宠。到后来，中元、下元的庆典逐渐废除，而上元经久不衰，习俗不改，每逢元宵佳节扭秧歌、踩高跷、猜灯谜、吃元宵等习俗一直延续至今。

"火树银花合，星桥铁锁开，灯树千光照，明月逐人来。"这可不是我的感慨，是古人吟诵的诗句。元宵佳节是一个可以纵情欢乐的时节，漫步在港区大道，尽享元宵佳节氛围，街巷观灯的人流川流不息，斑驳陆离的灯火闪烁迷离，礼花与繁星交相辉映，把夜空装点得更加瑰丽。此时此刻似乎人在笑，心在微笑，世界都在笑。此时此刻，倍感元宵佳节是一辆幸福之车，满载着团圆，盛满着亲情，载着冬天渐行渐远，载着春光日益临近。此时此刻，在快乐欢畅的笑声里，在真挚热烈的祝福中，七彩的思绪如霓虹在夜空飘飞。此时此刻，这元宵夜的灯火，如含笑传情的眼睛，温暖了我的心。此时此刻，风在和我轻轻私语，像是亲人的绵语叮咛。

"为语东风暂相借，来宵还得尽余欢。"在这不眠之夜，在这烟花爆竹开怀之时，空气中弥漫着浓郁的节日气氛，特别是远处闪闪烁烁的灯火，正向人间挥洒着温馨的吉祥，真想弹一曲飞越万水千山的相思歌吟，扬起风儿把祝福吹向远方，吹向天涯海角，愿天下人天天开心，万事随心，幸福舒心。愿绚丽的礼花划破漆黑的夜空，驱走阴霾迷雾，给世界带来艳阳高照、五彩霞光。真愿人世间一切美好，都在此时此刻约定。

清风牵衣袖，一步一回头。飘逝的烟花撩起我不羁的情思，炸响的爆竹让我在懵懂中苏醒。高昂的是激情，低调的是感悟。说又到元宵赏灯时，还不如说又到月圆月缺时。疾步的时间老人，从容而又悄悄走过一年，又一个元宵佳节不期而至，虽然相聚总须散，月满必成残。元宵佳节一年又一年的去，一年又一年周而复始的来，看着那朵朵绽放的烟花，观赏那一盏盏闪闪烁烁的明灯，挥之不去的记忆，无法平息地泛起尘封的记忆，不能不引发无限感慨。人生有许许多多的无奈。一岁月有十二圆，怎能天天日高悬。人总要生活在现实之中，悠悠的记忆之中，恰似月圆月缺、昼夜更替，日照当头有几多，皓月晴空有几时？一代枭雄曹操，曾经拥有三分天下，不是同样有不如意的时候，不然怎会留下那千古吟唱的伤感诗句："对酒当歌，人生几何？譬如朝露，去日苦多。慨当以慷，忧思难忘。何以解忧，唯有杜康。"还有那"月明星稀，乌鹊南飞。绕树三匝，何枝可依？"何况我一介庶民迩？据说麋鹿找到了艾蒿，就会相呼嘶鸣。我者拥有宾朋好友，何不鼓瑟吹笙？

人生如梦，但人生不是梦，千万别当梦来圆。人生如爆竹，为的是那一声惊人的炸响；人生如烟花，为的是那瞬间的五彩缤纷；人生要像那浮萍，飘到何处都要带去优美的温馨。

晨练札记

　　晨练，过去我没有这个习惯，多年来清晨忙于爬格子，玩文字魔方，既没时间晨练，更没这个雅兴。让我热衷于此道，实属身体过敏所迫，经历了冬练三九，夏练三伏的过程，受益颇多，不但过敏症状有了缓解，还获得了许许多多的感悟。

　　"三更鼓，五更鸡，正是男儿发奋时。"慈母一句箴言，成了我几十年的座右铭和生活习惯，我坚持每天清晨起来撰写稿件，啃食古典文学和现代文学，描摹石油队伍闪光足迹，记录石油行业高歌猛进的辉煌历程，尝试各种文体，堆砌小说、散文、报告文学等各种文字，应了勤能补拙的格言，有所收获，也有了长进。而今，我能改变几十年的工作和生活轨迹，是我2008年初冬的一个早晨，时间不到四点钟，过敏的感觉像无数只蚊虫叮咬着肌肤，让我痛苦难熬，似乎到了要寿终正寝的时日。就在我觉得无药可医、无计可施的情况下，突然在头脑中闪现一个念头："跑步、出汗，不能祛其病魔，也能减缓疾苦。算是一个精神转移法吧，立马让我打起精神，融入清晨的夜幕之中。我拖着肥胖、困倦、疲乏的身体，迎着狂风，沿着港区公路，跑跑停停，停停跑跑，足足狂奔了两小时。当我偃旗息鼓，回到公寓之时，汗水驱走了严寒，病魔开始退步，过敏症状基本全无，还有种神清气爽的感觉。特别是我坚持晨练三天之后，跑步的方式由断断续续变为一步不停的长跑，全程可达六千六百多步，之后竟逾万步，且风雨无阻，寒暑如一，雷打不动。我虽然坚持晨练没有数年，只有几百天，获益绝对不仅仅是告别了过敏的瘙痒，体重魔幻般的减下近二十斤，去掉了鸭梨一般圆滚滚的"将军肚"，血压计的水银柱由居高不下的一百七八，降至如今的一百三左右。

我在晨练时还感受到，长跑竟能启发灵感。过去，我颇推崇李白斗酒吟诗，酒可引发灵感和诗兴，那"昔在长安醉花柳，五侯七贵同杯酒。气岸遥凌豪士前，风流肯落他人后"、"珠玉买歌笑，糟糠养贤才"，以及"欲上青天揽明月"的想象力，那"黄河之水天上来"的无人能及的气势，都是缘于酒精对大脑神经的刺激所致。我也曾效仿此法，终日思之杜康，推杯把盏，摇笔挥毫，三十余万字的长篇小说，变成了铅字，万余字的报告文学，不以为其难，不断见诸报刊。勤能补拙，那是我之后的感言，当年笔下的一切成就，完全归功于一个字——"酒"。自长跑之后，头脑中多年形成的概念，慢慢改变初衷。"酒"，不是引发灵感的唯一之法，长跑也能相得益彰。《白海豚不白》、《红花何须绿叶扶》、《宿舍，一座精神的"圣殿"》等文题，都是晨练偶发的灵感。

宋代范仲淹《岳阳楼记》："登斯楼也，则有心旷神怡，宠辱皆忘，把酒临风，其喜洋洋者也。"对于范老夫子之慨，我在晨练中颇有感悟，长跑虽然没有把酒临风的惬意，但登上仙岛公园的顶峰驻足，却有心旷神怡、宠辱皆忘的雅兴。环视身边缭绕如烟的浮云，一朵朵飘来，一朵朵又随风而去。让我想起了那句成语——过眼烟云。人生本有定律，月圆了，终缺也；花开了，终谢也；云来了，又走也。何苦要用鸢飞唳天典当圆月美景，用廪厚宦达搁浅姹紫嫣红？我听一富甲言，拥有家资千万，所需只是钱堆上面的一点儿。秦始皇求长生不老药，康熙恨不能再活五百年，最终谁也不能突破自然规律，让生命长存。人生，胜地不常，盛筵难再，才是它真正的规律。

　　特别是在茅尾海沿岸跑步，不羁的思绪和幻想，更是让人浮想联翩。见那摇摇欲坠的木板桥，不能不念起姑苏城外的枫桥，诗人咏唱的"月落乌啼霜满天，江枫渔火对愁眠。姑苏城外寒山寺，夜半钟声到客船。"其勾勒的霜天、残月、栖鸦、枫树、渔火、旅客，桥、树、水、寺、钟的意境，一幅情味隽永幽静诱人的江南水乡的夜景图，仿佛就是那情那景那人。嘭嘭嘭喷着黑色烟雾，疾驰在红树林中的小舢板，疑似那绍兴小桥流水中的乌篷船，耳畔似乎有人苦涩地吟唱着那久远的歌谣："摇起那乌篷船，顺水又顺风。你十八岁的脸上像映日荷花别样红。穿过那青石巷点起红灯笼，你十八年的等待是纯真的笑容。"

　　当然，坚持长跑还能给人受之以毅力、耐力、锐气和志气。

第三部 咀嚼人生

disanbu jujuerensheng

独处的感悟

由于职业的关系，独处的日子特别多，一是撰写稿件需要独立工作，再就是长期不着家，住职工宿舍，不得不过着夜守孤灯的独处生活。这天，运笔之余，触动了独处的感觉，想到了自己的命运，还有许许多多的感悟不断撞击我的思绪、我的灵感、我的写作动意。

独处，寂寞是伙伴。夜深独饮，喝不完的寂寞，解不开的苦结。独处的寂寞，让我不能不想到李白。他爱诗若痴，爱酒成狂，既有侠客豪饮之风，也不失文人品茗之气。他经常醉卧长安，却睁着一双世事洞明的眼睛窥视世间百态；他不加约束地喝，激扬的文词顺着杜康流淌着指点江山的豪情。他有理由爱酒，因为他明白"天若不爱酒，酒星不在天；地若不爱酒，地应无酒泉；天地既爱酒，爱酒不愧天。"他不能没有酒，因为只有在酒中，才有他涌动的灵感和生命的律动。望月独酌，他可以"举杯邀明月，对影成三人"；友人对饮，但见那"兰陵美酒郁金香，玉碗盛来琥珀光"；人在旅途，自有"金樽清酒斗十千"相伴；临行饯别，会有"愁来饮酒二千石"开怀。更有那脍炙人口的《将进酒》，那"将进酒，杯莫停。与君歌一曲，请君为我侧耳听。钟鼓馔玉不足贵，但愿长醉不复醒。古来圣贤皆寂寞，惟有饮者留其名。"让人读了顿生与他对饮之念，人生旷达之感。其实，古往今来寂寞的文人颇多，比如陆游，和唐婉分离，有心为国为民，却无力回天，还有杜甫、辛弃疾、白居易等诗人寂寞的例子不胜枚举。

然而，"酒入愁肠愁更愁，抽刀断水水更流。"沉默是金，寂寞是魂。人不是在寂寞中沉沦，就是在寂寞中崛起。寂寞之时，一个人坐在公园的凉亭里，看天边渐去的夕阳不免有些惆怅，但惆怅之余仍在回忆昔日喷薄的日出，以及那么多阳光灿烂的日子。有时静静地坐在宿舍，望着空洞、漆黑的夜幕，不免觉得感伤，但伤感之余，不免会记起多少个皓月当空，那望月思乡的感觉，那月出天山的惬意，还有那洁白如玉的寓意。就在寂寞的时候，不知多少次想起曾经许下的诺言：对自己的信誓——当工人，做记者和作家，著书立传，出人头地；对亲人的承诺——孝敬父母、厚待亲友、力所能及；对社会的诺言——为人处世，以和气迎人，以求乖珍灭；以正气接物，以妖氛消；以浩气临事，则疑畏释；以静气养身，则梦寐恬。我不想为板桥老夫子的"难得糊涂"投赞成票，人不能糊涂：气，忌盛；心，忌满；才，忌露。意粗，性躁，一事无成；心平，气和，千祥骈集。自处超然，处人蔼然；无事澄然，有事斩然；得意淡然，失意泰然。为善，最乐；读书，便佳。不自重者，取辱；不自畏者，招祸。事当快意处，须转；言到快意时，须住。物，忌全胜；事，忌全美。心不妄念，身不妄动，口不妄言。内不欺己，外不欺人，上不欺天。步步占先者，必有人以挤之。事事争胜者，必有人以挫之。心思要缜密，不可琐屑。操守要严明，不可激烈。聪明者，戒太察；刚强者，戒太暴。

我感悟到：人生在世，月难圆，梦难圆，憔悴老汉伴月眠。寂寥冬去春还，花依然，蝶舞蜂飞归燕绕水眠。夏月皎，秋空朗，冬阑珊，荏苒光阴如梦逝流年。言独处，谈寂寞，独处的时候，人容易干蠢事，就需要慎独。"慎独"，语出《中庸》："莫见于隐，莫显于微。"是指一个人在独处的时候，即使没有人监督，也能严格要求自己，自觉遵守道德准则，不做任何不道德的事。一个人在公共场合不做坏事比较容易，而在独处时也能一样不做违反道德准则的事，则需要有很高的道德修养。慎独，其实就是"慎心"，要诚其意，在各种物欲的诱惑面前，靠"心"把持住自己——不管是酒色财气，总归"吾心有主"，不为所动。慎独，其实就是"慎始"，做任何事从开头就要十分谨慎，如果开始时就不谨慎，还怎么能保证有好的结局呢？慎独，其实就是"慎终"，"慎终如始，则无败事。"就是说，当事情结束时，要像开头一样慎重对待。慎独还需用礼来约束自己，就不会离经叛道，要"非礼勿视，非礼勿听，非礼勿言，非礼勿动"。慎独还需克服源自动物性的"利己"性。

据《后汉书·杨震传》记载，昌邑官员王密带十斤黄金，深夜去拜访杨震，并说："暮夜无人知。"杨震严词拒绝了这份厚礼，回答说："天知、地知、你知、我知，何谓无人知？"王密惭愧而归。这个历史故事体现了人生的真实含义，为我们树立了典范。可以说，杨震的道德修养已经达到了极高的境界，他能在黑夜里拨亮心灵的那盏明灯，我们为什么不效仿乎？

自量方知长与短

青年时眼睛朝前，年迈后双眸向后。因为年龄的关系，过去的事总是挥之不去，而眼前的事总也难成记忆。既然到了回头看年轮的时候，就道点个人的人生感悟。

佛家说，"聪明睿智，守之以愚；道德隆重，守之以谦。"道家说："一生二，二生三，三生万物。"智者说，人，将天命之年的成熟、智慧、思想回归到二十岁，奔仕途者，可享高官厚禄；为事业者，可功成名就；为人处世者，可以避祸，可以防灾，可以披荆斩棘，可以终生安顺。其实，探其真谛，可以说就是惑与不惑的缘由，也可以用一个字就能诠释，这个字就是"度"，能否把握度，就如踩"钢丝绳"，偏离度的轴心，就会偏离人生的正确轨道。度，还可以归结为中庸，或者是中庸的一种动平衡的状态。从某个角度讲，阴阳的对立统一就是度。度，如果用一种形态来衡量度适宜的状态，那就是自然。

男人总有酒的故事，酒助英雄胆，是英雄者何须酒助？酒是朋友的黏合剂，是官场的润滑剂，是喜庆心海的狂潮，是失意之时的麻醉品。然而，酒是商人的蒙汗药，酒是贪杯者的穿肠毒药，酒是冲动的魔鬼，酒是愁肠的怨结。大海无边，吞灭生灵之有数；酒杯虽小，杯中之鬼多少魂？人，宜静默，宜从容，宜谨严，宜俭约，绝非酒之左右，是心性的修炼。以和气迎人，则乖殄灭；以正气接物，则妖氛消；以浩气临事，则疑畏释；以静气养身，则梦寐恬。谦退是保身之法，安详是处事之法，涵容是待人之法，恬淡是养心之法。自家有好处，要掩藏几分，这是涵育以养深；别人不好处，要掩藏几分，这是浑厚以养大。气，忌盛；心，忌满；才，忌露。意粗，性躁，一事无成；心平，气和，千祥骈集。自处超然，处人蔼然；无事澄然，有事斩然；得意淡然，失意泰然。为善，最乐；读书，便佳。不自重者，取辱；不自畏者，招祸。事当快意处，须转；言到快意时，须住。物，忌全胜；事，忌全美。心不妄念，身不妄动，口不妄言。内不欺己，外不欺人，上不欺天，君子之所以慎独。大着肚皮，容物。立定脚跟，做人。步步占先者，必有人以挤之。事事争胜者，必有人以挫之。心思要缜密，不可琐屑。操守要严明，不可激烈。聪明者，戒太察；刚强者，戒太暴。谈酒就言杜康，酒肉朋友处处有，患难之交有几人？

摆弄多年文字，自以为对"平易近人"这个词理解较深，用于文章之中也不少，但读了"鱼逐水草而居，鸟择良木而栖"才晓得理解甚浅，它还有更深刻的哲理内涵：平易者修德，近人者有择。近朱者赤，近墨者黑。以鲲鹏为伍，扶摇万里。与蓬雀为伴，蒿草栖身。跟凤凰走永远是俊鸟，随乌鸦走定会把你领到尸体上去。责怪小人为颠倒豪杰之士，而不知只有颠倒的人才是小人。可怜君子受世事折磨，而不知只有在折磨之中才能见到君子。君子之道，暗然而日章，小人之道，的然而日亡。君子之道，淡而不厌，简而文，温而理，知远之近，知风之自，知微之显，可以入德矣。君子不动而敬，不言而信。君子笃恭而天下平。君子不寄人以篱下，不枉食无功之禄。小人乐闻君子之过，君子耻闻小人之恶。君子尚德，志在修身，不以言逊，不以行屈。君子行事，不求贤能，但当得正直二字，事在力为，功在评过。事不为不受以功，事为之不担以过。君子自从，秋去暑来，光阴荏苒，一往而不复返，岂能碌碌而不为之？韩信始附项梁，继属项羽，屡进言，不为用。愤而离之，投之于邦，波折周起，始为用，然终为吕后所害。君子贤其贤而亲其亲，小人乐其乐而利其利。君子有自知之明，自离之，终不被弃。能媚我者必能害我，宜加意防之；肯规予者必背助予，宜倾心听之。人要以淡字交友，以聋字止谤，以刻字责己，以弱字御侮。识不足，则多虑；威不足，则多怒；信不足，则多言。处难处之事愈宜宽；处难处之人愈宜厚；处至急之事愈宜缓；任难任之事要有力而无气。恩，怕先益后损；威，怕先松后紧。恶，莫大于纵己之欲；祸，莫大于言人之非。群居，守口；独坐，防心。交友之道，为人之道，无度无择如履薄冰，有度有择云中有路。

人，不要为财而死。鸟，不要为食而亡。钱财地位，往往成为丛集怨恨的渊薮；才华能力，常常就是招致灾祸的根由；名望声誉，往往成为引来谤毁的媒介；欢欣快乐，常常就是走向悲凉的开始。不和囤积钱财的人争较财富多少，不和热心仕途的人争较地位高下；不和骄傲自夸的人争较名声大小；不和年轻力壮的人争较仪容风度，不和逞强好胜的人争较胜负高低。人，要防四种病：迷恋歌舞女色的心太浓重了，就会生出虚怯的毛病；追求钱财利益的心太浓重了，就会生出贪得无厌的毛病；热衷功名成就的心太浓重了，就会生出造作的毛病；追求声誉名望的心太浓重了，就会生出言行偏激的毛病。无心者，公；无我者，明。何以止谤？无辩；何以止怨？不争。受得小气，则不至于受大气；吃得小亏，则不至于吃大亏。知足常足，终身不辱；知止常止，终身不耻。明镜止水，以澄心；泰山乔岳，以立身；青天白日，以应事；霁月光风，以待人。明朝洪自诚说："地上无风涛，随在皆青山绿树"。经一番挫折，长一番识见；容一番横逆，增一番器度；省一分经营，多一分道义；学一分退让，讨一分便宜；去一分奢侈，少一分罪过；加一分体贴，知一分物情。

称完才知道轻重，量完才知道长短。人非圣贤，孰能无过，孰能无功，孰能无爱，孰能无恨，孰能无欲，孰能无戒？心是欲望之海，度是载人之舟。海之不竭则泛滥，度之失衡则要倾覆。

风物长宜放眼量

由于职业的关系，对待什么问题都比较敏感，听到什么，见到什么，都想论个所以然，特别遇到擦出灵感火花的事，哪怕是一句话，都让我浮想联翩，特想急切地形成文字，让读者与我产生共鸣。

一个偶然的机会，我乘运输公司何凯师傅的车，不知是什么由头扯到抱怨不抱怨的问题，何师傅说："一个员工抱怨自己的单位，离开这个单位的时间就不会太久了。"就是这么一句话，再直白不过的一句话，让我对他刮目相看的同时，萌动了许许多多的联想。让我自然而然地想起铁人王进喜曾说过的一句话："大老粗手里有真理。"当然，何凯师傅不是大老粗，他是个知识型工人。何师傅道出了企业员工和企业之间的关系，企业是员工的家，家庭成员对家心存不满，牢骚满腹，不是自己另择"香主"，就是企业淘汰抱怨者。

"牢骚太盛防肠断，风物长宜放眼量。"语出毛泽东写过的一首诗：《七律·和柳亚子先生》。故事源于新中国成立初期，诗人柳亚子受毛泽东邀请来到北京。时间久了，他觉得眼中所见、耳中所闻，与自己原先的期待颇有距离。他提出意见，还觉得不被重视，于是积下了许多的不满，写诗呈送毛泽东，表示准备回江南隐居，从此不问世事了。毛泽东写诗挽留，"牢骚太盛防肠断，风物长宜放眼量"就是其中两句。这两句诗道出了一条人生哲理：世间万事万物，在其发展当中，充满矛盾，有一个由乱到治、由不完善到逐步完善的过程，人要以开阔的胸襟、远大的眼光来对待它。如果不是这样，总是拿着自己主观的理想来衡量客观的现实，就会看着这也不顺眼，那也不如意，越看越觉得一无是处、一团漆黑，越看越觉得人生没有出路，社会没有希望。

古人有悟："圣人以治天下为事者也，必知乱之所自起，焉能治之。不知乱之所自起，则不能治。譬之如医之攻人之疾者然，必知疾之所自起，焉能攻之。不知疾之所自起，则不能攻"。人往往生活在欲望之中，贪欲者必有困扰与烦恼，困扰与烦恼又源于自己的心欲。心，欲望之海。心可以想，而行不可为。人，不被心掣肘，则行定能正，心则不乱，语出不骚。人，都生活在欲望、希望和失望之中，没有希望的人生，是没有意义的人生；没有失望的人生，是理想化的人生；欲海难填的人生，是贪婪或堕落的人生。要以宽阔的胸襟，长远的眼光，去辩证地分析问题，排解心中的"牢骚"，冷静对待社会上的"浊事"。人生不如意者十之八九。面对挫折、苦难，是否能保持一份豁达的情怀，是否能保持一种积极向上的人生态度，这需要博大的胸怀，非凡的气度。如果你感到痛苦，证明你的心还不曾豁达；如果你为蝇头小利而斤斤计较，证明你在得与失的问题上还不超脱；如果你为一时不快而牢骚满腹，说明你还没有君子之量。

中国古语有一句"朝三暮四"的说法，其原意说的是猴子，可是猴子经过千万年的进化而成为人了，进化的是物种，鄙习、恶习、善念同样延续，使得生活如万花筒，千奇百怪，无所不有。为学者，本该学习的时期，却一味贪玩，结果学无所成，老大徒伤悲，悔之晚矣！为工者，本该休息放松之日，却疯狂购物，旅游登山，结果待到恢复工作又力不从心，直接影响工作质量，到头来，亏的是企业，丧失心志和尊严的仍然是自己；为农者，本该播种插秧时，却贪得一时之闲，结果待到收获之日却两手空空，憾之晚矣！"风物长宜放眼量"，就是要看得远一些，关键还是在于登之不高，故望之不远。荀况曰：登高而招，臂非加长也，而见者远；顺风而呼，声非加疾也，而闻者彰。所以，只有站得高才能望得远，只有放长眼量才能窥透苍穹，听澈万籁！"风物长宜放眼量"，就是要培养忧患意识。三年后，五年后，十五年后，又作何感想。生活中不是有人急眼前之利大面积砍伐森林，造成前所未有的沙尘暴和罕见的洪灾吗？不是也有人身在官位时，大肆挥霍公款，贪赃枉法，结果银铛入狱吗？更有人经常浪费粮食，却看不到还有那么多在贫困线上挣扎的人群。

大文学家苏东坡和老方丈曾在一起谈经论道，连连败阵。有一天苏东坡想同老方丈一决雌雄，他问老方丈："你看我像什么？"老方丈答曰："你像佛！"老方丈问苏东坡："我像什么？"苏东坡答曰："像一泡牛粪"。苏东坡骂了老方丈，老方丈没有慎怒，也没有分辩，而是淡然一笑的拂袖离去。苏东坡自以为得势，兴高采烈地回家告诉苏小妹："我今天大胜老方丈。"苏小妹问明缘由，惊呼："哥哥你今天非但没占便宜，输得比任何一天都惨。"她望着哥哥惊愕的面孔，道出真谛："佛家心里向善，出言自然善语。而你虽然世间有名，但从没修身修心，心存龌龊之念，出语难有禅言。"凡是灵魂越不安分的人，他的内心就越可能遭遇强大的无法抗拒的人生悲剧。"大腹能容容天下难容之事，慈颜常笑笑天下可笑之人"。人，要在逆境中磨炼自己的意志，在顺境中时刻保持清醒头脑。不必计较一时的成败得失，"风物长宜放眼量"，去追寻长久的精神底蕴，摒弃一时的短视，避免鼠目寸光，此乃才会幸哉、福哉、壮哉、乐哉。

云中有路志是梯

　　有一则故事很耐人寻味：每个人出生时时间老人都会送给他一个名叫"青春"的盒子，谁对这个盒子越珍惜，谁拥有青春的时间就越长。一天，时间老人来到人间，看到一个十六岁的小伙子没精打采、垂头丧气，而一个六十岁的老人笑口常开、精力旺盛。时间老人觉得很奇怪，他好奇地先打开六十岁老人的"青春"盒子，发现里面装的是宽容、理解、爱心、自信、乐观、奉献、不断进取，而打开小伙子的"青春"盒子，里面装的却是自私、嫉妒、悲观、自卑、索取、难填的欲壑。

　　故事绝对是故事，不论是真是假，重要的是对人的影响和启迪。雷锋说："青春啊，永远是美好的，可是真正的青春，只属于那些永远力争上游的人，永远忘我劳动的人，永远谦虚的人！"这是雷锋的心灵之歌，这是助人为乐之哲理，这是无私奉献之感怀。杜甫说："安得广厦千万间，大庇天下寒士俱欢颜。"这是忧国忧民的呐喊，这是诗人最大的梦想。鲁迅先生仰望星空曾感叹："寄意寒星荃不察，我以我血荐轩辕"、"心事浩茫连广宇，于无声处听惊雷。"他纵然对现实失望，但没有绝望，彷徨中的呐喊唤起了国人的奋起和努力。有一位哲人说过："梦里走了许多路，醒来还是在床上。"它形象地告诉我们一个道理：人不能躺在梦幻式的理想中生活。人不仅要有理想，还要大胆幻想，但更要努力去做，在理想中躺着等待新的开始，不仅遥遥无期，甚至连已经拥有的也会失去。

　　大作家托尔斯泰将人生的理想分成一辈子的理想，一个阶段的理想，一年的理想，一个月的理想，甚至一天、一小时、一分钟的理想。实现一辈子的理想，一分钟的理想和努力是源头。一分钟的理想和努力，是一辈子理想的根基。理想是人生的指示灯，失去了这灯的作用，就会失去生活的勇气。因此，只有坚持远大的人生理想，才不会在生活的海洋中迷失方向。而梦想是天边的星辰，永不熄灭地照亮匆匆的人生。现实是脚下的土地，踏实而厚重地记录行路的足迹。人，既不能活于华而不实的梦想里，也不要沉湎于现实的喧嚣中。在人生的道路上，应是左边种植梦想，右边种植真实，随时采撷，收获希望。

　　前人说得好，"有志之人立长志，无志之人常立志"。那些无志之人的"志"，就是美梦，就是空想。他们把自己的蓝图勾画得再美好，再完善，也只是空中楼阁，海市蜃楼。梁启超说："少年智则国智，少年富则国富，少年强则国强，少年进步则国进步，少年雄于地球，则国雄于地球。"屈原坦言："百金买骏马，千金买美人；万金买高爵，何处买青春？" 比尔·盖茨曾说："每天清晨当你醒来的时候，都会为技术进步给人类生活带来的发展和改进而激动不已。"从这句话中，我们可以看出他对软件技术的兴趣和激情。比尔·盖茨因为对软件的热爱，放弃了数学专业。如果他留在哈佛继续读数学，并成为数学教授，你能想象他的潜力将被压抑到什么程度吗？比尔·盖茨在领导微软25年后，却又毅然把首席执行官的工作交给了鲍尔默，因为只有这样他才能投身于他最喜爱的工作——担任首席软件架构师，专注于软件技术的创新。虽然比尔·盖茨曾是一个出色的首席执行官，但当他改任首席软件架构师后，他对公司的技术方向做出了重大贡献，更重要的是，他更有激情、更快乐了，这也鼓舞了所有员工的士气。可见平凡人因有理想而伟大，有理想的人才是一个"大写的人"。有位诗人感言，世界上总有人抛弃理想，理想却从来不抛弃任何人。 给罪人新生，理想是还魂的仙草。唤浪子回头，理想是慈爱的母亲。理想被玷污了，不必怨恨， 那是妖魔在考验你的坚贞；理想被扒窃了，不必哭泣， 快去找回来，以后要当心！ 英雄失去理想，蜕作庸人，只能夸耀当年的功勋。 庸人失去理想，碌碌终身，只能可笑地诅咒着眼前的环境。

青春不是年华，而是心境；青春不是桃面、丹唇、柔膝，而是深沉的意志，恢宏的想象，炙热的情感；青春是生命的深泉在涌流，青春气贯长虹，勇锐盖过怯弱，进取压倒苟安。如此锐气，二十后生而有之，六旬男子则更多见。年岁有加，并非垂老，理想丢弃，方堕暮年。岁月悠悠，衰微只及肌肤；热忱抛却，颓废必致灵魂。忧烦，惶恐，丧失自信，定使心灵扭曲，意气如灰。人人心中皆有一根天线，只要你接受了美好、希望、欢乐、勇气和力量的信号，你就青春永驻，风华常存。让我们洒一路汗水，饮一路风尘，嚼一路艰辛，让理想的翅膀展翅翱翔。

从一则故事说开去

　　这是一则尘封已久的故事，一个启迪我人生的寓言传说，一个孩提时就刻在灵魂深处的慈母教诲。如果给这则故事命题的话，就以"不劳而获的大鹏鸟"来命名吧。

　　从前，有一只毛色雪白的大鹏鸟，它伸展起一双翅膀足有3米宽，它生活于大海与深谷之间，吃的是海中的小鱼，而它那雪白的羽毛是猎人梦寐以求做衣服的上佳材料，由于它飞翔于山峦峨岭之间，所以猎人可望而不可即，根本没有捕捉到它的机会。

　　有一天，猎人看见这只大鹏鸟在飞翔，便高声对它说："美丽的大鹏鸟，你身上的羽毛实在是太美丽了，如果你愿意每天给我一根羽毛的话，我就送你最大最新鲜的鱼吃。"大鹏鸟心想："我每天都翱翔于蓝天，有时候也意外地擦掉几根羽毛，并没有什么大碍。我每天这样辛苦，也只不过捉到一两条小鱼，而这么大的鲜鱼，只有在深海里才可以捉到，何不和猎人做笔交易。"于是，它便飞到猎人身旁，让猎人拔去它一根羽毛，而一条大大的鲜鱼，便放进它的嘴里。在那之后，大鹏鸟吃惯了嘴，天天都去同猎人做交易。一星期以后，大鹏鸟再也不想飞行，也不可能再从回蓝天了，每天用来交换的羽毛也越来越少了，猎人的态度变得恶劣起来，连吃的鱼也不如从前了。于是大鹏鸟问："猎人大哥，为什么近来的鱼那么小又不新鲜呢？"猎人说："请你到池边看看自己的模样，你以前的羽毛又雪白又坚挺，但现在你的羽毛又灰又脆弱，你现在已经是'残货'了，现在你身上唯一值一点钱的恐怕就是满身的肥肉了！"大鹏鸟一听便恐慌起来，想展开翅膀飞走，但无论怎样用力也飞不起来了，猎人一伸手便捉住它，轻而易举地成了猎人盘中的美味佳肴。

上面故事不论是真是假，重要的是对人的影响和启迪。一个人凡成大事者，几乎有个基本相同的启迪，要么是一句至理名言，要么是一件带有警示意义的事，要么 就是他人对其产生了正面影响。屠夫的一言讥讽，使韩信容得胯下之苦，而后成了镇国大将军。北宋抗金名将岳飞，慈母在他的背上刺下"精忠报国"四字，他以"精忠报国"、"还我山河"为己任，以"莫等闲"作为自我激励，实现其驱除胡虏，复我河山之壮志。

故事是聪明人的杰作，故事是有心人的杜撰，故事是人对事的理性思考。笔者一介村夫，这则故事影响我的地方，就是人生在世，不能不劳而获，不义之财不沾，无义之食不用，不仁之事不做。我刚刚走向社会，就笃志当一名作家，经历了四十年的爬格子之苦，一路走来，从农民挤进石油工人行列，而后成为一名记者、编辑、作家，出版过小说、报告文学等书籍，撰写新闻和文学作品数百万字，虽然没有什么出奇冒泡之作，但也是我人生心路的表白，辛勤耕耘的收获，是志向的验证。我的体会是学习狮子，不管前方有没有猎物也要不停地奔跑，因为只有跑得比猎物快，才能获得食物。也要学那小鹿，不管有没有敌人追赶，也要锻炼奔跑，因为只有跑得比其他鹿快才能不被吃掉。理想是迈向成功的跳板，但理想绝不是我们的终极目标。曾几何时，又有谁会想到，生命有起点，人生中处处是起点。生命有终点，可人生有吗？如果有，那古人的思想对我们所起的深刻影响不正代表着一种生命力吗？我继而又想到了一个问题：何为人生？智者说，人生就是出生的喜悦不属于你，死去的悲伤也不属于你，只有活着的那一份艰辛属于你。成功者说没有追求，没有作为的人生不能称之为人生。我们以相同的方式来到世上，经历了不同的人生，我们一定想要活出自己的人生，在相同的起跑线上，编织出自己的梦想。有信念，好样的！有追求，好样的！但是否充分预见了这过程中的困难挫折呢？起点时固然有雄心壮志，终点处固然金光灿烂，但是，当生活一步步将理想的锋芒磨平，那雄心壮志不照样会烟消云散吗？高尔基说过："苦难才是真正的大学。"也有一位伟人说过："苦难是人生的必经之路。"所以当你拥有了雄心壮志的时候，同时你也要张开双臂迎接苦难。记住一句再普通不过的话吧：坚持就是胜利，相信付出就有收获。这便是信念的力量。古往今来，能够在事业上取得成就的人很多。他们的成就和荣誉，往往令人敬佩、羡慕，人们也渴望着能取得他们那样的成就。然而，怎样才能达到预想的目标？千里之行，始于足下。认准方向朝着理想的目标，从小处做起，一步一步地前行，这就是成功的秘诀。数学家陈景润摘取数学陈式定理——"哥德巴赫猜想"，是以十几麻袋草稿的付出为代价。大作家叶辛成就《蹉跎岁月》，是以用面袋子从邮局往回扛退稿为铺垫，铺就了自己成名成家之路。书法大家王羲之，没有墨染池塘的履历，何言大家小家？这一切的一切告诉我们，伟人之所以成为伟人，是因为他们曾为理想一步一个脚印地跋涉过。

说短道长

木受绳则直，人受谏则圣。屈己者能处众，好胜者必遇敌。事不可做尽，言不可道尽。好说己长便是短，自知己短便是长。百姓之言，不矮于圣贤之语。笔者有所领悟，受益匪浅。

曾有人倡导："吾日三省。"一般地说，自省心强的人都非常了解自己各方面的优劣，因为他时时都在仔细检讨自己，检查自己的所作所为，不断校正自己人生的坐标。但审视自己时必须是坦率无私的，时时考虑：我到底有多少能量？我能干多少事？我该干什么？我的缺点在哪里？为什么失败或成功了？这样做就能轻而易举地找出自己的优点和缺点，为自己的行为标明去向。

主动培养自省意识也是一种能力。要培养自省意识，首先得抛弃那种"只知责人，不知责己"的劣根性。当面对问题时，有人总是说："这不是我的错。""我不是故意的。""本来不会这样的，都怪……"这就是错误转嫁法，自己跌倒了，不是怨地不平，就是怨鞋子问题，惟独不怨自己路没走好。"这不是我的错"是一种全盘否认。否认，是人们在逃避责任时的常用手段。当人们乞求宽恕时，"我不是故意的"这种借口经常会脱口而出。"本来不会这样的，都怪……"是通过表现自己并无恶意而推卸掉部分责任。

找借口逃避责任的人，因逃避或拖延了自身错误而自鸣得意，却从来不反省自己在错误的形成中为什么没把握住自己。为了避免谴责，有些人甚至会选择欺骗手段，尤其是当他们是明知故犯的时候。这就是所谓"罪与罚两面性理论"的中心内容，而这个论断又揭示了这一理论的另一面。当你明知故犯一个错误时，除了编造一个敷衍他人的借口之外，有时会给自己找出另外一个理由。但咎由自取、掩耳盗铃，终究难逃干系。

唐太宗尝谓侍臣曰："夫以铜为镜，可以正衣冠；以古为镜，可以知兴替；以人为镜，可以明得失。朕常保此三镜，以防己过。今魏徵殂逝，遂亡一镜矣！"其他深奥的问题莫论，专拣照镜子一说，以铜为镜，可以正衣冠。正衣冠，则正其形，就是自我检查，确切地说是对外表的自我检查。如果用后两镜来对照自己，就延伸到思想觉悟、道德情操、为人品性。既不能金絮其外，更不可败絮其中。江山好改，禀性能移。外因是影响因素，内因起绝对作用。要像那"醉鬼"醒后的反思："和哪些人喝的酒，喝了多少，说了哪些话，怎么回的家，出言不逊没有，举止不雅没有，心术歪斜没有……"特别那种后怕心理尤其可贵！但不可学老鼠吃食，抬爪记起来，撂下爪子忘得一干二净。人不可犯同样的错误，不重蹈错误覆辙，不抱任何侥幸心理，不为错误找任何理由。

人贵有自知之明。自知之明，就是最有可能设计好一个人的就是他自己，而不是别人一样，最有可能完全了解一个人的就是他自己，而不是别人。但是，正确地认识自己，实在是一件不容易的事情。不然，古人怎么会有"好说己长便是短，自知己短便是长"之类的古训呢？自知之明，不仅是一种高尚的品德，而且是一种高深的智慧。因此，你即便能做到严于责己，即便能养成自省的习惯，但并不等于说能把自己看得清楚。就以对自己的评价来说，如果把自己估计的过高了，就会自大，看不到自己的短处；把自己估计得过低了，就会自卑，自己对自己缺乏信心。只有估准了，才算是有自知之明。很多人经常是处于一种既自大又自卑的矛盾状态。一方面，自我感觉良好，看不到自己的缺点；另一方面，却又在应该展现自己的时候畏缩不前。对自己的评价都如此之难，如果要反省自己的某一个观念，某一种理论，那就更难了。

喜欢说自己长处正是一个人的短处，明白自己的短处，正是一个人的长处。检查自己的言行要像秋风扫落叶那样严厉，待人处事要像春风般的温和。

有位智者言："世人无数，可分三品：时常损人利己者，心灵落满灰尘，眼中多有丑恶，此乃人中下品；偶尔损人利己，心灵稍有微尘，恰似白璧微瑕，不掩其辉，此乃人中中品；终身不损人利己者，心如明镜，纯净洁白，为世人所敬，此乃人中上品。"人心本是水晶之体，容不得半点尘埃。万不可好说己长，要时时处处检索己短，自知己短理则长，不知己短理则难长，凡是不可随于心，而重于形，则心纯如镜。

书籍与心灵

　　关于读书，我之感慨不及名家哲言。教育家说，书是智慧的钥匙。政治家说，书是世代的生命。经济家说，书是致富的信息。文学家说，书是人类的营养品。史学家说，书是进步的阶梯。奋斗者说，书是人生的向导。求知者说，书是饥饿时的"美餐"。探索者说，书是通向彼岸的船。迷惘者说，书是心中的启明星。也有人说，书是不开口的老师。

　　众说纷纭，除了对书的感悟之外，就是对读书活动的认知。从遥远的古代开始，劳动人民便开始提倡读书。明朝的许仲琳说过："井底之蛙，所见不大，萤火之光，其亮不远。"不读书，不知道当今世界的发展形势，不知道国家的政事，岂不是："萤火之光？"英国培根曾说："书籍是在时代的波涛中航行的思想之船，它以小心翼翼把珍贵的货物送给一代又一代。"

　　毛泽东毕生珍惜时间，博览群书。其中"三复四温"式阅读和"不动笔墨不读书"是他主要的读书方法。他在青年时期就熟读了《史记》、《汉书》等古籍，并且不断地重温。就是到了晚年，对他喜爱的同一本史书，也是反复研读，并有读过一遍书在封面划上一个圈作记号的习惯。所以，在他读过的许多书籍中，均留下了他读过二遍、三遍的圈记。毛泽东在青年时代读书时即有"读得多，想得多，写得多，问得多"的习惯。他的写作多表现在作内容摘录，在重要的地方画上圈、杠、点等符号，作批注、写读书日记，以及在原书上改错纠谬。

华罗庚的读书法有独到之处——用慢功夫来打基础。华罗庚初中毕业后自学高中内容，先用慢功夫打好基础，再逐步加快进度，他用五六年的时间才自学完高中内容。由于学得扎实，到清华大学没多久，他就听起了研究生课程。华罗庚还有一个奏效的读书法——推想法。一本书拿到手后，先对着书名思考片刻，然后开始闭目推想，这个题目如果自己来做，该怎么做。待一切全部想好后，再开始阅读。凡是已经知晓的内容，很快浏览而过，专门去读书中那些新的独到的观点，这样，华罗庚博采众长，得益很多。

我们的时代，是信息时代，一切都飞速地发展着。倘若一个人在这信息时代不读书，不学习，脑子中只保留那仅有的一点小聪明，我想，即使这个人天资聪慧，也会被社会所淘汰，被时代所遗弃。

读书能陶冶人的情操，给人以知识和智慧。书籍是理想世界的滋补品，生活里没有书籍，就好像没有阳光。智慧里没有书籍，就好像鸟儿没有翅膀。一本新书像一艘船，能带领着我们从狭隘的地方，驶向生活的无限广阔的海洋。不读书就没有真正的学问，没有也不可能有欣赏能力、文采和广博的见识。多读书，可以开阔视野，增长见识，启迪智慧，可以使自己在工作中有所创造，有所成就。多读书，可以丰富自己的知识宝库，进一步懂得生活，可以提高自己的文采和对艺术的欣赏能力，可以变"下里巴人"为"阳春白雪"，从而使自己的生活更加丰富多彩，充满情趣。书是随时在近旁的顾问，随时都可以供给你所需要的知识。

知识就是力量，科学技术就是生产力。要想建设一个具有高度精神文明的企业，没有一定的科学技术水平是不行的。我们广西石化是国内领先，世界一流企业，科技水平高，学习和掌握的难度很大，仅为少数人掌握不行，要更多的或者所有的人都掌握才行。那么，就只有在工作中学习，利用一切可以利用的时间和条件自学。在自学过程中，不可能人人都能得到老师的指导。那么，最好的老师就是书籍。书籍应深入我们的工作、生活乃至心灵。

人生的等式与不等式

　　多年的人生旅途奔波，得与失一直都是我心中挥之不去的问号，总想找到理想的诠释，破解这个千古的命题，可是寻来觅去，一直也没走出一个定律：得中必有失，失而又复得。

　　人要在失中得，万不可得中求。这是我人生最大的感悟。我所理解的失是付出，付出便意味着收获，收获等于付出的回报。"得"与"失"有着辩证的关系，也有付出之后才有回报的因果关系，所不同的是得的同时还想得，这就有了偏颇的另一种因果关系了，贪得无厌便取缔了常理的等式。纵观人生你我他，无外乎一个"＝"，两边永远是相等的。《周易》是流传至今最古老的中国哲学著作之一，其中的《易经》本来是一部算命的书，记载了一些得到应验的事例。《易经》的第十一卦名为泰，意思是"天"在下、"地"在上，吉利有加，可谓上上之卦。为什么"天""地"错位反而吉利呢？因为只有它们错位才会发生运动和变化，"天"在下因而想朝上升，"地"在上因而想朝下降，于是，产生了摩擦、冲撞和运动，这就有新鲜事物产生。也应了一位哲人的话："无平不陂，无往不复"。否极泰来，乐极生悲，塞翁失马焉知非福，都是其中的定数。正如成功与失败、祸与福，会成为你溺水的深潭，也可能是你解渴的甘泉；即便是灰烬，也可以化入泥土催发新芽；还有落花，纷纷飘落之间不恰好透露着正在孕育果实的信息？有人说这是命运，什么叫命运？命运指一个人一生的吉凶祸福、富贵贫贱等现象，就是因果的体现。有一个老禅师，是一个得道高僧。很多人都喜欢听他讲经布道，他常给众人谈"命运"。他说："相有心生，命随运转。"有一个忠实的听众，他一直坚信"命运"的说法。所以，他每天都在盼望着生活发生奇迹。他想：既然有命运，那么一切就都有命运来安排吧。然而年复一年，他的生活一直是平庸的，没有辉煌和光明，只有灰暗和贫困。他想：难道自己的命运就注定如此吗？他不甘平庸，带着疑问去拜访老禅师，他问禅师："您说真的有命运吗？"禅师回答："有的"。他又问："但我的命运在哪里？是不是我的命运，就是暗淡和贫穷呢？"禅师让他伸出他的左手，指给他看说："你看清楚了吗？这条横线叫做爱情线，这条斜线叫做事业线，另外一条竖线，就是生命线。"然后禅师又让他跟自己做一个动作，把两手慢慢地握起来，握得紧紧的。禅师问："你说几根线在哪里？"那个人迷惑地说："在我的手里呀！"禅师笑了，再次问他："命运呢？"那个人终于恍然大悟，原来命运在自己的手里，而不是在别人那里。命运掌握在自己手中。你是否曾经问过自己：你是否付出过，你曾经怎样对待别人，对待朋友，对待事业，对待自己的良知？生活仿佛是一亩肥沃的土地，你播下什么，你就收获什么。播下一种心态，收获一种思想；播下一种思想，收获一种行动；播下对别人的态度，就收获别人对你的态度。它不同于赌博，付出得太多，赌注下得太大，不知收手也许会一败涂地输得精光；不要以为你一无所有，虽然暂时失去物质的享受，但是不经意的教训中，得到的却是人生航标的正确方向。

因此，付出与收获构成一幅正比例的函数图像，一半在上方，一半在下方。或许这样形容并不恰当，但是你却能看到真实的形象。没有人能总站在原点，那么生活中就难免有正向和负向。

　　农民在春天播下种子，辛勤劳作之后，会有收获，年复一年重复着同样一个程序，不厌其烦，一如既往。命运不总是尽如人意，有时物质的收获甚少，但是播种的是希望，收获的依旧是希望。

　　人生有时候抛弃一样东西比得到一样东西更难。虽然 "捧着一颗心来，不带半根草去"的说法有点绝对，但不乏人生之礼数。有付出就必定有收获，只是方式不同而已，不管付出了什么，也不管收获了什么，心中总会充满希望。古时候有个人老抱怨上帝不公，上帝便派天使把他召回来。那人问上帝为什么让他挨饿、生病？上帝说："让你挨饿是因为你没有好好种田，让你生病是因为你四肢不勤。你要记住，在人世间，不付出劳动，你什么也不会得到！"

　　可见，人生因因果果，果果因因，而最终得到的和失去的其实是相等的，人生就是一个"等号"，人生既是如此，又何必为了那点点滴滴而去斤斤计较？悲悯者无忧，愉悦者无欲。不以物喜，不以己悲。不能利泽生民，非丈夫平生之志，何言没有启迪迩？

超凡之士必有过人之节

——游淮安胯下桥感怀

胯下桥，天下独有。多年来我不知多少次拜谒此桥或路经此地，也论证过N次，古今中外确实无偶有独，最起码"忍胯下之辱"的大将军韩信之典故，给世人以人格和气节的启迪：超凡之士必有过人之节。

胯下桥位于淮安市楚州区东侧，此桥不是横在水陆，而是竖向天空，桥体不高，桥身仿佛人的两条腿。从桥下走过，仿佛钻过胯下。此桥始建于明万历年间，清同治丁卯重建。站在胯下桥前，我不羁的思绪跨越历史的时空，请教忍辱将军韩信如何"乱点兵"？何谓成也萧何败也萧何？体味他的过人之节。

韩信出人头地始于秦末，"胯下桥"记录了他未发迹时的一段奇耻的经历。韩信小时候失去了父母，主要靠钓鱼换钱维持生活，遭到许多人的歧视和冷遇。淮安城里有个屠夫的儿子故意羞辱韩信，他在闹市里拦住韩信说："你虽然身材高大，常带佩剑，不过是个胆小鬼。"他当着众人的面对韩信挑衅道："你不怕死，就抽剑刺我；怕死，就从我的裤裆下钻过去。"说着，便叉开了两腿。这突如其来的羞辱让韩信不知所措，一言未发，俯身从他的裤裆下钻了过去。因此，韩信给世人以话柄，外勇内怯的"胯夫"。

　　君子不争一时之荣辱。能坦然受辱的人有两种：一种是受辱后意志消沉，不去摆脱自己的困境，而是苟且偷生，这就是"胆怯"者；另一种是具有远大理想的人，这种人在自己未得志时，即使被环境所逼而受辱，但能够以屈求伸，忍辱负重，把愤怒藏在心底，化作力量，这才是真正的"明智"之人。

　　两千多年来，韩信忍辱负重、能屈能伸的品格已深深融入中华民族的传统文化之中。我国古代有许多处在困境中的人常以韩信激励自己，大诗人李白在《赠新平少年》中借韩信蒙羞辱而终成大事业的故事，来反衬自己的失意与彷徨："韩信在淮阴（今淮安），少年相欺凌。屈体若无骨，壮心有所凭。"《孙子兵法》云，"将有五危：必死，可杀也；必生，可虏也；忿速，可侮也；廉洁，可辱也；爱民，可烦也。"苏东坡有篇《留侯论》，论的是张良，不是韩信。但是《留侯论》开头的一段话我觉得用在韩信身上更准确："古之所谓豪杰之士，必有过人之节。人有所不能忍者，匹夫见辱，拔剑而起，挺身而斗，此不足为勇也；天下有大勇者，卒然临之而不惊，无故加之而不怒，此其所挟持者甚大，而其志甚远也。"韩信乃英雄之气度，他选择胯下钻，对世人之笑谈，不屑一顾，将答案交与后人评说。应了佛祖对答的话："有人骂我、辱我、损我、甚至置我于死地，我该怎么办？由他、任他，几年之后再回头去看他。"数年之后一切确实发生了戏剧性的变化，可用几句顺口溜来概括：恶少屠中草木凋，何如兴汉立功劳。桥头匍匐何须计，异志超群万世标。昔日的狂妄青年衣衫褴褛，邋遢不堪，麻木的脸上写满惶惑，呆滞的目光中只剩下恐惧；跪下的双腿抖动不已，伏地的十指连连发颤。而韩信，当年的胯下少年仗剑从军，在楚汉相争中，他纵横沙场，战必胜，攻必克，为刘邦成就帝业立下赫赫战功。人们称他为"一代兵仙"、"汉初三杰"，国外学者称他是"冷兵器时代最伟大的军事家"。

　　韩信的过人之节还远不止此，在最有可能反叛成功的时候，拒绝背叛刘邦。他大义凛然以誓：载我以其车，衣我以其衣，食我以其食，不可有反叛之举！

"故天降大任于斯人也，必先苦其心智，劳其筋骨，饿其体肤，空乏其身，行拂乱其所为，所以动心忍性，增益其所不能。"孟轲的名言千百年来激励着无数英雄志士不断为追求理想，实现目标而前赴后继，矢志不渝。鸿鹄志高千万里，岂同燕雀较雌雄。当年痞子今安在？胯下桥头浴日红。这些不都是对我们的启迪吗？

为自己下个"赌注"

人生犹如置身赌场，不敢下赌注，何以论输赢；人生犹如赛跑，和自己比赛，同自己决斗，不付出艰辛、耐力和极限的拼搏，自己战胜不了自己，何言战胜他人？

蝶忍住了痛苦，挣脱了蛹的束缚，才有了翩然蓝天的瑰丽。竹积蓄力量，拱破了土的重压，才有了高入云端的伟岸。梅有耐寒的品性，傲笑冬的蹂躏，才有了雪要让梅一段香的千古绝句。

人生如春夏秋冬的更替，错过春的绰约，就窥不到夏的妩媚；错过秋的收获，将感受不到冬的回味。在人生的四季中有日月星辰，有虫鱼鸟兽，有急流险滩，有喜怒哀乐，还有鲜花掌声。人生如一部永不间断的留声机，有激越，有平仄。人生如高山飞瀑，没有跌入峡谷之险，哪有"飞流直下三千尺，疑是银河落九天"的赞誉。人生如赛道上的跑车，不冒飙车之险，何以享受鲜花和掌声。

驴子的梦想永远是一把干草，千里马的梦想则是征服脚下的土地。赛跑要有明确的目标，不好高骛远，不鼠目寸光。惟有对目标的渴望，对梦想的追求，才是到达目的地的强大精神动力。

"伟大的精力只是为了伟大的目标而产生"是斯大林的哲理名言，

也是他一生的真实写照。他在第二次世界大战中领导俄国军民英勇抗战，在莫斯科保卫战中打败了德国，打破德国不可战胜的神话，成为二十世纪的一则神话。韩信忍受胯下之辱，在逆境中坚强，终成一代名将；越王勾践，卧薪尝胆，统领三千越甲吞灭吴；司马迁受宫刑，仍立志著史，成就"史家之绝唱，无韵之离骚。"当今北京泡泡信息技术公司首席执行官李想只有高中学历，却有着对梦想的执着，成为创业史上的传奇。曲乐恒，原辽宁省足队球员，因一场车祸导致下肢瘫痪，他瞬间失去了光荣与梦想，一个善于用双脚在绿茵场上创造奇迹的人，余生将属于轮椅，他似乎从此落入命运的低谷。但让人始料未及的是，几年后他夺得了全国首届轮椅击剑赛B级男子个人铜奖。如果说时势造就英雄，此观点容我不能苟同。我坦言，英雄同样可以造就时势。艰难困苦，玉汝于成。古今中外，有多少战胜了客观条件并取得了非凡成就的伟人成为后人之楷模。古有屈原、苏东坡、张骞、郑和、戚继光，今有鲁迅、华罗庚、聂耳、陈景润、雷锋、焦裕禄。他们克服了重重困难，成就了一个个大写的人生。成功者的经验基本相似，失败者的教训多得数不清。犹如幸福的家庭基本是相同的，不幸的家庭各有各的不幸，也就是说每一个成功者都有着对梦想的执着追求。

有人说过："一个人本是两个人，一个在黑暗中觉醒，一个在光明中酣睡。"在人生的跑道上，我们要不断地唤醒自己，超越自己。穿金戴银、山珍海味不是人生追逐的终点，不断超越、完善自我才是理想的目标。莫让鞋中的一粒沙子刺痛前进的脚步，莫让心底的一丝懒散懈怠了拼搏的信念，莫让潜藏的一点劣根性切断了奋斗的锐气。和自己赛跑，不为名利羁绊，不为权贵折腰。人们往往会震撼于开在冰天雪地里的梅花，而不屑多看开在四季如春的温室里的牡丹，好像只有在逆境中成功了才值得敬佩。但是我要说，在顺境中不被眼前的无限风光迷惑，不为小小的挫折而停步不前，能够不断用双脚丈量大地的人，定能走出人生的闪光之路。

　　朋友，上帝用一些苦难来唤醒一些沉睡的心灵，为的是让我们醒后画出更新更美的图画。趁上帝尚未行动，我们先把自己唤醒，去为自己下赌注，去和自己赛跑，用超越自我来绘出令上帝瞠目结舌的人生。

两想主义

　　"两想主义"，《辞海》中没这个词汇，是我乃至工地数以万计参建将士共创、共识的词汇，其中的含义也颇简单，那就是在工地心理牵挂着家，在家又魂牵梦萦着建设工地。

　　想家的时候，总是夜阑人静的时候。与亲人团聚的时候，圆月不挂半月天。正所谓："将受命之日则忘其家，临军约束则忘其亲，援枹鼓之急则忘其身。""往岁东游鬓未凋，渡江曾驻木兰桡。一千里色中秋月，十万军声半夜潮。桂倚玉儿吟处雪，蓬遗苏丞舞时腰。仍闻江上春来柳，依旧参差拂寺桥。"古人描述的是作为一个将领，从接受任命起，就应该不顾自己的家庭；指挥军队，执行纪律时，就应该不顾自己的亲属；到临作战的紧急时刻，就应该不顾自己的性命。还有"暮笳吹月，晓甲带霜，疾风冲塞，沙砾飞扬。"凡此描写为国家、为事业而舍弃自己的家庭、亲人的诗句，不胜枚举。

　　对于故乡的明月每个漂泊在外的人都有独特的记忆，这就像一千个读者眼里有一千哈姆雷特一样，一万个游子心中就有一万个故乡的明月。诗行画意中蕴含着诗人的才华，又都言其挂甲将士的思乡之情，两地相恋、相思的情愫。工地数以万计的参建将士，经历过晓甲带霜，疾风凉冽，沙砾飞扬，淫雨连绵，酷暑炎热，为的是"宝石花"的光辉更加耀眼，共和国更加富强，让世界翘大拇指、让地球村民高呼OK!

在过去的年代里，石油人的形象无论是出现在影视里，还是报刊媒体的宣传，那一身油或一身泥的形象，给人的印象是同钢铁打交道的硬汉子，其不知他们的内心深处，有着极其丰富的情感和内涵。"分手一杯酒，相逢一杯酒。分手的酒预祝相逢的一天，相逢的酒回味分手的时候。人生有几搏，人生是追求。北国冬夏育红柳，南国春秋育红豆。把伤离的心浸泡在苦酒之中，为的是酿造出喜酒中的成就。"我们的参建将士不是伟大的诗人，并不一定谱写不出伟大的诗篇。这首诗就是描写一名青工与亲人离别的心境，出自一名青年焊工之手。我也曾编过顺口溜，寄托我的思乡之情："月亮离我很近，你离我很远。圆起来的是月亮，想起来的是故乡，端起来的是酒杯，掉下来的是泪珠，望不见的是身影。"人，是需要爱的。需要爱别人，也需要被别人爱，尤其是青年人更需要爱。可我们工地青年人在爱与事业的天平上，砝码总是偏重于事业那边。将士们家中有妻室儿女，夫妻长期两地生活，有牵挂也存在着一些不稳定的因素。就是正在热恋的，也担心发生什么移情别恋，坏了终身大事，想方设法与亲人保持联系，通过电话、书信和亲人进行沟通。特别是逢上春节，月穷岁尽，万象更新，游子归乡，阖家团聚。工地附近的村镇的爆竹声，如锅中的爆豆，噼噼啪啪，不绝于耳，让人思乡。特别是晚上，烟花闪闪烁烁，撩人思绪。

每逢佳节倍思亲，老同志不回家过年，割舍不了的是妻儿老小的情感。青年人，特别是热恋中的年轻人，或者与对象感情有点裂痕的，不能回家的心理滋味，是无法用语言表达的。他们在工地过春节吃年夜饭，有的是泪水伴着酒水往下吞。有个青年根据当时的情况，写了一首诗："一部艰难创业史，两地夫妻泪交流。去年流的相思泪，直到今天没到头。"还有一个青年工人编了两句顺口溜："北部湾上空飘白云，最苦不过人想人。"一位工程师还书写了一首古诗贴在床头，以抚慰自己那颗思恋的心："生平少年日，分手易前期。及尔同衰著，非复别离时。勿言一樽酒，明日难再持。梦中难识路，何以慰相思。"有个青年人深有感触地说：人们都说两情若是相爱时，何须在朝朝暮暮，应该改为两情若是长久时，必须在朝朝暮暮。其实，这一浅显的生活哲理，全工地人人人都懂，而且体会颇深。但是，他们更十分清楚，人人都顾家，谁人搞建设？各个都在家，怎么能建厂？更让人为之涕零的是有家公司副经理父亲去世，工地正在抢工期，不能回去吊唁，单位安排在家的领导参加葬礼，并帮助处理善后问题，使这名副经理流下了感激的泪水。

朋友，在我的身边，有许许多多平凡的建筑工人，他们可以很长时间不说一句话，像大山里的石头一样沉默。走近他们，品味他们，他们又仿佛石头依恋泥土一样，以厚重而质朴的品格回报着大地。

朋友，您也许要问：是什么力量能使他们矢志炼厂建设，且百折不回？用工地的一个小秀才写的文章里的一段话说：一个人就是一颗星，浩渺的星空里，总有自己的位置和运行的轨道。我们所从事的是石油建设事业，偏爱的也只能是这一行！男子汉需要有温暖的家庭，更需要有伟大的事业！

第四部 城市印象

disibu chengshiyinxiang

工地速写

2008年，是重彩难绘的一载，也是广西石化的创业之年。

这年，工地处处荡起炼化建设的滚滚热潮，钦州湾鼓荡起猎猎风帆。神话般地崛起一座石化城，奇迹般聚起硕大的金山。巍峨耸立的炼塔昂首挺胸向世界放歌，十万吨码头伸出巨臂拥抱浩瀚的北部湾。一座崭新的石化城成了钦州港的名片，滚滚的油海波涛即将福泽于两广之众。那迟迟醒来的港区大地，已见证了一个大石化的变迁！

工地美就美在"钢铁森林"的植就，奇就奇在工地日新月异的变迁。站在综合楼楼顶远眺，远山叠峦起伏，绿嶂千里，蜿蜒苍翠，如诗如画，天高地迥，觉宇宙之无穷。此山是十万大山的余脉，既有十万大山的磅礴之势，又含桂林山水之美韵，还有七十二泾之柔美和舒缓。

收回盱眙的望山目光，俯视硕大的建设工地，昔日呈椭圆型橙黄色的土地，像一块硕大的鹅黄宝石，镶嵌在北部湾沿岸，熠熠生辉，光彩夺目。更像一具金盆，有纳祥之气势，也有容百宝之肚量。而今这块宝地，经万名能工巧匠，日夜雕琢，天天修饰，巧夺天工，打造成钢铁的世界、初具规模的世界一流炼厂。站在鸡笼山上鸟瞰，一套套装置，一台台设备，一条条管廊，一座座储罐，一个个烟囱，遍布三千亩大地，像一幅硕大的油画，令人震撼，让人赏心悦目。每当夜晚华灯初上之时，这里的景色更加迤逦，整个工地像一只巨大的扇贝，衔着数以万计的宝珠，串串高悬，通明如昼，光耀苍穹。不久的将来，这里就是一个名副其实的大型石油加工基地，每年千万吨乌金般的原油，将在这里变成油品，为天上飞的、宇宙行的、地上跑的，注入新的活力，带来勃勃生机。她是共和国的骄子，泛北部湾沿岸的一颗璀璨的明珠，中国石油工业的骄傲。

若将工地的全景转换成特写，再著名的画家也描摹不出这么真切的实物，再好的良辰美景也比不过此景壮观、秀丽和迷人。

梅花冬末枝头笑，一树独先满园春。表的是第一枝报春花——制冷站。称谓它是第一枝报春花，广西石化的第一缕胜利的曙光。是因为它第一个进行中期验收，第一个投入运行。此站像一台扁平的收音机，又像一部手提电话，它向世人播报炼厂建设的独家新闻：国内领先、世界一流的炼厂即将在这里落成，其推动整个项目建设的重要性，不亚于奥运会夺第一枚金牌、创第一项纪录。正是因为它中期验收意义的特殊，工地人才送给它这个昵称——第一枝报春花。

放眼工地的西南侧，高大拥挤的罐群特别抢眼。八台巨型原油储罐，既高且大，排列两行，形同八个巨大的聚宝盆，可容八十万吨原油，昭示着广西石化财源广进，事事如意。它又如八面惊天的大鼓，敲一敲惊天动地，捶一捶振奋人心。让人能感受到石油人的雄心壮志、对党和人民的耿耿丹心。稍小一点的储罐像大锅里蒸的馒头，一个挤着一个，排列有序，十分奇妙。触景生情，顿生天工巧夺之感，蒸蒸日上之念。若要目睹二十多台球罐，银白色圆圆的罐体，像一颗颗硕大的南珠，闪烁着吉祥之光，流溢着耀眼的光彩。如果将这些巨大的宝珠串成项链，挂在被喻为世界屋脊的喜马拉雅山上，定会颗颗光耀五洲，粒粒闪烁四海，与高山兮齐名，与天地兮同寿，和日月兮同辉。

"腾蛟起凤尽展石化雄姿，装置高耸堪称世界第一"如此形容广西石

化年产1000万吨的炼油工程常减压蒸馏装置，局外人也许不知所指，但炼厂的建设者都晓得，锁定的目标肯定是常减压。那蜿蜒的管廊是巨龙舞动的身躯，那高高的蒸馏塔就是高昂的龙头，那两座烟囱是壮威的龙须。龙乃四灵（龙、凤、麒麟、龟）之首。春分登天，秋分潜渊，呼风唤雨，无所不能。在神话中是海底世界的主宰，民间祥瑞的象征。古代曹操和刘备青梅煮酒论英雄，望着天上的龙挂，问天下者谁者英雄？笔者在泾边曾近距离触摸过西天的七彩龙挂，也曾有这样的断言：此乃祥瑞之地，凤者不落无福之地，龙者不临无祥之海。这里将是北部湾心明珠，广西人民的福地，中国乃至车盟的聚宝盆。

莽莽群山为石化基地壮威，潺潺泾水为石化人抒情。朵朵云霞为成功者敬献花束，隆隆惊雷为将士们喝彩。浓墨重彩难绘你的尊容，星外人打造不出这样的"麦圈"。人间诠释不了的是神话，我们能让世人翘指的是建设好世界一流炼厂！

衣食住行变奏曲

——石油职工生活巡礼

衣着变化话时尚

我国石油行业历经半个多世纪的岁月，发展了众多的石油企事业单位，强大了国家，富庶了黎民百姓，职工生活水准也随之水涨船高。无论是服饰、饮食、居住和交通条件，都像万花筒似的，无不折射出石油人的历史、石油人的追求、石油人的时尚、石油人对生活的热爱、石油人的幸福感和满意度。

笔者虽然没全程见证过石油人的衣着，但当年的服饰打扮也略知一二，最起码自己曾在那段路程走过，记忆的长河中留下许许多多难以忘怀的印象。石油人衣着变化可划分三个时段：一是会战初期的1960年至1970年，国民经济百废待兴，石油企业刚刚起步。这个阶段最有代表性的就是大庆油田，寒冷是地区的特点，御寒是工作和生活的必需，最具时尚的当数行业服饰：狗皮帽子加杠杠服加大头鞋加大口罩，即是当时的时尚。因为那个时期职工月收入五十元钱算高薪阶层，参加工作二十年有余，仍是"二鼻子"（二级工），月收入只有四十元钱。只能供养家糊口的开销，没那么多的钱买衣物、服饰"捣扯"自己。另外，那时政治氛围、审美观点、思想认识、理想追求只有一个："我为祖国献石油！"而

"不爱红装爱武装"、"用美好的服饰打扮自己，不如用美好的思想武装自己"、"穿金戴银，不如一技在身"也是那时的石油人心无旁骛，一心奉献为石油的真实体现。"我当个石油人工人多荣耀，头戴铝盔走天涯。"时尚者流行也，不时尚何言流行，不流行者，何以称其时尚？工作服确实太时尚了，冬天穿"杠杠服"美，夏天穿帆布单工服靓，就是穿洗得泛白的工作服，男青工穿了气派，女人穿了增加回头率，老职工穿了倍显资历。看过电影《创业》和《奠基者》的人，不会忘记一个有趣的场面，一位女工头戴狗皮帽子，身穿"48"道服，脚蹬一双大头鞋在工作，一个男青年误以为是同族兄弟，毫不介意地伸手去推搡她，结果闹了个大红脸。其实这在当时是见怪不怪的事。当年，工作岗位是蓝色的海洋，大街小巷是蓝色的世界。可以说那套服饰，可与航空服媲美，比铁路服显靓，是其他行业服饰无法相比的。正是石油人审美和情愫的偏重，职工上下班是工作服，就是回乡探亲都不改装束。石油人穿着它倍感神气、自豪和时尚，石油人之外的人见了都羡慕不已。用大庆一位老会战的话描述当时的境况："那个时候穿那杠杠服，走到哪儿都打眼儿，就像脑袋贴帖了一样，人家一看就知道你是石油人，那个心里感觉特得劲、特有身份，就是有人拿呢子大氅来换都不行。"正是这"杠杠服"受到石油人的宠爱，全油田数万参加会战的职工，不分男女、不分干群、不分新老职工、不分前方后方，都是清一色的杠杠服。

二是1970年至1980年，这个阶段是企业人和社会人的服饰时尚观念碰撞和相互适应阶段。当年国家落实知识青年返城政策，大批北京、上海、天津、哈尔滨等地知识青年涌入石油行业。原有的石油人穿惯了杠杠服，以穿特有的"标示服"为时尚，以朴素节俭的生活为荣，而那些刚刚入厂的知识青年，过惯了大城市生活，穿惯了城里服饰，倒是不习惯穿这杠杠服。特别是上海来的知识青年，他们穿大上衣、瘦腿裤、喇叭裤觉得是他们地域的时尚，有的领了杠杠服不穿，有的把杠杠服改成瘦腿裤。一方面是奇装异服，一方面是工作服，两种不同的风格，两种不同的审美观。其实，穿什么都是时尚、都一样参加生产建设。目标也只有一个，那就是我为祖国献石油。于是，满街的杠杠服掺进了中山装、军便服、夹克衫。

石油人服饰的第三次革命，就是1980年至今。最大的特点是没有人为的束缚，个性化发展代替了审美观的全部。北方流行一句俏皮嗑："美丽冻人。"那意思是为了美，宁可忍受挨冻之苦，也要穿得薄、透、露。其实这话只能代表部分人的时尚理念，而更多人选择的是既美丽又不冻人，那就是雍容华贵。北方男士穿着讲究既不臃肿，又便利轻巧，还不失其身份和风度，穿貂皮夹克装。女士着貂皮大衣、獭兔大衣和半大衣，虽说价格昂贵，但穿的人为数不少，可以说走在大街上，不经意间就能看见着此装之女士。一位从事宣传工作的女士，手指着自己身上的貂皮大衣告诉笔者，"买这件大衣要花上万元钱，家庭经济条件能承受得起，最主要的是跟风，人家都能穿，我为啥不能享受？"

靠海知鱼性，久住深山知鸟音。虽说介绍的凤毛麟角，但毕竟是石油人的生活的一瞥，能给老职工以回味，青年人以感悟，正是攥文目的之所在。

饮食变化话健康

民以食为天，吃是人生第一需要。中国人也好，外国人也罢，地方人也好，石油人也罢，谁也离不开吃。吃什么，怎么吃，每个国家、每个民族、每个家庭、每个人都有自己的吃法。

饮食是一种文化，而中华美食则誉满天下。中国饭好吃，外国人爱吃也是不争的事实。吃是共性，吃糠厌菜是贫穷，食能果腹是温饱，享受美食是满足欲望。总之，可用几句顺口溜概括：红日巡天过午迟，腹中虚实自家知。人生一饱非难事，只在风调雨顺时。何谓非难是难，何谓雨顺风调？水来张口，饭来伸手，是讲条件的，是受贫富影响的，是有灾丰制约的。就我们石油职工的饮食而言，当年提起吃字，都会念起"猪肉炖粉条子铆劲造"，还有大碗喝酒，海口吃肉。其不知这只能代表一个时期、一个阶段，但绝对不是它的全部，这也有个随着经济发展而提升生活水准不断改变饮食条件和观念的过程。

我曾在大庆油田历史陈列馆见到了催人泪下的一幕，一个雕像蹲在土坑里，在进行管道万点调查的观测，这个人叫谭学陵。感人的地方有两点：一是他冒着数九严寒坚持蹲在土坑测冻土层的温度，当人们发现他的时候，他已经观测了十多个小时，人已经冻僵；二是发现他兜里揣的两个鸡蛋大的窝窝头，需要用锤子砸碎了才能吃。重提这件事，就是想说明，大庆石油人在那个时期，并不是猪肉炖粉条能铆劲造的，从年头到年尾，只有过年才能见点荤腥，也许能吃上一顿猪肉炖粉条儿。当年，震惊世界的大庆石油会战，为了甩掉中国贫油的帽子，在荒芜的松辽平原上拉开了会战的序幕。当时，由于我国连续三年遭受严重的自然灾害，大地干枯龟裂，寸草难生，农业几乎颗粒不收，粮食和副食品奇缺。几万名石油会战大军一下子汇聚大庆，粮食、蔬菜和副食品供应无法保证，职工的定量一减再减，只能以挖野菜和用大豆杆、玉米秆、树皮做代食品等办法艰难度日。会战大军整天同钢铁打交道，劳动强度大，营养满足不了，很多人患了浮肿病，甚至出现了钻工爬不上平台，拖拉机手踩不动离合器的现象，也有许许多多的人断送了性命。一句话，那时的吃，就是维系生命。

石油人饮食生活稍有好转应该是七十年代初期，但那时的饭店不论是哪个石油企业从头数到尾也没几个，那时的大庆最中心的萨尔图区有站前饭店、红旗饭店，最多也只有三五个，各个二级单位除了小灶食堂就是小吃部。石油人那时哪有天天喝酒的，偶遇几个朋友找点由头或在家或在小吃部聚在一起喝顿酒算是新鲜事。职工食堂的伙食也特单调，主食一般是棒子面烤饼、棒子面窝窝头、棒子面大饼子、大馇粥、很少能吃上馒头和白米饭。而且副食也不复杂，逢上夏季和秋季还好，能吃些时令的新鲜蔬菜，如芹菜、黄瓜、茄子、豆角、辣椒、西红柿等。但到了春冬两季吃的基本是白菜、萝卜、土豆和大葱。肉食也比较少，猪都是各个单位自己喂养的，牛羊肉十分少见。如果讲营养结构的话，也只能是食堂杀口猪，食堂投放点给有家的职工分点肉改善改善伙食。

石油人饮食真正有了讲究，是八十年代末九十年代初。那时候的饭店刮起了个体风，紧随其后，油田企业、石化企业和一些事业单位等厂区和生活区，形形色色的饭店，像雨后春笋般冒出来，可以说坐在油区能吃遍全国甚至世界的所有特色饭菜和时令菜。每逢有新的酒家开业，人们像赶集似的涌入，为的是第一个尝到特色。还有一处处的海鲜、河鲜及各类蔬菜市场，各种蔬菜琳琅满目、应有尽有。想吃山珍海味的有去处，有燕窝、有深海龙虾，也不缺鲍鱼、鱼翅，只要有钱买，天上飞的、地上跑的、水里游的一应俱全。

然而，生活也有辩证法，"民以食为天"虽然是真理，但它指的不仅仅是食能果腹，还有另外一层意思，那就是健康。于是，智者就有了新的饮食说：人类选择食物的内容应该与牙齿的结构相符合，健康的人类有32颗牙齿，上下左右相对称。如果只看上排的牙齿，左右各有两颗门牙、两颗犬齿、五颗白齿。门牙主要是用来啃食蔬菜及水果，犬齿是用来撕碎肉类，而白齿是用来咀嚼谷类及豆类等食物。由此可知，人类饮食的内容应以谷类及豆类为主食，蔬菜及水果为副食，而肉类则为次，其比例应为5比2比1最为合适。言中之意颇简单，那就是适量。健康从口入，病同样从口入。美味佳肴不可不吃，山珍海味不可多贪。良药苦口利于病，是药都有三分毒。美酒能助英雄胆，饮酒过量也能生是非。于是，石油人的饮食文化掺进了健康二字，赋予了新的文化内涵。北方人讲：吃菜吃素的，当官当副的。南方人说：三天不吃青，两眼冒金星。就是酒文化也有了变化：过去讲宁愿小肚有洞洞，不要感情有缝缝。而现在人讲：胃是自己的，自己的胃是胃，他人的胃也是胃。众说纷纭，如此种种。一句话，石油人的饮食确实有了讲究。如富含维他命B的豆类、谷类和乳酪，以及富含锌、镁、锰等矿物质的食物如牡蛎、坚果、菠菜、番瓜等食物对身体健康有什么好处；再如富含维他命E的食物、富含磷和锌的海产品和服用蜂蜜制品对身体健康有什么益处，都成了石油人健康饮食的时尚。

居住变化话幸福

"衣必常暖，然后求丽；居必常安，然后求乐。"安居乐业，一直是人类社会千百年来的希冀，是衡量快乐与幸福生活的标尺，也是过去、现在和将来人们的必需。"安得广厦千万间，大庇天下寒士俱欢颜。""先天下之忧而忧，后天下之乐而乐。"无不渗透着有志之士的期盼、梦想和追求，我们石油企业职工同样有这个履历，同样有这个从无到有的过程。

居住是历史多棱镜的一角，看一个城市的建筑和居民的居住条件，就能感知这个城市的发展脉络，就能悉知居民的幸福满意度。对于石油人的居住变化而言，同国人大同小异，最具特殊性、标志性、变化性、代表性的当属大庆油田。大庆石油人居住条件改善，从会战初期的风餐露宿，到拥有广厦千万间，大体上可分为两个阶段，那就是1985年之前为一阶段，这个阶段为地窝子、干打垒和平砖房阶段，全油区是清一色的平房，连油田指挥中心——"二号院"都是平房，哪还会有高楼大厦？后一阶段为高楼大厦遍地起阶段，也就是1985年之后至今，先是在莎尔图（油田中心区）地区建了部分楼房，而后在东风建了石油新村，每年以四十万平方米的住宅建设速度，像水推沙一样逐年发展到整个油区。

大庆石油会战初期居住条件苦不堪言，住的是牛棚、帐篷、地窝子、干打垒、土坯房和平砖房。牛棚、土坯房、帐篷不言而喻，所谓地窝子就是和西北的窑洞大同小异，真的可以称为蜗居，借地势高的地方挖个洞，在洞的上边铺上芦苇、填上土，就成了人居住的地方。何为干打垒？就是铺碱土掺上碱草，硬是用榔头砸成墙，在墙上架上梁，然后在梁上铺上芦苇，在芦苇之上再抹上油泥，就成了大庆独创的干打垒。大庆石油人居住条件这么差，用周边百姓的话说是"连农民的居住条件都不如"，确实是让现代人不敢信以为真，偌大的油田，怎么和牛棚、土坯房和帐篷等这样的居住条件结缘？难道他们就心甘情愿的吃苦？就没有什么怨言？其实，您不了解当年的境况，更不了解当年的大庆石油人的心境和追求。用一位老石油的话来说："到哪河，脱哪鞋。在啥时候说啥时候的话。住北京，逛上海，玩南京谁不高兴，但能发现和开发世界级的大油田吗？能摆脱'贫油国'的耻辱吗？"您可知道那牛棚，就是老乡家的耕牛之舍，曾住过我们中国石油人的先驱、石油人的最高"统帅"余秋里、康世恩，宋振明等一批领导人，他们曾生活在牛棚，在牛棚指挥数万石油大军开展大庆石油会战，勾画中国石油工业发展蓝图也在牛棚。那时，会战职工基本都住大通铺，夏季雨天用脸盆在屋里接水，冬天被头上霜，风季沙土飞扬，要是有家属来矿探亲，与室友之间拉个被单当墙，小两口栖身独处，就是花烛洞房。这绝非天方夜谭，更不是胡编乱侃，本人七十年代参加大庆石油会战，居住条件不比会战初期好多少，虽然有了独处住宅，但纸糊的天顶是潮虫的乐园，夜间关灯屋顶唰唰响，时不时从房上掉下来，爬到人的脸上，惊出一身冷汗。就这样的居住条件，也没有改变大庆石油人会战初衷。铁人王进喜曾有震撼国人和代表大庆石油人的诗句："北风当电扇，大雪当炒面，天南地北来会战，再苦再累心也甜。""天当房，地当床，采把野菜当干粮。"这其中的"苦、累、甜"三个字，足能表达当年大庆创业人的当时的心境，那就是"哪里有石油，我的心就乐开了花！"当年还有先生产后生活一说，更能进一步验证大庆石油人想国家、为集体、唯独没有他们自己的特有的理想追求和人格魅力。当年大庆人的居住条件，对整个石油战线来说，窥一斑可见全豹，江苏油田、湖北潜江油田的会战初期，住草棚，居帐篷，屋外下大雨，室内下小雨，屋外雨停了，家里仍下雨，到了雨季脸盆、鞋子瓢上床。青海、胜利、中原、河南、辽河、华北等油田的会战时期，不是安营扎寨于水乡泽国，就是寸草不生的西部戈壁，惟独没有一家油田定居在大城市。

现如今的大庆油田和各个石油企事业单位，鳞次栉比的高楼一片片，晚上替代篝火的是多如繁星的霓虹灯，石油人建起了一座座新兴的石油城，居住条件实现了人居环境生态化、建筑结构高层化、造型风格多样化、功能配置合理化、住宅设施现代化、室内装修普及化、庭院景观园艺化、社区氛围亲情化、住宅产权私有化、物业管理社会化，油田职工居住条件有了翻天覆地的变化，过上了天上人间的幸福生活。

衣不在贵贱，能遮体就行；食不在好坏，能充饥就行；屋不在大小，能栖身就行。当年，石油人"床上屋漏无干处，雨脚如麻未断绝"已成为历史。而今，"安得广厦千万间，大庇天下寒士俱欢颜，风雨不动安如山"，岂不美哉、乐哉、福哉？

交通变化话便捷

谈起交通变化，笔者总愿以大庆油田为背景，拿大庆油田说事，绝对事出有因。一是因为大庆油田交通的沿革最有代表性，大庆是"油老大"，交通变化无疑与油田发展成正比——水涨船高。再就是本人在大庆工作过十六年时间，就是离开了大庆，因工作关系大庆油田就没离开过我的视线，见证了大庆交通变化的全过程，所以大庆便成了此谈的焦点。

侃交通便捷，不能不让人想到路，更不能不让人联想到车。路，在我国的版图上如人身上的血管，从南到北，从东到西，纵横交错，时空不同，路况各异。会战时期，大庆的路况极差，曾有人编顺口溜：大庆油田有三大怪，其中有一怪就是柏油马路粘车带。特别是逢上春夏之交，全油田道路几乎都翻浆，经常因此阻断交通。交通中断，交通车、职工上下班车、物资运输车被迫停运，油田工人为了正常上班，不得不徒步上井，此举曾成了报纸报道的新闻题材。而今，油田将道路修到井站，路况有较大改观，去省城有哈大高速，油田内有井排路、区间路、城际路，整个油区道路密如蛛网、四通八达。炫耀点说，驾车出行，一踩油门，似乎瞬间就可以到达目的地。至于车吗，也是由少到多，由低档到高档，由公车到私家车，无外乎就是循序渐进和突飞猛进的过程。

在铁人陈列馆摆放着一辆"黑兔子"的摩托车，是当年"铁人"王进喜跑现场的专用车，算是当时最时髦的车辆。那时，整个会战战区用车是清一色的解放车，连井队工人上下班的班车都是敞篷的大解放，就是到了数九寒冬的季节，挡风避寒也就多了帆布篷。采油工、泵站值班人员，连这待遇都没有，必须徒步往井上走，近的约走几里路，远的要行半个多小时。当年，笔者值守的采油岗位，离井队至少也有六公里，本人曾在那里度过除夕夜，走了两年半的巡回检查的路，打发过一段青春时光。能骑上自行车的人，比现在的私驾族都少。记得当年我买了一辆握把式的"孔雀牌"，比现在买一台轿车还激动，还吸引他人的眼球，因为那是凭票购买的，更多的人还无缘享受。到了七十年代末，整个大庆地区最高档的、只供油田领导坐的也只能是上海轿车。各个采油指挥部的指挥用车，完全都是212吉普车，就是作为油田唯一的新闻单位大庆日报社，二十几个人的记者部，天天有人外出采访，只有一台北京吉普，更多的记者远途都得乘公交车完成任务，近处就得骑自行车或安步当车了。如今的大庆油区，无论是世纪大道、萨大路、中七路、东干线，还是西干线，那鱼贯南北的车流，绝对是道靓丽的风景线。五年前，由于采访的需要，笔者站在铁人桥上数了一下车种，在我眼前瞬间飞过的有最为时尚的宝马、奔驰，有经济适用的别克、帕萨特、马自达、雅科仕，还有更多用于接送职工上下班的豪华大巴金龙、申龙、亚星和宇通，以及运载货物的奔驰、东风、五十铃和殴曼。我在桥上数了不到半小时，能认清楚、记得住的有三十多个厂家、七十多个车种、近千台车辆。

不知道是哪个哲人说过，一个城市的发展，必须是方方面面匹配的，不可能单方面进步。在交通问题上，大庆油田同样是随油田的发展而提升交通工具水准的。80年代之前，职工家里有台凤凰牌、孔雀牌和大国防牌自行车，就算得上有身份和富有了。据说，当年大庆有几台红旗牌轿车，局领导都没资格用，只要开出车库，必定去接待外宾。

大庆交通工具无论是工人还是单位提速这么快，也是在近几年才有的。据大庆交警人士透露，全市有驾驶执照的市民达三十七万人，仅九五年一年就增加三万人。大庆市有二百六十万人口，七分之一的市民会开车。据悉，省会哈尔滨市有驾照的市民也只占总人口的十四分之一。大庆私家车进家庭，据大庆市交警支队统计，全市机动车辆近十七万辆。在大庆采访的十个月时间里，就累计落户私家车五千五百多辆，占整个落户量的一半多。且女学员和女驾车族占相当大的比例。特别是二十岁左右的上班族是主流，仅一年时间就增加"新手"司机近三万人。

大庆油田，油化之都、百湖之城、北国福地、工业骄子。交通便捷走在地方乃至各个石油企事业单位前列，毋庸置疑。那么，其他石油企事业单位交通状况如何，其实并非大庆的发展是一花独放、单打独奏。我曾走访过辽河、胜利、中原、新疆等企事业单位，交通便利条件不比大庆油田逊色几多，且私家车与日俱增，就一个原油年产量不足两百万、在册职工三万多人的江苏油田，私家车近几年犹如忽如一夜春风来千树万树梨花开一般，呼啦啦私家车挤满油田机关大院，弄得我爱人买车进家，上下班倒是方便了，我回家休假也乘上自家车了，但多天找不到停车位，直到有了停泊的地儿，才放下那颗悬着的心。

其实，交通便利无以为怪，在我国九百六十万平方公里的土地上，通藏铁路横贯东西，让多少天堑变通途，让多少代人的梦想变现实，国家昌盛，民众生活怎不水涨船高？愿石油人未来的衣着更时尚、饮食更讲究、居住更舒心、交通更便利！

风卷红旗如画

——今日大庆油田随笔

　　朋友，您到大庆拜谒过铁人王进喜纪念馆和大庆油田历史陈列馆吗？如果您参观过铁人纪念馆定会感到极大的震撼！鸟瞰铁人纪念馆,外观呈"工"字形,侧看为"人"字形,正看如"金字塔"。这"工人"二字寓意着大庆石油人及全国人民对中国工人阶级的榜样——王进喜同志的怀念,那"金字塔"象征着大庆的辉煌历史和卓越的成就。

　　如果您参观过大庆昔日的"二号院",今日的大庆油田历史陈列馆,沿着青铜甬道向里走,那浮雕的文字会告诉您,大庆油田从1959年9月26日诞生到2006年9月26日四十七年间所发生的重大历史事件,会引领你步入一个神妙的世界。会让你感知大庆是一个企业,而大庆又不仅仅是一个普通的企业。因为没有哪一个企业,像大庆这样当仁不让地成为一个行业的"名片";会让你知道大庆是一座城市,但大庆又不仅仅是一个城市。因为没有哪一个城市,像大庆这样与国民经济发展息息相关;还会让你感受到大庆是一面旗帜,但大庆又不仅仅是一面普通的旗帜。因为没有哪一面旗帜,像大庆这面旗帜这么绚丽多彩且又保持本色,几十年来一直为国民经济的发展提供源动力;更会让你体会到大庆呈现的是一种精神,而这种精神又不仅仅是一种简单的延续。因为没有哪一种精神,像大庆精神那样经久不衰并不断被赋予新的时代内涵。但这些还不是完整的大庆，如果你驱车去萨尔图、龙南、卧里屯、杏树岗、高台子、葡萄花、喇嘛甸等数十个油区、炼化、石化基地，更会使你领略到大庆之大、井站之多、炼塔之高、油城之美。

财富大庆——国字号的聚宝盆

大庆，地处中国北方松嫩平原，东距冰城哈尔滨一百四十千米，西距鹤乡齐齐哈尔一百四十千米，是世界十大油田之一，也是中国最迷人的沙榆湿地。

据有关资料记载，大庆及其周围是个五万平方千米的大湖盆，湖中繁殖无数介形虫、藻、鱼类等生物，历经一亿多年的沉降，盆地内堆积了六千多米厚的沉积层，这种沉积称为陆相沉积。

史前是劫难，如今成瑰宝。新中国十年国庆前夕松嫩平原"松基三井"喷出了工业油流，从此宣告了世界上最大的陆相沉积油田——大庆油田诞生。

大庆油气资源储量巨大，勘探范围包括黑龙江省全部和内蒙古自治区呼伦贝尔盟共七十二万平方公里，占据中国陆地面积的十三分之一。据科学预测，这一区域至少蕴藏着一百亿至一百五十亿吨石油储量，预测天然气资源量一点多万亿立方米，已累计探明石油地质储量近五十七亿吨，探明天然气可采储量一千亿立方米。

大庆是当之无愧的国字号的聚宝盆。四十七年来，累计生产原油十八亿多吨，占同期全国陆上原油总产量的百分之四十七以上，连续二十七年保持五千万吨以上高产稳产，目前仍保持五千多万吨以上的油当量，享有"共和国加油机"的美誉。有人打过这样形象的比喻：把大庆四十七年来生产的十八亿吨原油用六十吨的油罐车装满，连起来可绕地球赤道近十圈。四十七年累计为国家上缴各种资金并承担原油价差达一万多亿元，相当于一万吨重量的百元面值的人民币、需要二百节火车车厢才能装下，相当于修二十个三峡大坝、举办五十四个雅典奥运会。目前，大庆油田依靠科技进步不断提高原油采收率，通过加大油气勘探开发力度，不断发现新的可采储量，搞好天然气开发，提供新的能源，努力延长油田开采期，正在向"百年油田"目标前行。

大庆又被誉为油化之都，拥有燃料成品油、润滑油、腈纶纤维、油田化学品、合成树脂、合成橡胶、有机化工原料、化肥等八大石化产品生产基地，可生产五大类四百多个品种的化工产品，乙烯、聚乙烯、丁醇、辛醇等产品生产能力占全国百分之十以上，三十万吨聚丙烯一期工程单体规模国内最大、世界第二；三十万吨复合肥产量居全国第三位；甲醇产量居全国第二位；聚丙烯酰胺生产规模和产量世界最大。近几年来，经过不断扩能改造，相继建成一百二十万吨加氢裂化、八十万吨乙烯、三十万吨复合肥、二十万吨高压聚乙烯等一批大项目。大庆现有大中型石化企业十四家，已形成集炼油、化工、化纤、塑料为主体的化工产业群。今后一个时期，通过发展油化工和气化工，大庆石化产业销售收入将由现在的四百多亿元增加到一千亿到两千亿元。

大庆是油化之都，大庆是财富之都，无愧于国字号的聚宝盆之称！

精神大庆——国人敬慕的典范

文化创造奇迹，精神支撑文化，但文化永远不能代替精神。大庆精神、铁人精神是大庆永远的动力源。在大庆采访我有这样一个感慨："大庆是石油的富矿，也是情感的富矿，更是熔铸时代精神的金矿。"

大庆人很粗犷、很豪爽，但情感特别细腻。他们最清楚自己所从事的石油事业是国家乃至世界最伟大的事业，是值得为之付出、为之流汗、为之流血乃至不惜牺牲个人生命的事业。也正因为这种思维和如此拼搏及付出，才形成了特有的大庆精神。大庆石油管理局和大庆油田公司有一个共识：以人为本的时代，不再需要人拉肩扛，科技发展到今天，也不必用身体去搅拌泥浆，但科学的弘扬观却必须从当年合理的历史作为中，去提炼精神，从而继承、发展这种精神，以形成油田发展的动力。

在大庆采访有一个极其深刻的体会，就是大庆精神的力量在于能将"波折"变为动力。在社会转型中大庆也遇到过小小的"不如意"，当年中十六联出现了质量问题，大庆油田公司敏锐地抓住"中十六联现象"，呼唤要弘扬大庆精神，传承大庆精神。2004年7月，一百八十七家大型国企的代表聚首大庆，研讨企业文化，中十六联成为代表们观摩的基层站点之一。中十六联"迎风起飞"，飞出了大庆人的气势和神威。在弘扬大庆精神的市场经济时期，继一次创业的"钻井双雄"后，大庆油田公司又诞生了"双基姐妹花"——北十五联、中十六联。

大庆石油人在生产实践中还总结出一个新的观念：大庆精神是一种一往无前的进取力量，而不是陈设的艺术品。铁人的队伍首次出国打井，对国际惯例从认识到执行都有差距，认为甲方的要求太苛刻，是有意刁难。一次，一名员工进入井场没戴安全帽，被甲方请出现场，并建议不许这名员工再次进入施工现场。他本人觉得屈辱、委屈，一些员工心里也觉得气不顺。但通过开展"在异国他乡如何发扬'三老四严'的好传统"的大讨论之后，大家找到了答案，那就是顺应国际施工惯例，将自己已有的好传统好作风融入到与外商合作的施工生产实践之中，彰显出自己的施工特点和人格魅力，很快扭转了被动局面，并得到了外商的好评。美国软件公司技术总监说："中国队伍真有本事，铁人的队伍人人出手过得硬。"

大庆人说，大庆精神的传承靠人，靠团队。四十七年来，大庆以精神育人，人才辈出。在持续稳产高产时期，"新时期铁人"王启民不惜愿为油田"熬干心血"，将铁人王进喜"宁可少活二十年，拼命也要拿下大油田"精神续写了新篇；计秉玉、冯志强等一批又一批功勋员工，也成为大庆创建百年油田的急先锋。

大庆油田公司曾表彰过百名优秀毕业生，无一不是大庆精神哺育的结果。如蒋维东，1996年7月毕业于江汉石油学院，现任采油二厂计划规划部主任。他说："1996年，当我怀揣着大学毕业证书踏上大庆油田这片热土时，刚刚二十四岁的我对未来充满了无限的憧憬。当我参观了铁人纪念馆和铁人第一口油井，听了老会战、老领导讲队史、忆传统，大庆精神、铁人精神便随着'干打垒'、'杠杠服'、'狗皮帽子'这些具有大庆特色的词语扎根在我的心中。记得在采油队实习期间，队上的一口注水井因干线压力波动引起冻井，我和工人师傅从中午十二点一直处理到第二天凌晨四点多。当时是滴水成冰的三九天，看到他们在严寒中热火朝天忙碌的身影，我的心被这种真正的大庆精神震撼了。石油人的献身精神无时无刻不在激励着我，也更坚定了我传承大庆精神、做一名合格大庆人的信念。"

而今的大庆人对大庆精神又赋予了更加深刻的内涵，他们认为大庆精神不是荣誉的顶峰，而是与时俱进的路标。如"四个一样"曾是典型的大庆精神，但在这个典型的发源地——大庆采油一厂，"四个不一样"的理念，又一次展示了大庆的时代精神。

不知是谁曾说过："世间什么最大？人心最大！"

心爱、心潮、心扉、心愿——大庆人有博大的胸怀，他们想国家、为集体，淡泊名利，一心想着为祖国奉献石油，为的是国家繁荣昌盛，他们同样是新时期最可爱的人，这种精神又是何等的难能可贵！

魅力大庆——国家的魅力城市

今天大庆今非昔比。会战初期，只有火车站前有座孤零零的楼房，油田指挥中心——二号院是平房，整个油区是清一色的干打垒。那时的空气指数特低，诗人曾有大漠孤烟直一说，给人的印象是一种美感，而当时油区处处烟云缭绕，连天上飞的鸟的羽毛都是黑的。如今的大庆天蓝了、水清了，路宽了、景美了、楼高了、人旺了，一派现代化都市的靓丽景象。

首先是环境清新怡人。而今大庆市区组团布局、快速通道相连、草原湿地森林相隔，百湖辉映，宽阔幽静，独具特色。夏季由省城方向进入炼化景区，首先映入眼帘的是"湿地墨绿葱郁，跌宕芦苇鸟深藏，小舟轻漾惊白鹭，菱叶浮水见鱼翔"的全国最大的城市湿地景观，使人顿觉心旷神怡，流连忘返。油区内百湖相拥，湖在城中、城在绿中，围湖建城、依水而居，人与自然和谐相处。数十个集生态、休闲、娱乐于一体的绿色生态园，星罗棋布的休闲广场，成为人们游玩、休闲的好去处。大庆绿化覆盖率达到百分之三十三，超过国家园林城市标准，是中国内陆首家"国家环境保护模范城市"，先后获得联合国迪拜改善居住环境良好范例奖和中国人居环境范例奖。

大庆交通四通八达，各个火车站每天接发的客货列车通往全国。松嫩两江环抱，水路运输直通边境口岸，世纪大道、萨大路、东干线、西干线等城市快速干道贯穿各个油区。萨尔图飞机场正在建设中。大庆商贸繁荣兴旺，百货大楼、购物中心、商城、商厦等高中低档商场布局有序。专卖店、连锁店、便利店等遍布油区。农产品、建材、汽配等专业批发市场形成规模、辐射周边。

大庆文娱设施齐全，图书馆、大剧院、少年宫、宾馆、酒店、夜总会使人们的业余生活丰富多彩。大庆油田景观十分独特。作为全国优秀旅游城市之一，大庆以其独特的旅游资源，成为国内外游客向往的地方。旅游景点星罗棋布，石油文化游、湿地景观游、地热休闲游、民俗风情游、城市风光游，已经唱响龙江，辐射东北，走向全国。被列为国际旅游景点的中国最大的石油科技博物馆、全国爱国主义教育基地铁人王进喜纪念馆、标志大庆油田诞生的松基三井等景点，可以使游人直观感受厚重的石油文化；草原赛马、水上狩猎、参观民族博物馆等旅游项目，可以使游客亲身体验民族风情；扎龙自然保护区观光、人居生态村休闲、野生动物观赏等旅游项目，可以使人们尽领神奇的湿地景观；"中国温泉之乡"林甸县地热资源丰富，旅游项目备受青睐，形成了哈尔滨赏冰、亚布力滑雪、大庆洗温泉的精品旅游线路。大庆有辽阔壮美的芦苇沼泽，过去是油田生活和生产的屏障，而今在数万公顷浩浩芦苇荡中，苇林似海，水网如织，数以万计的丹顶鹤、白鹤、白鹳、黑鹳和数不清的雁、鸥常年与游人为伴。多少年来，无数国内外游客恋情于芦苇丛中，穿舟于迷宫水道，无不称奇，为大庆这面红旗增加了魅力，增添了色彩。

钦州印象

没来钦州前对它没啥印象，就钦州而言，远比不上广西首府南宁，也比不上北海，更不能和桂林媲美。我曾在七年前去过广西北海，北海距钦州不足百公里，住了一周时间，都不知道钦州在哪个方位，是一个什么城市。此次因工作需要来到钦州，才晓得广西岭南新崛起一个沿海美丽富饶的都市，那就是钦州。

钦州。钦，封建时代指皇帝亲自所做，有钦命、钦赐、钦差等词。这里是不是皇帝驾临过和钦差大臣巡视或驻防过无从考究，倒是开国总统孙中山八十多年前曾在这里居住过，并在其《建国方略》中规划建设中国南方第二大港口，那就是钦州港。钦州人为缅怀这位革命先驱者，在仙岛公园塑了中国最大的孙中山铜像。铜像面朝港口，直视北部湾海峡，看着中国通往东盟的一艘艘贸易"航空母舰"，正连续不断地在钦州港起航。

悠久的外贸历史

钦州虽说名气不算大，但历史十分悠久，可追溯到新石器时代。先秦时期，属百越之地，秦始皇统一中国后，归属秦设象郡所辖。汉、三国至晋，钦州属交州合浦郡，南朝末元嘉设末寿郡，这是钦州的最早建制。隋开皇十八年（公元598年）易名钦州，取"钦顺之义"，此为钦州的最早得名。后数度更名，中华人民共和国成立后，撤销钦州地区，设立地级钦州市。

钦州原属"南蛮"地带，在长期与华夏民族的交往中成为汉、壮(先祖土著居民)、瑶等多民族杂居之地。在各朝代历史进程中，经济、政治、文化互相渗透，共同发展。

自东汉孟尝在合浦开珠市后，钦州已开始进行对外贸易活动。北宋大中祥符年间，宋真宗赵恒诏令准许越南"互市于廉州及如洪镇"(初步考证如洪镇为今黄屋屯江和大直江交汇处的长墩岛上)。从此，钦州如洪镇成为对外开放贸易重要港口，曾有着较长的繁忙对外商贸和文化交流，至今已有千年历史。宋神宗赵顼元丰二年(公元1079年)，朝廷又批准广南西路经略使曾布在"钦、廉州宜各创驿，安泊交人，就驿置博易场"的建议，在今钦城内钦江东岸大路街设有"钦州博易场"。交趾商人"遵岸而行"，"舟楫往来不绝"，富商"自蜀贩锦至钦，自钦易香至蜀，岁一往返，每博易动数千缗"，钦州成了中国西南地区与外国贸易的中转站。宋代钦州博易场是"中国古代最大的对越贸易市场"，当时在钦州任教的周去非教授，写了一本《岭外代答》，其中第五卷标题就叫《钦州博易场》，详尽描写了交易的繁盛景象。到了元、明两代，钦州已成为南方历史悠久的贸易中心之一。

钦州对外贸易历史久远，今天的世界经贸往来更加繁荣昌盛。特别是近年来，国家经贸大门向世界敞开，旅居国外的钦州市籍华侨、华人和港澳台同胞纷纷回到钦州开展经贸活动，回报故乡。据有关部门统计，有十三万六千多人，他们分别居住在五大洲四十二个国家和地区，从事几十种职业，另有归侨侨眷及港澳台眷属近十四万人。广大侨胞、华人、港澳台胞，成立有世界广西同乡联谊会、美国加州首府广西同乡联谊会、法国巴黎侬族互助总会、新加坡三和会馆、香港四属同乡会等各种华侨社团和联谊会，与祖国大陆进行联谊交往和学术交流，为家乡捐资修桥兴学、开办企业和房地产开发等，对钦州市经济和社会发展作出了积极贡献。

钦州贸易之桥能够直通世界，享誉五洲，钦州坭兴工艺品远销东洋，驰名海外，也是原因所在。钦州坭兴陶是中国四大名陶之一，据《钦州县志》记载，远在一千二百多年前的唐开元年间已发现有类似的陶艺品，到清代咸丰年间发展昌盛，得名为"坭兴"。1915年获美国举办的太平洋万国博览会金牌奖，1930年获比利时举办的世界陶瓷展览会金质奖章，1990年获全国首届轻工博览会金奖，坭兴产品远销五大洲三十多个国家和地区。

钦州人的梦，总是和港口连在一起。钦州建市十余年，始终围绕着建设钦州港，通过舞动钦州港这个龙头，加快经济发展速度，促进社会全面进步，创造人民美好幸福的生活。

早在八十多年前，一代伟人孙中山先生在《建国方略》中提出，要在钦州建设中国"南方第二大港"。

为了孙先生的遗愿，同时也为钦州谋发展，钦州几届领导班子呕心沥血谋划，想方设法奔突，恨不能一夜之间建成令世人瞩目的钦州港。1991年3月，原钦州地区和县级钦州市的决策层，大胆酝酿在新形势下实现孙中山先生宏愿的壮举！同年4月，钦州港建港的前期准备工作正式启动。1992年5月，两份对钦州的发展具有深远历史意义的文件诞生：一份是钦州港总体布局规划，一份是钦州港首期两个万吨级散杂货码头的可行性报告。同年11月至1994年1月，历经十四个月的开发建设，两个万吨级码头建成，进港一级公路（泥沙路面）通车。 转年1月16日，钦州港隆重举行了开港典礼，首期码头泊位投入试运营，钦州终于结束了有海无港的历史，加入到建设和经营港口的沿海城市行列。也就是在这年10月，钦州的行政管理体制改革迈出了极为重要的一步：经国务院批准，钦州地区撤地设市，历来以传统农业经济为主的钦州，得以在新的体制下，全面进入城市发展的新时期。

钦州建市以后，继续演绎着建设大港口的激情。供水、供电、堆场、仓库、装卸、引航等配套工程一个个逐项实施；集疏港运输的钦（州）—北（海）、钦（州）—（钦州）港和钦（州）—黎（塘）铁路相继竣工，钦（州）—防（城港）高速公路、钦（州）—陆（屋）一级公路等高级公路先后建成，构成了钦州立体交汇的交通网络；多家业主码头和仓储项目落户港口；钦州港获准为国家一类口岸，宣布对外开放；定格为省级开发区的钦州港经济开发区正式挂牌运作。

进入二十世纪的最后三年，钦州港二期两个五万吨级、一个三万吨级、一个万吨级和八个一千亿到五千亿吨级的泊位及其航道疏浚相继建成；进入新世纪后，又一个七万吨级、三个五万吨级业主专用码头和一条十万吨级的航道鸣炮开工，形成了更大规模的港口及配套设施的建设高潮。现在，钦州的年吞吐能力已经达到五百万吨，年吞吐能力可达一千万吨，进入沿海大港的行列。

钦州市第一任市长刘嘉森概括这段历史：钦州港最少给钦州带来四个方面的好处：一是有港口，钦州市的产业结构调整才有了着力点，由过去的以农业为主，转入重点抓工业，抓第三产业；二是有了港口及其相应的硬件，钦州市的投资环境才得以改善，才有可能吸引更多的资金参与钦州的建设，使钦州更好地融入中国乃至世界的经济大潮，参与全球性的信息、资金、物流和技术的大循环；三是钦州港的建设形成了一个市场配置资源的新机制，业主码头的建立和资产置换方式的出现，使钦州摆脱了过去计划经济体制的发展桎梏，找到一条引进资金进行建设的新渠道；四是钦州人民在建港过程中造就了不等待不依赖的艰苦卓绝的"钦州精神"，这是一笔取之不尽用之不竭的无形财富，也是钦州人民奋发图强的力量源泉。

用现任市委书记黄道伟的话来说，钦州的希望在钦州港，钦州的出路在钦州港，钦州的发达也在钦州港！

独具特色的旅游业

钦州的美在于青山秀水。钦州富不仅仅是港口，还在于得天独厚的旅游资源。钦州北枕山地，南临海洋，地势北高南低。地形有山地、丘陵、盆地、平原，沿海多有泥滩和沙滩或泥沙滩，西部海岸多为海蚀海岸，岛屿、海岸陡峭。钦州背靠大西南，面临北部湾，北邻广西首府南宁，东与北海市和玉林地区相连，西与防城港市毗邻，东北和西北分别有六万大山和十万大山，海拔均过千米，是旅游观光的极好去处。

钦州风光旖旎，古迹繁多，文化璀璨，自古以来就是桂南著名旅游胜地。钦州以其独特的优势和丰富的旅游资源,吸引了中外游客。宋代文学家、诗人苏东坡曾"遨游钦灵"；1891年,俄太子尼古拉仰慕冯子材抗法战功特来钦州访问；1909年，著名画家齐白石游钦州时，绘了荔枝图，并赋诗："此生无计作重游，五月垂舟胜鹤头，为口不辞劳跋涉，愿风吹我到钦州"；1962年，戏剧家、诗人田汉来钦州游览时留下不少美好的诗句。

钦州旅游景点有三十多处：有南国蓬莱之称的海上风景名胜区龙门七十二；民族英雄刘永福故居三宣堂；抗法名将冯子材墓；世界上最大的孙中山铜像；迷人的麻蓝岛；风景如画的六峰山；景色秀丽的灵东水库等。近年来,全市建造了一批星级宾馆和涉外酒店，成立了一批旅行社，制作了许多旅游工艺品,初步形成了食、住、娱、购配套体系，吸引了大批旅客前来观光。

钦州在明朝和清朝曾两次评过钦州八景，第二次评定至今已有三百多年。为贯彻党的十五大关于重视历史文化遗产、大力弘扬爱国主义精神的要求,颂扬钦州悠久的历史和文化,使全市人民知我钦州、爱我钦州、兴我钦州，钦州市委、市政府决定重评钦州八景。

经过《钦州日报》、钦州电视台的广泛宣传，有关人员深入候选景点调查，召开座谈会，发动市民投票测评和集中市民意见，最后经钦州八景评审委员会审定，选出了钦州新八景。分别是：王岗春色、六峰缀秀、龙泾环珠、刘冯宝第、灵东浴日、麻蓝仙岛、越州天湖、椎林叠翠。钦州新八景既是一大旅游资源，又是一大精神文化财富。

钦州有许多峡湾，最美不过三娘湾。三娘湾有许多动人的传说，其中之一是相传三娘湾原来只有三个英俊的小伙子居住，他们共同生活在一条船上，共用一番网，共住一个舱，相依为命。一天，三个仙女下凡，发现这独特的海湾和勤劳英俊的小伙子，决定下嫁人间。玉帝得知，允许暂住三年。丈夫出海打鱼，妻子在家织网，相亲相爱，生儿育女，过着美满的生活。三年后，玉帝不见仙女回来，大怒之下，掀起狂风恶浪，吞没渔船。三位娘子在海边并排站着，顶着狂风恶浪，等候丈夫归来，天长日久化成三柱并排站立的花岗岩石，大海见证了他们坚贞的爱情，人们都捧来鲜花香烛敬献三娘石，常年香火不断，以表示对伟大母亲、美丽女性和坚贞爱情的向往！

三娘湾的美不仅仅在于她动人的传说，而且在于她超凡脱俗的气质。黄金的沙滩柔软而亲切，婆娑的树林清丽恬静，清澈的柔波坚韧而执着，千姿百态的礁石巍然屹立，古朴的渔村温馨而恬淡，灵动的海豚亲切地嬉戏着，还有那悠闲从容的渔民……这一切让人坚信，这是世间不可多得的温馨，像童话般纯净，仿佛是天神地母拣尽人间的自然、坦荡、温馨的情愫铺就而成，钟灵毓秀，风物绝顶。静静地躺在三娘湾温馨的怀抱里，做作、压力、限制、束缚都荡然无存，唯有自然坦荡的心境。这是孕育生命和爱情的摇篮，是洗涤心灵的港湾。

位于广西灵山县县城东郊外八公里的大芦村是"中国荔枝之乡的荔枝村"、"水果之乡的水果村"。村里村外，从山坡、田垌到农家的庭院，满目果树葱茏，一年四季花果飘香，初来乍到的外地人，即使进入村中，也绝对想象不到这是一个有着四千二百多人口的大村子。

　　相传，这里原本是芦荻丛生和荒芜之地，十五世纪中期始有人烟，经过先民们的辛勤开发，几度兴衰，到十七世纪初已建设成为有十五个姓氏、邻里和睦相处的富庶之乡，为了使后辈不忘当日的创业艰辛，故而给村子取名大芦村。由此，也就不难理解，那里的民居无不根据地形傍山构建，山环路转，一个个鸡犬之声相闻，守望相助的居民点，还都各有令人深省的名称，诸如樟木屋、杉木园、丹竹园、沙梨园、荔枝园、茶园、陈卓园、榕树塘、水井塘、牛路塘……

　　沿着上个世纪九十年代初村民们为方便客商前去采运水果修筑的水泥村道渐进荔林深处，在一个水面两千多平方米，碧波潋滟的人造湖前，坦途左右分开，隔岸所见，青砖绿瓦屋脊层叠，错落有致的建筑，就是1998年以来被各种媒体揭开其神秘面纱后而闻名遐迩的劳氏古宅群之一。宅院前后、水岸边，那些吸纳了几百年日月精华和山水灵气的荔枝树、樟树、橙木树，蜡杆虬枝，苍翠盘郁，恰似一座座巨型盘景。清朝嘉庆八年（公元1804年），一位名叫吴必启的横州诗人到那里访友，正好是荔熟时节傍晚时分，他触景生情所描述的景象："宅绕青溪耸秀峰，松林鹤友晚烟笼。小楼掩路斜阳外，半亩方塘荔映红。"而今风光依然。村民在湖堤绿荫间迂回往来，犹如画中人，煞是令人倾慕。

　　而钦州七十二泾的美就美在其"纯、情"，水媚峰巧，宛如一美丽腼腆的少女，拥有着中国女性独特的含蓄、秀气，"情缘、休闲、神采飞扬"是七十二泾带给你的全新生命展示。

　　罗在《湖滨散记》里的优美片段，使我体验到，在任何大自然的事物中，即使是一个可怜的愤世嫉俗之人，以及最忧郁的人，往往也能找出最甜蜜温柔、最单纯而且令人鼓舞的世界。七十二泾的世界，或碧海之岚，或曲泾通幽，或烟雾袅绕，或晨曦夕霞，静谧中梵音入耳，清心涤尘，其蕴含的意境何其柔美！

世间稀有的土特产

　　唐代杜牧诗云："长安回望诱成堆，山顶千门次第开。一骑红尘妃子笑，无人知是荔枝来。"就是对杨贵妃爱吃荔枝的嘲讽。苏东坡到岭南尝到了荔枝，欣喜若狂，大呼"日啖荔枝三百颗，不辞长作岭南人"。

　　这是古代名人志士对岭南荔枝的垂青和赞美，钦州红荔有特大的、有大核的、有小核的。1999年通过广西区荔枝优良单株决选，是目前岭南荔枝较优良的中熟品种之一。单果大，属特大型果实，最大单果重六百二十三克，品质优，肉厚、爽脆，果肉干包，味清香不流汁，较耐贮运。白居易老先生的《荔枝图序》中这样描绘荔枝："壳如红缯，膜如紫绡，瓤肉莹白如冰雪，浆液甘酸如醴酪。"时下正是吃荔枝的季节，吃着钦州荔枝，细细玩味白老先生的比喻，真可谓恰如其分。

　　钦州除荔枝外，其水果类还有浦北香蕉、灵龙优质迟熟龙眼。钦州市是目前广西最大的香蕉生产基地，其中浦北县种植面积、产量居全市之冠，是著名的"中国香蕉之乡"。钦州市的香蕉以其高产稳产、单蕉大、梳形好、色鲜、饱满、肉质滑嫩、味浓芳香而闻名，深受广大消费者的青睐。灵龙龙眼是近年钦州市培育出来的优良品种，1995年通过广西龙眼优良单株决选，连续三年荣获广西龙眼单株一等奖，1999年被评钦州市名牌农产品，是目前广西龙眼特优新株系和迟熟龙眼优良品种。果穗大、着粒密、紧凑、呈葡萄穗状，平均单穗重五百三十多克；果肉干脆、清甜带蜜味；迟熟，每年8月25日前后成熟。这里还盛产四种名特海产——大蚝、对虾、青蟹、石斑鱼，还有海中珍品——珍珠，也是驰名中外、远近闻名。钦州青蟹，学名锯缘青蟹，是钦州市名贵的海产之一。它味道鲜美，营养价值高，是本地区传统的出口水产品之一。钦州沿海有多条河流注入，在咸淡水交汇的河口区出产的青蟹，无论从体色，还是从味道方面都胜于其他地区的产品。钦州出产的青蟹远销广东、福建、港澳等地。对虾是钦州四大名贵海产品之一，本地主要品种有长毛对虾、墨吉对虾、日本对虾，引进品种有班节对虾、南美白对虾等。 对虾个大、肉质鲜美，绝对是国内外同类佳品。还有海瓜皮、海红薯、猪脚粉等三种地方小吃，更是世间稀有。

此外，这里的群众文化活动更是世界独有，如采茶、海歌、山歌、跳岭头、舞狮舞龙、节日对歌等活动开展十分活跃。饮食文化有灵山名茶，陶铸曾称之为灵山灵茶，山不在高，有茶则名。还有芋蒙、头菜、梅菜、萝卜咸、鱼汁、小董麻通、棠梨子等食品深受美食者欢迎。

谈盐就说咸
TANYANJIUSHUOXIAN

新春壮乡话习俗

　　世界乃至全国各地习俗各异，不同的民族和地区也不一样，民间早就有十里不同音，百里不同俗一说。别说话世界各地习俗，就是言我国各地的习俗，就是著一本书也难完全说得清，我们远在八桂之乡，还是话一话壮乡的春节习俗，为读者添一点佳节的情趣。

　　春节，壮乡一年中最大的节日。初一零时起，家家燃放鞭炮，表示辞旧迎新。初二亲友带上礼物互访"拜年"。十五元宵节晚上闹花灯。十六农村举行庙会、"抢花炮"。这些大的习俗与北方人基本相同，但一些细小的习俗，与我们又大不相同。按壮家独特的春节习俗，还要进行挑新水、喝伶俐水、舞狮、舞鸡、舞春牛等活动。大年初一的拂晓之前，壮族的家妇就已纷纷到小河边为全家挑新水了。在挑新水时，还要捡几块与家畜相像的石头回家，并且一路走一路模仿六畜的叫声。回到家里，就把这些石头放进猪圈、牛栏，祈求六畜兴旺。然后，用新水煮新年茶给全家喝。壮家女要喝伶俐水，就是在取新水之前，争着喝由村中公认的"伶俐嫂"捧给大家的清水，她们相信这样便可更加聪明伶俐，待嫁姑娘这时也可借此机会祈求在新的一年里找到如意郎君。

　　独具特色的是桂西一些地区世代流传的舞鸡、舞春牛活动，增添了春节的喜庆气氛。舞鸡的年轻人提着用木头、木瓜做成的两只斗鸡，打着锣到村中各家各户去贺年。舞鸡歌吉庆幽默，使主家喜笑颜开。送给贺年的舞鸡者红包，从"斗鸡"身上拔几根鸡毛插在自家的鸡笼上，以祈求六畜兴旺。 舞春牛更加有趣。"春牛"是用竹片巧妙编织而成，牛头、牛角糊上绵纸，画上牛眼，牛身是一块黑布或灰布。舞牛人敲锣打鼓在村中表演，钻进布底的两人，一人在前撑牛头，一人在后弯腰拱背甩尾巴，后面跟着的是一个手拿犁架的汉子。他们走到哪里，哪里就有欢声笑语。舞罢上村又到下村，从初一闹到元宵节，寄托着对农家丰收、祥和的祝愿。

打春堂过新年，这是广西马山、都安、上林、忻城等地壮家的习俗，唐代刘询在其《岭表录异》中曾生动地记载了春堂的舞韵："春堂者，以深木刻槽，一槽两边，男女立以舂稻粱，敲磕槽舷，皆有遍拍，槽声若鼓，闻于数里，虽思妇之巧弄秋砧，不能比其浏亮也。"今天，代替春竹的是农家的扁担，木板代替了大木槽，古老的春堂以打扁担的娱乐形式焕发了生机。从每年的除夕到正月十五，轻快悦耳的"登登打、登登打、登登打嘟打"的打扁担声，响遍了壮族山乡。打扁担是传统的自娱自乐活动，每一个壮家人都是打春堂的演员，妇女的动作轻巧优美，男子的动作刚劲有力，自娱自乐的"打春堂"，寄托着壮族人民祈望丰收的愿望。

宿舍，一座精神的"圣殿"

　　宿舍，是家非家，非家是家。就这一词而言，宿为住，舍为家，草行露宿，餐风饮露，不仅言其艰辛，也是宿的诠释。天为房，地为床，云为被，不谓之家。"露宿风餐六百里，明朝饮马南江水。" "饥饭困眠全体懒，风餐露宿半生痴。"古人早就有所描述，比今人定位更是诗意有加。我说，宿舍应特指军营、工厂、学校等单居者栖身之地。

　　我一生可谓漂泊在外，曾栖身于民工的帐篷，采油队的干打垒，2007年来到广西大炼油工地，入住于现在的宿舍——石油公寓。我的宿舍和公寓所有宿舍没有什么两样，所不同的是多了几盆花，特别是多了一盆儿"不以无人不芳的兰花草"，要说还有什么特殊的话，那就是我每天在宿舍休息和工作时间二十多小时，有时整天足不出户，久而久之，形成了一定的工作和生活规律，多了些许依恋，平添了许许多多的感念。

　　古来就有"将受命之日则忘其家，临军约束则忘其亲，操起战鼓则忘其身"之说。我没有戎马生涯的履历，选择在此入住，选择独居生活，选择背井离乡，选择与亲人天各一方，言其受命之日则忘其家，虽不是挂甲将军，但含意不乏其理，绝无抬高"物价"之意。在孤独和无奈之时，我曾勉励自己："干大事而惜身，见小利而忘命，非君子也。"逝者如斯夫，不舍昼夜，是某种责任或使命的驱使。工地数以万计的参建将士，无独有偶，如出一辙，何人不是如此？行笔至此，让我想起了两则故事：有一个富翁醉倒在他的别墅外面，他的保安扶起他说："先生，让我扶你回家吧！"富翁反问保安："家？我的家在哪里？你能扶我回得了家吗？"保安大惑不解，指着不远处的别墅说："那不是你的家么？"富翁指了指自己的心口窝，又指了指不远处的那栋豪宅，一本正经地回答说："那，那不是我的家，那只是我的房屋。"还有一则故事，在战乱年代，有一个几十口人的大家庭，最后只剩下一个老祖母和一个小孙女。这个老祖母病入膏肓，就要驾鹤西游了，但当她得知小孙女还在人间，便决心要找到心爱的小宝贝。于是，她历尽千辛万苦，辗转数千里，终于如愿以偿。她激动地、紧紧地和小孙女拥抱在一起，说了一句意味深长的话："到家了！"一则故事似乎是醉汉说梦，但细细咀嚼起来，却蕴含着人生哲理，家不是房屋，不是彩电，不是冰箱，不是物质堆砌起来的空间。另一则故事告诉我们，人在物质条件得到满足的同时，需要亲人爱，需要那份特别的真情实感。两则故事看起来，各执一词，但反映的哲理只有一个，那就是家是爱的聚合体，爱国家、爱企业、爱小家、爱亲人、爱朋友和同事，试看天下之人，皆为爱而聚，无爱而散。

　　言宿舍扯到家，似乎有"种了他人的地，荒了自家田"之嫌，其实并不然。因为有"将受命之日则忘其家"为铺垫，家便成了衬托，表将士心志才是目的之所在。扯断"离题"的思绪，话归前言，再续我那宿舍。宿舍应该是一个有温暖的地方，组织安排我在此居住，本身就蕴含着组织的关怀和呵护，忆当年住帐篷八面来风，夏季床下长草，雨天鞋子、脸盆漂上床，冬季被头染霜。而今，空调、冰箱、电脑、电视，一应俱全，应有尽有。每当外出归来，冲个凉使人神清气爽；打开电视可以饱览世界风光、阅尽人间百态、时事沧桑；喝杯清茶，香茗品味，回味中有甘甜，苦涩中受启迪；闲来无事敲几下电脑，给家人报个平安、为远方的朋友道声祝福，送孩子几句勉励的箴言，不亦乐乎。

宿舍又是一个感情的港湾，一个灵魂的栖息地，一个精神的乐园，一汪平静的清泉，一座精神的"圣殿"。静谧的夜晚，独居之时，邀清风明月做伴，看云起潮落度日。进入"静坐常思己过，闲谈莫论人非"的境界，如同在打坐修禅，养其心性，陶冶情操，吾日三省。试想，世上一些极骄傲也极荒凉的灵魂，他们永远没有好的归宿，反之，终成正果。荷马史诗中的英雄奥德修斯长年漂泊在外，历尽磨难和诱惑，正是信念和品格的支撑，使他克服一切磨难，抵御一切诱惑，才成为千古美谈。我者夜阑人静之时，伏案摇笔，广涉宇宙，近摹山川，讴歌将士壮举，立撰天工巧夺，两载立言逾百万，虽是老骥伏枥、驽马十驾，但也能孤芳自赏，自得神益。

自古以来，无数诗人咏唱过游子的思家之情："渔灯暗，客梦回，一声声滴人心碎。孤舟五更家万里，是离人几行清泪。"这是旧时游子梦魂萦绕的期盼。而今，我者感言："室雅不在大，花香不在多。"小小宿舍连着五湖四海，千万吨炼油项目是我们施展才华、体现人生价值的平台。不做倦鸟思巢，不思落叶归根，愿做鲲鹏展翅三千里，不学燕雀惜寸步。

第五部　花红柳绿

diwubu huahongliulv

虽无劲节也称竹

"枯枝败叶问谁怜，昨日春光仍在身。非竹是竹莫其论，虽无劲节也称君。"这是我对宿舍一盆干枯已久的文竹的凭吊，说是凭吊还不如说是内心深处的情感萌动，是灵与物的默契和交流。

这盆文竹是好友所赠，置在冰柜之上，盆虽然不大，但颇雅致。植株虽然不高，但不失其情调。株形潇洒文雅，独具风韵。叶片轻柔翠绿，好似一片片羽毛。到了开花的时节，茎叶中竟藏着星星点点的小白花，虽然没有米兰醉人的芳香，没有牡丹那么雍容华贵，更没有星星那么光耀苍穹。但也不失其雅致，也掩饰不住特有的美和淡淡的幽香。见竹思竹，最使我难以忘怀的是鸡笼山下那几栋破旧庭院后面，一片片高大挺拔的竹林，高的遮天蔽日。那竹粗大墨绿，高约数丈，株直如笔，犹如一条条腾云驾雾的巨蟒，形同同胞姊妹，给陈旧庭院增添了几分幽深，为鸡笼山增添了些许伟岸和典雅，也给予我许许多多的启迪。曾让我情不自禁想起郑板桥的"衙斋卧听萧萧竹，疑是民间疾苦声；些小吾曹州县吏，一枝一叶总关情"。此诗言的是竹，体恤的是民情。还有"乌纱掷去不为官，囊橐萧萧两袖寒；写取一枝清瘦竹，秋风江上作渔竿。"说的是什么叫悠闲，什么叫高风亮节，什么叫超凡脱俗。也有那"一片绿阴如洗，护竹何劳荆杞？仍将竹作芭篱，求人不如求己"、"一节复一节，千枝攒万叶；我自不开花，免撩蜂与蝶。"不但写出了竹的万般风情，竹的自然天性，竹的独特品格，还包涵诗人的情感依托、愤世积郁和脱俗超凡之感让人明白生活之哲理，给人以力量。

那竹在荒山野岭中默默生长，无论是峰峰岭岭，还是沟沟壑壑，它都能以坚韧不拔的毅力在逆境中顽强生存。尽管长年累月守着无边的寂寞与凄凉，经受着风霜雪雨的抽打与折磨，但它始终"咬定青山"、专心致志、无怨无悔。而非竹是竹、是竹非竹的文竹，既没有"无意苦争春，一任群芳妒"的高雅与亮节的完美形象，也没有"咬定青山不放松，立根原在破岩中。千磨万击还坚劲，任尔东西南北风"的坚贞不屈的精神品质，更没有名流雅士、文人骚客欣赏它、崇拜它，并给予其赞许。那么，文竹，我室内那株小小的文竹，那颗干枯半年的文竹，是不是无人问津的小草？是不是从它身上也能找到特有的美感和品性？我的回答是："然也"！我见了它第一眼，就有所感悟："虽无点力成高举，却有茸茸一片天。方寸风光犹醉眼，埋头宛若美人眠。"笔者赞美文竹，是因为我同那文竹有一个十分相似之处，不是文人还舞文弄墨，是文人又没有上过几年学，更没有什么惊世之作。但多年玩味文词，或多或少沾点文化气儿，难免笔端溢出凄苦、悲悯、孤寂和感伤，就像文竹细弱、柔韧、高雅、脱俗的特有品性。

文竹自有文竹之美。文竹真是"文雅之竹"，枝干如针，支撑着轻柔的叶片，叶片密生如羽，翠云层层错落有致，株形优雅而不张扬，独具风韵而不浮躁。这文竹使我想起了人，有品性的人，还有隐者。人要学那文竹，轻盈细巧、四季常青，尽管有百般柔情，但从不哗众取宠，更不盛气凌人，虚心劲节，朴实无华，清淡高雅，一尘不染，不图华贵，不求虚名，心无杂念，甘于孤寂，她不求闻达于莽林，不慕攀于丛山峻岭。概括地说，"此物虽微怎丈量，寻常莫道不风光。一旦嫁到人家去，染了亭台绿了窗。"要说文竹廉价确也廉价，但是并不卑微，更不失其儒雅，用一位文友描述的话来形容，"侬家何奈笑风尘，付得光洋便卖身。只为人前称竹氏，不持贞节也沾君。"古人曾言："地势极而南溟深，天柱高而北辰远。关山难越，谁悲失路之人？萍水相逢，尽是他乡之客。"慈母曾教诲于吾："穷在大街无人问，富在深山有远亲。锦上添花世间有，雪中送炭有几人？"文竹是一首无字的诗，是一曲奇妙的歌，是人类的老师。还是用友人的一首诗作为共勉："无节更须天做主，低头只为避山光。莫嘲身似侏儒小，未必人家不问乡。平身虽小且惊天，无节何尝劲道绵。一寸短来强一寸，飓风搅彻我依然。"

荔枝飘香不言妃

　　"长安回望绣成堆，山顶千门次第开。一骑红尘妃子笑，无人知是荔枝来"。这是杜牧对杨贵妃垂涎荔枝的精彩描述，也是对古代帝王奢侈生活的真实记录。荔枝是因杨贵妃爱吃而闻名，还是荔枝自身的特殊而声蜚海内外，不想去追根溯源，本文只想说说荔枝是何物，以及有哪些诱人之处。

　　中国古籍中荔枝最初称谓"离枝"，产自中国南部的野生森林。公元三世纪时张勃著的《吴录》有"苍梧多荔枝，生山中，人家亦种之"的记载。苍梧在今日的广西境内。现在广东、广西及海南的原始森林中仍然可以找到野生的荔枝树。又《西京杂记》所载，公元前二世纪汉朝刘邦称帝时，南海尉赵佗以荔枝进奉。公元一世纪的《民物志》和三世纪的《广志》中，荔枝都是作为岭南物产登录。由此可见，荔枝在中国南部的栽种和生产已有两千多年的历史。

　　正值荔枝飘香时，我应友人之约，游历了极负盛名的荔枝之乡灵山和蒲北的追风顶，身临荔枝林之中，方知什么荔枝甘甜可口，还有荔枝繁多的种类。据朋友介绍，已发现的荔枝有六十多个品种，其中人们所熟知的有十几种。如桂味、妃子笑、糯米糍、三月红、白腊、灵山香荔、南局红等。但荔枝佳品不多，桂味，挂绿、糯米糍是上佳的品种，亦是鲜食之选。其中挂绿是珍贵难求的品种。"罗岗桂味"、"笔村糯米糍"及"增城桂绿"有"荔枝三杰"之称。挂绿，因外壳四分微绿六分红，每个都有一圈绿线而得名。据《广东新语》记载，挂绿"爽脆如梨，浆液不见，去壳怀之，三日不变"。其中增城挂绿历来都是进贡皇宫的贡品。据闻乾隆年间，增城人因为不堪每年纳贡之扰，把百棵挂绿砍掉，只存一棵母树现仍存在增城荔枝镇挂绿园，称"西圆挂绿"。西圆挂绿每年仍有结果，2001年有一颗西圆挂绿荔枝，在拍卖会中创下"最贵水果"的世界纪录。桂味，特点是有桂花味，肉爽而清甜。果皮浅红色，皮上的裂片峰尖刺手，皮薄而脆，核有正常发育的大核，亦有退化的焦核。桂味中有一种叫"鸭头绿"，有墨绿色的斑片，是特佳的品种。糯米糍，特点是肉厚，多汁，浓甜如蜜。果皮鲜红，皮薄，皮上裂片无峰尖，核小，还有退化成无核的。

　　荔枝是亚热带果树，常绿乔木，高可达二十米，偶数羽状复叶，花小，无花瓣，绿白或淡黄色，有芳香。未经保存处理的荔枝有"一日色变，二日香变，三日味变，四日色香味尽去"的特点。荔枝的保鲜较为困难，常用的保存方法是挑选易于保存的品种，以低温高湿保存。亦有配合使用气调，降低氧气比例以减慢氧化；或配合药物来杀菌防腐。新鲜的荔枝每年五月开始上市，七至八月是鼎盛时节。

　　我仰望巍峨耸立的追风顶和粉红色的荔枝林，不由得想起了一首古诗："罗浮山下四时春，卢橘黄梅次第新。日啖荔枝三百颗，不妨长作岭南人"。诗人对岭南荔枝赞不绝口，肯定是一管之见，如果他身处此山此林之中，也许会有不妨常作灵山人的感叹！

花儿朵朵向阳开

"梅开二度"确实有此一说，但亲眼目睹过的人又有多少。人说"耳听为虚，眼见为实。"之前，我认为"梅开二度"是词条典故，而我宿舍一盆茉莉花花开二度，让我对此说得以验证，并派生出许许多多的感悟。

此花，植于一名老园丁之手，青花瓷的花盆，釉质白里泛青，厚重大方，轮廓秀丽，盆上绘有民宅、椰树，还有北归的雁阵，在给人以赏心悦目之余，又使人心飞故乡，魂牵梦绕，游子思归。在我休假之时，此花近似凋零，只剩下最后几朵，待我从家归来，可能是浇水不及的缘故，枝头仅有的绿叶像几只小鸟，落在干枯的枝干上，让人见了顿感凄凄惨惨，悲悲悯悯。可就在这之后的十余天后，这盆茉莉花二度绽放，而且花开得更多更艳，犹如白鹭集群，恰似雪压枝头，轻盈雅淡，更让人匪夷所思的是花儿朵朵都向阳开。

花开二度，花开洁白，花开向阳。我凝视这盆茉莉花，花冠造型特像一幅世界地图，有陆地，有海洋，有高山，有深壑。花儿还像一幅剪纸艺术，不偏不斜地贴在窗子中间，望眼观之如诗如画，给人以绝妙的艺术享受。那缀满树冠的朵朵向阳的花蕊，让人会想到人的本体，或者说就是那天下芸芸众生，纯洁、高雅、正直、不凡。

　　观此花，望此景，浮想联翩。花儿向阳，人心向善。孔子曰："人之初，性本善。"人从离开娘体呱呱坠地之时起，父母寄儿女于无限希望，望子成龙，愿女成凤，起名龙呀、凤呀、玉呀、钢呀、祥呀、瑞呀，恨不能立马如愿。到了孩子们知晓事理，背着书包走进学堂之时，便憧憬无限美好的未来，有的要当科学家，有的要当文学家，有的要当高官享厚禄，还有的想做企业家、医学家、歌唱家等，绝不会人心向恶，或者说甘为人下之人。然而，人心向善，总归是人的初衷，能否成为现实，人生在世，受外界的制约，受诸多欲望的诱惑，以及自身管控的失控，又有多少会偏离原本的轨道。

　　也许是信仰缘由，言的是向阳之花，联想到人生感悟，不由自主地又联系上《心经》中的"六根"。眼耳鼻舌身意，称之为六根。佛说：根以能生为义，根是积业润生。如眼看色，当见色的时候，或斜视、或偷看，于是便作业。又如眼见黄金起盗心，见美女起淫心，见名贪名，见食贪食，于是因眼根而积业。耳根亦复如是，若不空耳根，一切是非、淫词歌曲，会使人作业，鼻舌身意亦如是，所谓六贼为媒，自劫家宝，六根即六贼，劫去了本体之宝。难怪中国革命的先驱孙中山先生都说："佛学是哲学之母，研究佛学能补科学之偏。"其实，探其真谛，可以说就是惑与不惑的缘由，也可以用一个字来诠释，那就是"度"，能否把握度，就如踩"钢丝绳"，偏离度的轴心，就会偏离人生的正确轨道。度，还可以归结为中庸，或者是中庸的一种平衡状态。从某个角度讲，阴阳的对立统一就是度。度，如果用一种形态来衡量度适宜的状态，那就是自然。

　　人心不平如哈哈镜，站的角度不同，就会有不同的感观，追求的不同，得出的结论肯定不同。雷锋有一段话我一直铭记于心，"如果你是一滴水，你是否滋润了一寸土地？如果你是一线阳光，你是否照亮了一分黑暗？如果你是一颗粮食，你是否哺育了有用的生命？如果你是一颗最小的螺丝钉，你是否永远地坚守着你生活的岗位？"雷锋的话像金子一样字字闪烁着人生哲理，句句给人以灵魂的启迪。雷锋被世人所崇敬，西方人和我们一样，给予雷锋最高的表彰："雷锋精神与上帝共存。"一个美国商人评价雷锋：雷锋精神是人类应该有的，应把雷锋精神弘扬到全世界。一个日本企业家这样感叹："雷锋仅二十多岁就做了那么多的好事，成为伟大的英雄，对人类是有贡献的。"只要我们的人生观是正确的，我们的人生就会有不尽的源动力，就永远偏离不了本我的轨道。

"更无柳絮因风起,所有花儿向日倾"。大千世界，万事皆规律。茉莉花开向阳，向日葵向阳，牡丹花开向阳，可以说世界一切花卉都向阳，就是树木向阳的一面也特茂盛。茉莉花是向往光明之花，给人带来美好的希望。人非圣贤，孰能无过，孰能无功，孰能无爱，孰能无恨，孰能无欲，孰能无戒。心是欲望之海，度是载人之舟。海之不竭则泛滥，度之失衡则要倾覆。

荷花映日别样红

一天下午，挚友送我一盒莲子，不由得使我想起荷花，想起我的第二故乡扬州。

扬州是历史名城，也可以称其为荷花的故里。我在扬州生活多年，赏过瘦西湖的荷塘，观过村镇附近的藕荷月色。细数荷花种类，可分为花莲、子莲和藕莲三大类。花莲又称观赏莲，分单瓣型、复瓣型、重重型、千瓣型、台莲型五种花型。其中著名的是有一梗两花并蒂而开的"并蒂莲"；一梗开四花，两两相对的"女面莲"；一年花开不艳的"四季莲"；还有一种花托变形，雌花变化的绿色花，形成红绿相映，花上有花的"红台莲"等。子莲有闻名中外的湘莲、建莲和向日莲等。藕莲有花藕、花香藕等食用藕，著称于世。但荷花花色特多特鲜艳，就是没有红色。

荷花区别于昙花，映日荷花的持久力使得它特鲜特艳。昙花的美源于瞬间绽放的魅力，荷花则从春末开到秋初，它总是亭亭玉立地立在水中央。

荷花不同于"红顶鹤"，映日荷花的合力使得它别样艳，而"红顶鹤"的美就在于它那傲视群雄的艳丽，一支惊人，两支就太"夸张"了。

荷花虽同样艳丽，但层层错错的花同时盛开，花枝显得格外饱满，异常可爱。

荷花更区别于菊花，映日荷花的活力使得它别样高雅，菊花总是羞涩地搭拉着丝丝花瓣，荷花总是向着太阳充满活力地绽放于池塘中，就是秋风袭来，也不轻易地随风摇曳。

荷花，素有"花中君子"的雅称， 我国民间早有"春天折梅赠远，秋天采莲怀人"的传统。自古以来，荷花一直是文人墨客入诗入文人画的主题，可以上溯到《诗经》："彼泽之陂，有蒲与荷。"屈原的《离骚》有"制芰荷以为衣兮，集芙蓉以为裳"，可以想见当时楚国已盛产荷花。唐代李商隐《赠荷花》诗云："世间花叶不相伦，花开金盆叶作尘。惟有绿荷红菡萏 ，卷舒开合任天真。"诗人认为荷花与别的花迥然不同，其他花被人折取插入花瓶，叶子就被抛弃化为尘土了，唯有荷叶有卷有舒，荷花有开有合，绿叶红花相互衬托美艳绝伦。唐代郭恭作《秋池一枝莲》诗云：" 秋至皆零落，凌波独吐红。托根方得所，未肯即随风。"赞美荷花顽强的生命力和坚贞的品格。元朝何中《荷花》诗将荷花当做夏季第一花，"曲沼芙蓉映竹嘉, 绿红相倚拥云霞。生来不得东风力，终作熏风第一花。"诗中"熏风"即夏风也。但最脍炙人口当属宋代杨万里的"毕竟西湖六月中，风光不与四时同。接天莲叶无穷碧，映日荷花别样红。"诗人用一"碧"一"红"突出了莲叶和荷花给人的视觉带来的强烈的冲击力，莲叶无边无际仿佛与天宇相接，气象宏大，既写出莲叶之无际，又渲染了天地之壮阔，具有极其丰富的空间造型感。"映日"与"荷花"相衬，又使整幅画面绚烂生动。古人歌颂荷花的美文也不少。曹植的《芙蓉赋》，把荷花推为群芳之首。王勃的《采莲赋》，写下了采莲的美丽情景。但我最崇尚的是周敦颐的《爱莲说》，可以说是千古绝唱，唱出了莲花"出污泥而不染，濯清涟而不妖"的超凡脱俗的高尚情操。现代文学家朱自清的《荷塘月色》，则把荷花比作"碧天中的星星，又如刚出浴的美人"，为人们描绘了一幅月下荷塘清丽柔美的意境。

古往今来，人们歌颂荷花，主要是吟咏荷花的高尚风骨。还把荷花作为美的化身、吉祥和爱情的象征。古今女子多以"莲"为名，走起路来也常用"步步莲花"来形容。至于地名就更多了，黄山莲花峰、桂林碧莲峰、龙门荷花洞、保定荷花淀、鄂州莲花池等等。民间歌谣中有"送荷包"表示男女定情之物，还有用"并蒂莲"喻夫妻恩爱。

藕是荷的肥大根茎，质白味甜。藕中有管状小孔，折断处有藕丝相连。这些藕丝为木质纤维，不易拉断，"藕断丝连"的成语便由此而来。藕含淀粉、糖分、多种维生素和矿物盐。生用能凉血散瘀，熟用则补心益胃，是深受大众欢迎的副食品。用藕的淀粉制成的藕粉，是老幼皆宜的滋补品，用藕粉制成的藕粉圆子，是苏北水乡的特产。著名社会学家费孝通二十世纪八十年代到射阳视察时，曾品尝过藕粉圆子，对之称赞有加，还写成文章在食品杂志上推荐。

信笔至此，我记起曾在三亚参观过的南海观音巨型雕像，据说观音菩萨脚下的莲花是价值亿元的黄金熔铸。莲花是佛的象征，"舍利子，是诸法空相，不生不灭，不垢不净，不增不减。"一切法不生，犹如污水里有月，但不被污水所染，清净水内亦有月，亦不染清净水，故云不垢不净。佛陀如此，人何尝不是这个理数。大千世界，芸芸众生，诱惑多多，沉沦无数。但近朱者不见得赤，近墨者不一定就黑。论酒，李白爱诗若痴，爱酒成狂，既有侠客豪饮之风，也不失文人品茗之气。他经常醉卧长安，却睁着一双世事洞明的眼睛窥视世间百态；他不加约束的喝，激扬的文词顺着杜康流淌着指点江山的豪情。论色，古来就有柳下惠坐怀不乱的美谈。论财，据《后汉书·杨震传》记载，昌邑官员王密带十斤黄金，深夜去拜访杨震，并说："暮夜无人知。"杨震严词拒绝了这份厚礼，回答说："天知、地知、你知、我知，何谓无人知？"王密惭愧而归。这个历史故事体现了人生的真实含义，为我们树立了典范。可以说，杨震的道德修养已经达到了极高的境界，他能在黑夜里拨亮心灵的那盏明灯，我们为什么不可效仿乎？

　　收回不羁的思潮，再言那挚友送我的莲子，长着黑色的硬壳，非常坚硬，古人称之为石莲子。此莲子是已去壳的种子，食之能养心安神、益肾固精、健脾止泻，是名贵的滋补食品。其莲心为绿色的胚芽，味苦，泡茶可治温热病、高血压症等。莲子因外壳坚硬，而成为植物种子中最长寿者。湖南马王堆汉代古墓中出土的莲子，距今一千年左右，经科学培育，居然发芽开花，引起世界各国植物学家的关注。郭沫若曾为之讴歌："生命的火，谁能够压灭了它？不仅在莲子留下了它的生命，就是煤炭也能放出大红的火花！"

红花何须绿叶扶

　　红花尚须绿叶扶，确实有此一说，似乎成了定律，成了为人处世的礼数。我以《红花何须绿叶扶》为题，并非违背定律，只是想还木棉花一个纯纯粹粹的自然，道出一个纯之又纯的常理。

　　"昔日不晓木棉树，惊见枝头挂灯笼。无须绿叶也华贵，参天擎日舞丹红"。这是我初次见到木棉花写的几句顺口溜，是对木棉花的一个形象描述，也是触景生情的小小感悟。木棉花是岭南的特有树种，但港区木棉花并不多见，仙岛公园有几株，种植最多的地方在广场南侧。初春的一天，我信步来到港区广场，忽见昨日还满树都是麻雀一般花蕾的木棉树，整个树冠像熊熊烈火在燃烧，大有"忽闻一夜春风来，千树万树梨花开"的盛况。两行高大雄伟的木棉树，仿佛是在这顷刻间把所有的花都绽放开来，一夜之间便开得一片火红，枝头红红的花朵，朵朵垂枝压条，颜色鲜红夺目。望远看去，让人产生错觉，误以为节日挂的红灯笼，猛然间火了一条街，富贵了一个巷，洋溢着喜气，但确确实实没有一片绿叶。

　　我驻足在木棉树下，细细欣赏木棉花，目光像摄像机，时而拍下单朵特写，时而摄入树冠的近景，时而收纳每株树或整条街的全景，将自己的思绪乃至灵魂都融入到那树那花那景之中。我细心品味木棉树，那舒展攀升的枝干，几乎都与主干垂直起来，却又在同一水平空间拼命地向四周伸展着，层次清晰，磊落率直，特像男人，不，特像英雄，难怪人们送它昵称——英雄花。再赏那花，确实开得烈烈轰轰，堂堂正正，似乎将天空、山野、街道，还有一个个赏花人的脸，都涂了一层大红色。

我不敢相信眼前刹那间突现的风光，从未见过也无法想象，花儿也会这样如此强烈地开放。目睹这一夜之间的巨变，我睨视着这突如其来的红色的海洋，才晓得枝干的舒展就是为了花的傲岸，枝头无叶就是为了花的粲然。我陶醉于万花丛中，引发了许许多多的遐想，当即为此花下个定义："万花绽放我不芳，万花不芳我自芳"。那如火焰般的花朵，在高高的枝头上显现着阳刚之美，它能为英雄壮威，为卑微之人授之以胆气。我不由得联想到古往今来英雄豪杰、民族英雄们，岳飞精忠报国有此壮烈，大宋朝杨家将有此赤诚，文天祥宁死不降有此肝胆。难怪世人喻木棉花为英雄花，就是因为木棉花有英雄之气质，无须烘托。春光明媚的日子，它赫然生起春意。春色越浓的时候，它绽放得越盛。就是忽有一天，"啪"的一声，一只碗大的木棉花猛然间陨落，也不失其品性，有如英雄般倒下，会让人神伤，让人心碎，让人凭吊。是啊，古今多少枭雄英豪都已灰飞烟灭，青史也难留住那满腔热血。惟有此花，年年都要潇洒地来播撒希望的火种，燃烧沸腾的春云，死后又去抚慰荒芜的尘土。

木棉花的花语还有拟人的说法，即珍惜身边人，珍惜幸福时光。珍惜二字，何其了得？它启迪人，启迪天下有情之人，朋友间就像一片片的拼图，结合后构成一幅美丽的图画，如果不见了一片，它永远都不完整。它善意地告诉我们，要珍惜那一枝、一叶、一片儿。有人牵挂的路程不叫漂泊，有人思念的日子不叫寂寞，有人关心的岁月不会失落，别让缘分擦肩而过，别让美梦变成泡沫。将快乐送给开朗的人，将爱情送给懂爱的人，将幸福送给有情的人，将希望送给期待的人，将成功送给奋斗的人。问候是春风和煦，关心是夏日炎炎，耕耘为秋的收获，浪漫是冬的瑞雪。红花一束，饱含着它对春的情愫。一句箴言，浓缩人间美好的祝福。像那木棉花，带给人间真诚的祝福，洒向人间款款的关怀。没有人一生下来就懂得珍惜身边一切，珍惜也是要学要修的。我们已经拥有的东西，很少人会再去追求，而且认为是理所当然的。我们没有的东西才会拼尽全力追逐。有了追求和渴望，才会有快乐和幸福，当然也有沮丧和失望。能够让人铭记的是教训，经过了沮丧和失望，我们才学会珍惜。我们往往在失去时才明白自己曾经拥有的是多么珍贵。请珍惜我们身边的人，珍惜身边的每一份情。珍惜也是很宽泛的，爱你的人，你爱的人，父母、兄弟、姐妹，还有你的朋友、师长，以及你心中那个如今还模糊的他（她）。且不仅是人，还可以是你所拥有的一件衣服，一个发饰，一个你面前的机遇。

我言红花何须绿叶扶，犹如清水出芙蓉，天然去雕饰。大千世界有规则既无规则，雨水说，天空也会落泪。玫瑰说，爱情总有枯萎。离别说，寂寞无滋无味。咖啡说，活着得习惯苦味。木棉花说，我者何须绿叶陪衬。范曾《炎黄赋》言："仰畏天，俯畏人，惟宽人恭俭，出于自然；而忠恕诚悫，始终如一。不蔽奸佞之谗，不用取容之士。天下咸归，百姓安乐。"老子曰：人法地，地法天，天法道，道法自然。道讲的也是规律。但在一定时空下的规律不是永恒不变的定律。

五九六九河边看柳

人的心思有时真是不可理解的。一个漂泊之士，在外面牵挂着家，在家里又时不时地想着外面的事。回家过春节，家人该上班的上班了，一个人闲暇起来，多了几分无聊和孤寂。不知不觉走出家门，来到离家不远的京杭大运河边，与岸边丝丝垂柳对话，和奔流不息的古运河谈古论今，悠悠然生出了许许多多的感念。

其实，我对垂柳并不陌生。本人曾是一介村夫，还在刚刚背着书包迈进学堂的时候，就晓得柳树是一种生命力极强的树，取其树枝插入土中，正插成为直柳，倒插则成垂柳。那时，每天下午放学归家的第一件事，并不是做作业，而是提着筐，带上鸟夹子，钻进村东头的柳条沟里，先将鸟夹子下好，然后就开始采摘柳蒿芽、小叶芹、车轱辘菜等一些山野菜。虽说劳其筋骨，误了学业，但也是一举两得的事，一是在打鸟时找到了童趣，再就是解决了一家人的吃菜问题。但对堤边岸上丝丝柳摇不摇青？什么时候发芽？什么时候长叶？不知其故，更谈不上有什么感念。

俗话说，树老根多，人老话多。我觉得此话是对人知识积累、生活阅历积淀的感言。我看着河边行行垂柳，就想起了"五九六九河边看柳，七九河开，八九雁来，九九加一九耕牛遍地走。"这则农谚说柳树是春天最早的报春者,文人言"那一株新绿"常常指的就是柳树,到了秋风萧瑟,万物凋零之时,柳树又是最后一个告别绿色的树种,耐得住早春和暮秋的寒意。

自古以来,咏柳者颇多,有以物拟人寄托情感的,有咏物感伤的,还有更多的是有感而发的。如王维曾有诗云:"渭城朝雨浥轻尘,客舍青青柳色新,劝君更进一杯酒,西出阳关无故人。"诗人言的柳和酒把送别、惜别之情表达得淋漓尽致,后又由此生发出西出阳关之感慨,咏唱感伤大有纯酒般浓烈的味道。还有更有名的是贺知章的《咏柳》:"碧玉妆成一树高,万条垂下绿丝绦,不知细叶谁裁出,二月春风似剪刀。"我想此诗言的是柳树,流溢的是才华,定格的是季节,玩味的是情调。还有韩愈的"最是一年春好处,绝胜烟柳满皇都"、高鼎的"草长莺飞二月天,拂堤杨柳醉春烟"等佳章绝句,都是对柳的感怀。

我咀嚼着古人的佳章绝句,细细品味微风摇曳的垂柳,虽然我不是诗人,但也生出许许多多的感悟。这柳平常所见不觉其高,可近距离同它牵手,须得吃力仰视方可见其树冠,那如丝的枝条长长垂下,足有二、三丈长。有的垂在路边,与行人牵手擦肩,显得特别的谦和友好;有的浸入河中,像一根根纤细丝线,在河面上划过来、拂过去,调皮地跟鱼儿嬉戏玩耍,弄得小鱼儿痒酥酥的,不停地浮出水面;有的直直的,像时髦女子梳的直板烫,形成一道道绿色的柳瀑,让人觉得它是那么端庄、俊俏;有的天然形成细小而又密密的卷曲,就像是西洋女子的波浪卷发,黄中夹杂着绿,绿中浸着黄,流溢着迷人的色彩和青春的活力。难怪有人将柳树称为树中的女子,那曲曲弯弯的树干,就是人们称谓杨柳细腰,那婀娜多姿的细细柳丝,披在柳树上,赛过美女的一头秀发,一阵风吹来,长发飘飞,柔情蜜意,飘逸舒缓,美丽至极。

我独自一人伫立在河边赏柳,没了一丝孤寂的感觉,竟然看入了迷,不知不觉中过去了一个下午。观此柳,望运河,收获不仅仅是赏柳,还有的是我对生活的一种感悟，人言闲情逸致,闲情是观赏景物的第一条件，逸致是人对自然景观的一种认识、一种感觉、一种心态。也可以说，观景不一定非要跋山涉水，也不一定非要寻觅名胜古迹。景由心生，只要有观景之心，随处皆景。

诗行化作丝丝柳，牵引行人入境深，想想人生的苦乐观也不外乎其理。一个人总在想着去寻找快乐，其实快乐就在我们身边，就在平凡的生活和工作之中。今天完成了一项任务，就有了成就感的快乐；路逢一个久未谋面的老朋友，就会有他乡遇故知感觉；伏案写出了一段洋洋洒洒的文字，就会有自我陶醉的劲儿；为迷路之人指点方向，就会滋生出助人为乐的幸福感。这一切的一切都是快乐的分子，将它们组合起来，就会让你成为快乐的人。

柳树是春天的信使，春天属于小鸟，春天属于白云，春天属于鲜花，春天更属于生命的律动。心里有春天,天下皆是春!

谈盐就说咸

TANYANJIUSHUOXIAN

红豆之乡侃红豆

　　"红豆生南国，春来发几枝，愿君多采撷，此物最相思"。读罢王维这首脍炙人口的诗句，闭目思之，仿佛见到王维老诗人，手捧红豆，满目沧桑地痴情地伫立在历史的一端，将南国的红豆植入诗中，把相思定格成绚丽的景致，引得后人接踵而来，或吟唱着《相思》诗句，或摘几颗红豆串成美丽的项链挂于胸前，跟着诗人，走出了一条条风景秀丽却又孤寂的路，将明天又走成历史。

　　这是我多年前曾有的感怀，也是许多文人墨客、情窦初绽的纯情男女的心理感受。言那红豆，生于南国。南国，就王维一诗而言，圈定的区域肯定是两广地区，更确切地说指的是岭南地区。因为在几天前的一个晚上，我从广西电视台获悉，广西是红豆的故乡。

　　红豆，确有产于两广一带之说，又名相思子。通体朱红，形如豌豆，或者说是心状，难怪古人常用它来象征爱情或相思。相传，古时有位男子出征，其妻朝夕到高山上祈望边塞的爱人归家，常常以泪洗面。泪水哭干了，便流出鲜红的血滴，血溶化为红豆，红豆生根发芽，长成结满红豆的大树，人们称之为相思豆。垂询当地人，相思红豆和玉一般，是有灵性的开运吉祥之物。定情时，送一串许过愿的相思豆，会求得爱情顺利；婚嫁时，新娘会在手腕或颈上佩带鲜红的相思豆所串成的手环或项链，以象征男女双方心连心白头偕老；结婚后，在夫妻枕下各放六颗许过愿的相思豆，可保夫妻同心，百年好合。时下，红豆饰品风靡南国，时尚女性以佩戴红豆饰品为荣，男女恋人纷纷选择红豆饰品来表达心中的爱意。

可见，红豆作为相思寄托之物，古今有之！故事真假无从考究，只当是个美好的传说。再考究红豆的故乡，我的第二故乡江苏，也曾有过红豆之乡一说。江苏省江阴市顾山镇有个红豆村，红豆村有座红豆院，红豆院里有棵千年红豆树。红豆院内这棵红豆树，相传为梁代昭明太子手植，距今已有一千四百多年的历史。进入红豆院，我见这棵珍稀古树高大挺拔，枝干支撑出数十米外，形同巨伞，虽历尽千年沧桑，但仍生机盎然，枝繁叶茂。据管理人员介绍，此株红豆树每三至五年开一次花，结一次果。春夏之交开花，其色洁白。秋末结果，豆荚为茶色，状若鸡心。剥开豆荚，便是一粒心形的红豆，灿若云霞，闪闪烁烁。现代诗人刘大白在获得一荚双粒的"双红豆"后，曾激动地写下《双红豆》一诗："豆一粒，人一囊，红豆一双贮锦囊，故人天一方。似心房，当心房，偎着心房密密藏，莫教离恨长。"当地人对红豆也有美好寄托，同样视红豆为爱情、友谊的象征和信物，代表爱情、友情可以天长地久，是情侣、朋友间互表牵挂、互相赠送的最佳、最时尚的礼品。单身男女佩戴红豆可以增加异性缘，增加找到心爱伴侣的机会。民间习俗，佩戴红豆可以祛邪避讳，还可以提升来年的运势。红豆的特殊含义，馈赠不同数量代表不同的意义。一颗代表一心一意，两颗代表相亲相爱，三颗代表我爱你，四颗代表山盟海誓，五颗代表五福临门，六颗代表顺心如意，七颗代表我偷偷地爱着你，八颗代表深深歉意请你原谅，九颗代表永久的拥有，如有九十九颗那自然是代表白头偕老，长长久久。

当然，关于红豆故乡说法不一，"北国生红柳，江南育红豆"。北国指的是东北，更狭义地说是指黑龙江。那么，江南指的是哪里？不可能指两广一带的江，很可能指的是长江以南。另外，浙江人也言红豆的故乡是浙江，据说台湾也有相思树，别名台湾柳，也产红豆。

红豆的故乡在哪里，我觉得并不重要，重要的是红豆有着极其深厚的文化底蕴。一颗红豆虽小，却能压弯缕缕缠绵的情愫，落于心扉，重若千斤，那一点红能给人最温暖的微笑，能渲染生命的天空，似暮色下飞舞的金色虫蝇，给人以最煽情的遐想。我用片纸难言红豆真谛，还是用大家熟知的、许多人都会吟唱的一首多愁善感的《红楼梦》歌曲来印证它："滴不尽相思血泪抛红豆开不完春柳春花满画楼，睡不稳纱窗风雨黄昏后，忘不了新愁与旧愁，咽不下玉粒金莼噎满喉，照不见菱花镜里形容瘦，展不开的眉头，捱不明的更漏，恰便似遮不住的青山隐隐，流不断的绿水悠悠。

抒情、婉转、伤感，绝非笔者之意。自古多情空遗恨，一杯净土掩风流。这对我们这些远在异乡的人来说，一颗红豆，一份牵挂，一份相思，一份希冀，同志也好，朋友也罢，足以寄托我们的牵挂之情。

不以无人不芳的兰草

在公寓的写字台上，摆放着我挚友赠送的一盆兰花草。兰花草看不出出奇之处，像麦田里的一株株秧苗，又似原野的青草乱蓬蓬的，毫无规则地生长着，在叶片的尖头，有很明显被剪的痕迹，像一把把折断的剑，觉不出有什么观赏价值，给我的感觉还不及盆中自然滋生的一棵茎细如丝的无名草。

人，不可能熟知世间所有的事物，李时珍《本草纲目》不见得囊括世界所有药草，最优秀的植物学家也不可能识遍一切花草树木，大文豪郭沫若甲骨文都能玩味，但也不见得精通仓颉所造的字，就是陆文夫笔下的美食家，别说熟知世界之美食，恐怕是中国五十六个民族的饮食习惯，他的味觉也未必那么灵。

我这么轻率地为这盆兰花草下断言，不但是大错特错，还凸显出自己的知识面太窄。改变我初衷看法的就像我为兰花草下定义那么容易，事出一次偶然，读了孔子《孔子家语·在厄》的一段话："芷兰生于森林，不以无人不芳；君子修道立德，不为穷困而改节。"圣人给予兰花草高雅、气节、个性之评价，就这么简短的几句话，就拨亮了我心灵的感应之灯，有如夜路见光，拂去阴霾见到了晴空。

　　我的思想感觉就像错怪了一位可交的好友一样，对兰花草倍加爱惜和呵护。开始在乎它、关注它、揣摩它，每当外出归来，打开门第一眼，就是观看这盆兰花草，玩味其奥妙，寻找自己的感悟。我数了数此盆兰花草共有三株、二十五个叶片，旧叶虽长，但并不张扬，看上去有点干枯，还有几分拘谨。新发的叶片，嫩绿鲜活，十分抢眼，绝对体会不到"老要张狂，少要稳的感觉。"

　　也许职业的原因，看时间长了，揣摩时间久了，确实平添了许许多多的感念。兰花草确实品性清高，有如远隔利欲的君子。兰花草株形不骄不纵，简洁无华，朴实醇厚，其花香却是那样的清新淡雅，幽香醇淳，着实让人大有沉醉之感。难怪古往今来许多文人骚客都把梅、兰、菊、竹视为四君子，尽情挥毫泼墨，百般吟诵。或赞其志，或颂其傲，或抒其情，或寄其思……无语的小草，启迪着人们的灵魂。失意之时，用不着捶胸顿足，自暴自弃；而在人生的舒展之时，更不可以得意忘形，狂妄自大，需留几分沉稳，积几分厚德。学古人处事之道："吾当一日三省"来修炼和提升我们的人格品性。就像那盆兰花草，株形恰似低调为人，幽香恰可芬芳百世！纵目光怪陆离的世界，兴衰荣辱眨眼春秋，何必沉迷利令智昏，跌跌撞撞于危径？

　　我曾撰文论过富与贵、福与祸。富与贵，是人之所欲，不义而富且贵，如履薄冰，似崖边迷途。古人早有明示："晓日照江水，游鱼似玉瓶。谁言解缩颈，贪饵每遭烹。"就幸福而言，也用不着用玄妙的词句诠释，只一句话就能说明白；"福，莫过于无祸。"还得学那兰花草，兰花草的幸福很简单，冒出的翠叶、垂下的花茎，构成美丽图案，无论枯萎衰败过几多次，一点水分滋养，便英姿焕发。

　　我们的幸福未尝不简单，一点可口的美味，一个满足的回笼觉，一个远方亲人的电话，一句同志间的问候，几杯朋友对酌的水酒，一份舒心的工作……但必须如兰花草一般，积极地、用力地吸收着每一点养分，珍惜每一点幸福，枯萎过去后，每一次醒来，还是如同新生，给人以启迪和以美的享受。"偏爱幽兰异众芳，不将颜色媚春阳。西风寒露屋檐下，任是无人也自香。"算我的感言。我不赞同古人的感伤："兰生深山中，馥馥吐幽香。偶为世人赏，移之置高堂。雨露失天时，根株离本乡。虽承爱护力，长养非其方。冬寒霜雪零，绿叶恐雕伤。何如在林壑，时至还自芳。"我倒是非常崇尚后天之造化，伯乐之伟大，没有点燃的蜡烛，何言给世界带来光明。

独木也成林的榕树

　　榕树，是不是世界上树冠最大的树，我不敢肯定，但我确实没见过这么大树冠的树，它给我的印象极其深刻。榕树引起了我许许多多地遐想，最主要的是它改变了"独木不成林"一说。

　　我对榕树有此印象，还是十年前游历桂林时，领略了"桂林山水甲天下"的奇丽俊秀的风貌、宏伟博大的气势、气象万千的姿态，以及极富浪漫色彩的大自然诗画情景的同时，意外地观赏和触摸到神奇的大榕树。大榕树矗立在金宝河畔，它的树围约有七米多，高达十七、八米，枝繁叶茂，浓荫蔽天，所覆盖之地有一百多平方米。相传这榕树是隋朝所植，迄今已有千年历史，虽然树干老态龙钟，盘根错节，但仍然生机勃勃。

　　在电影里，刘三姐就是在这棵树下向阿牛哥吐露心声，抛出传情之绣球，定情终身。在金宝河的对岸有一座小山，中间的山洞是透空的，就像一座石门，可以让人随意穿行，因此得名"穿岩"。在榕树和穿岩之间有个渡口，人称"榕荫古渡"。在穿岩的临河处有一块石头，颇像一只胖乎乎的小熊正在爬山。于是乎，民歌吟唱："金钩挂山头，青蛙水上浮，小熊满山跑，古榕伴清流"。也就是说榕树和"左邻右舍"构成自然而和谐的特有的景观。难怪唐朝大诗人韩愈触景生情："江作青罗带，山如碧玉簮"。远望这棵大榕树，疑似一座绿色的小山，涓涓流淌的金宝河在大榕树的映衬下，酷似一条嫦娥抖落的青罗带，曲曲弯弯，潺潺缓缓，一眼望不到它的尽头。

大作家张贤亮撰写的一部中篇小说，名为《绿化树》，称榕树为常绿乔木。由于榕树根系发达，根部常隆起，并凸出地面，造型独特，令人对榕树情有独钟。

榕树是热带植物区系中最大的木本植物之一，有板根、支柱根、绞杀、老茎结果等多种热带雨林的重要特征。榕树是野生食物的重要来源，被用来当做蔬菜的榕树主要有木瓜榕、苹果榕、厚皮榕、高榕、聚果榕、突脉榕、黄葛榕等。木本野生蔬菜富含丰富的维生素、矿物质，以及帮助人体消化的纤维素和苦味素。常吃木本植物的嫩枝叶可使人健康长寿，也可让少女保持轻盈体态。一些榕树种类被当地民族视为神（龙）树和佛树，形成了独特的民族榕树文化。榕树是越剪越能长，一枝未剪的，就直直地长，另一枝，被剪了，在下一个枝杈中长出一枝，东西横斜，一片浓绿，彰显它特有的品格和个性。

以植物生理学对榕树进行科学的栽培，使榕树较快成长，并控制其枝杈的成长高度，栽培出不同规格、不同风格、形态各异的盆景，具有天然雕刻和美术加工相融并琢的培育方式。使榕树盆景的观赏价值得到提升，并成为广西人继水仙花之后又一独特花卉。至于榕树还有什么高论，那是学者和专家研究的课题，我们难以过深涉猎，还是峰回路转谈谈有关榕树的感想。

常言道，独木不成林。可是自然界唯有榕树能"独木成林"。从它树枝上向下生长的垂挂"气根"，多达数万条，如同寿星老的胡须，丝丝垂直，落地入土后成为"支柱根"。这样，柱根相连，柱枝相托，枝叶拓展，形成遮天蔽日、独木成林的奇观。在港区大路两旁和广场植有排排榕树，我感言未来的港区定会绿荫满城，榕树将成为港区风貌特征之一。榕树叶茂如盖，四季常青，枝干壮实，不畏寒暑，傲然挺立，象征着开拓进取、奋发向上的精神。

榕树有一种铺天席地的景象。我想到树木参天之时，石化人茶余饭后，树下置几张竹椅，几张小几，茶碗和茶壶，听着泾海涛声和蝉声，谈谈家长里短，论论孰是孰非，设计美好未来，那该是多么的惬意。

松柏参天，有大将军气派，而榕树却无此殊荣，也许，榕树是文人的品格吧。文人不能太单一。就生活习性而言，喜好交朋会友，推杯换盏，直诉情怀。就业务而言，须有许多文字以外的东西支撑，覆盖面要大，知识面要广，不能当专家，可做杂家。有道是：人贵直，文贵曲。人不秉直，路则崎岖，不可为其邻友，近朱者赤，近墨者黑，不无道理。

文若看山不喜平，或者说是看树不喜直，直的树可作栋梁之材，文章则没有这个礼数。文章是人的精神食粮，虽不能解其温饱，但能使人增添精神之养分。犹如榕树能使人感受其绿阴下的清凉，氧气之充足。榕树作为文人的形象，好大一棵树，说什么一为文人便无足观，何必自轻自贱于斯？若有错，大概就错在想当栋梁上。

榕树最美在于根，盘根错节，起伏不定，根与树没有根本的区别。最有意思的是有气根的那种，常常让我往事业上想，说根深叶茂，内涵外延，那是日积月累的结果。但有时候，有些东西，如同榕树不能一日成荫一样，拔苗不能助长，规律就是自然。要学那榕树，哪里有营养，就伸一枝根下去，不仅汲取养分，还可能剑走偏锋，副业成了主业，让人弄不明白"花儿为什么这样红"，不也顶好？听说当地人言榕树是小鸟天堂，那榕树就找不着最初的根了，人家不做栋梁，也自自在在营造了天堂。

桉树，你快快长

桉树，可称谓世界之最，世间之奇。

奇，乃世间稀少。最，世界唯一。如果说桉树是世界之最，是因为它生长极快，快得让人不敢信其真。生长旺季，一天可以长高三厘米，一个月可长高一米，一年最高可长十米。桉树让云杉仰视，马尾松低头，红树无奈。云杉成材七十年，马尾松二十五年能派上用场，而桉树只需三载。

"十年树木，百年树人"、"炼玉要待三日满，选材须待十年期"这些古人和今人历练的定论，都让桉树改写了常理，破了一项世界纪录。

借物拟人，曰人论事。禾苗如像桉树生长之快，谈何拔苗助长？像桉树绿染大地，何愁苍山不翠？国民经济增长的红箭头，假如像桉树生长得那么快，赶超世界第一，也是指日可待。人才若能像桉树那样成长之快，飞机瞬间到港，不是空想；火车日行万里，并非天方夜谭；太空一日游，到其他星球散步、攀岩，也是有可能的事。到那时不用犯愁公路塞车，驾车族可像鸟一样在天上自由翱翔。愿在地上跑，可以在宽阔、多层的公路上飞驰电掣。想吃什么东西，可以排一周或更多天的食谱，家有通人性的机器人为你代劳。要是让孩子学业有成，地球村的大学任挑选，到外星求学才算出去深造。九天揽月，不再是神话。木石取火，早就是旧时的传说。仿生是人之睿智，是桉树给人以启迪，是桉树告知未来。

表现是一种美。出头的椽子未必先烂，敢为天下先是强人的抉择。关云长千里走单骑，此表贵在一个义字；杨家将保大宋江山，表现在于忠；华罗庚、钱学森等科学家矢志科学研究，美在孜孜不倦的追求。当年王进喜等石油人破冰用脸盆端水打井，美的是一种心境，为的是一个责任；三峡大坝落成，美的是建筑雄姿，展现的是中华人民共和国方方面面的实力。

当今的国人，不再是怀抱琵琶半遮面，隔着珠帘相亲那个扭捏劲儿，倒像是抛绣球的姑娘，直面站在众人面前，大方确不失体面，外向又有内涵。更像《星光大道》的PK，在人生的各个方位，各个领域，各个舞台上，全方位地展示自己所能，尽一切能力塑造自己的最佳形象，创造一个个新的神奇的传说。

桉树表现的美，更多都是如此，直白是它特有的品格，自我突破是超常发挥，创造价值是它毕生的追求。桉树粗的酷似道路两旁的电线杆，又直、又白、又净、又高，给人的印象似擎天一柱、定海神针，更像炼油厂的炼塔，文文静静地耸立着，默默无闻地为人类创造着财富。榕树细的如天上垂下的绳索，胳膊粗的树干，高约几丈，显得那么高傲，那么自信，那么个性。

桉树还特像特殊兵种，聚在一起是英雄群体，株株昂首站立，颗颗比着成长；若是单兵作战，各个独领风骚，唯我独尊。北方人过年在院子里立灯笼杆，竿顶端绑着松枝，松枝上吊着一盏大红灯笼。那是年的韵味，是吉祥的寓意，也是农家的希冀。桉树的树干和枝叶与此十分相似，如果有人为它挂上一盏红灯，让它凭空高照，定能光耀苍山峻岭，带来吉光瑞彩。

桉树每年都像蛇一样脱皮，但它有别于金蝉脱壳，也不是自毁形象，是一种超脱，是挣脱束缚，是扬弃，是宣言，是在显示身躯的强悍和无与伦比的美。

在地球最贫瘠的土地上，桉树也能茁壮成长。桉树在长期的进化过程中形成了许多独特的生长特点，为了避开灼热的阳光，减少水分蒸发，叶子都是下垂并侧面向阳；为了对付频繁的森林火灾，桉树的营养输送管道都深藏在木质层的深部，种子也包在厚厚的木质外壳里，一场大火过后，只要树干的木心没有被烧干，雨季一到，又会生机勃勃。桉树种子不仅不怕火，而且还借助大火把它的木质外壳烤裂，便于生根发芽。桉树更像是凤凰涅槃，大火过后不仅能获得新生，而且会长得更好。

如果没有桉树这样的"土地卫士"，贫瘠的土壤就会被风雨蚀食干净。如果没有桉树，那里生存着的众多昆虫、爬行动物、鸟类，将因为没有栖身之处和食物而灭绝。桉树浑身是宝。它可以当储水罐，有一种桉树的树干是空的，不少树干里面充盈了可以饮用的水。在没有水的地方，用木棒敲敲树干，就知道里面有没有水。桉树的花呈缨状，为粉红色。以桉树花为食的蜜蜂产蜜量很高，蜂农可以从一个蜂箱里抽出近二十公斤的蜂蜜。一些桉树的叶子含桉树脑，是制药的重要材料，还可以作为添加剂做水果糖。

随着时代的发展，桉树的用途越来越广，盖房子，做家具，当电线杆和铁路枕木，真是无所不能。桉树是地球上最高的被子植物，文献记载塔斯马尼亚的王桉树高一百多米。桉树有九百多种，具有不同的用途和适应性。诸如巨桉、尾叶桉、蓝桉、柳桉、赤桉、史密斯桉、王桉等都是优良的用材树种，可以生产多种工业用材，尤其是纸浆材，人们普遍认为桉树是纸浆工业的"绿色黄金"。

桉树老家是澳大利亚。但澳大利亚人没有独享大自然给予他们的这份珍贵礼物，而是把它献给世界。从十九世纪开始，桉树种子就在地中海沿岸发芽，并且迅速向非洲、亚洲和美洲发展。中国很早就引进了桉树树种，并在南部省份广泛种植。桉树生长迅速、木质坚硬，在中国的环境保护和木材工业的发展中发挥着十分重要的作用。桉树的经济效益是目前我国林业产业中的佼佼者，种植桉树每亩年纯利润可达到二百至五百元。

桉树是有争议的树种。有人说："桉树是抽水机"。把地上的水抽干了。科学研究表明，每合成一公斤生物量（干重），松树需要消耗一千升水，相思、黄檀、香蕉、咖啡需要八百升以上，而桉树只需要五百一十升。有人讲"桉树引起地力衰退"。事实上，据雷州半岛五个不同地点桉树林调查结果，采集到桉树林下植物种类共计六十一科一百二十七属一百五十种，证明桉树森林植物多样性并未造成降低。也有人称："桉树丛中不长草"。桉树有一种副产品——桉叶油，从桉树叶中提取出来的一类天然化合物，是用于化妆品和药品的原料，很多喉片中即含有桉叶油成分。因此，说桉树有毒，完全是无稽之谈，主要是人们对桉树不了解。甚至有人把繁衍桉树与紫茎泽兰的蔓延危害相提并论。争论的焦点并非是它的社会、经济效益，而是它的生态功能。

舆论贬损不了桉树的品格。羡慕，是"火箭"的助推器。嫉妒，是弱者的悲哀。苍松不言寸草低，寸草报得三春晖。桉树，你快快长吧。扯块彩云做新衣，唯你独享。与山对歌，那才是你经久不衰的拿手好戏。

红树不红

　　红树，国内乃至世界重点保护的珍稀树种，有人断言国内仅有两处，一处在湛江的雷州半岛，另一处在深圳湾。不知为此下定论的人是道听途说，还是只去过这两个有红树的地方，反正没把仙岛公园周围这片红树林纳入其内，更不知这片红树林比其他两处绝美，以至于成了此处的一大景观、港区人爱慕和崇尚的典范。

　　红树不红呈翠绿，绝不是跟了什么绿色食品、绿色环保、绿色世界的风，才变成了绿。它本就是绿树，人们为什么称它为红树，确实无从考究。是不是它有抵抗洪水的作用，或许是它根红苗绿，还是什么缘故，当地人对此也是个谜。我去过渤海湾的红海滩，那才是真正的红，红的让人震撼。但当地人都晓得醋打哪酸，盐从哪咸，那是陆地的碱蓬，在浅海生长才能有此变化。

　　不管红树是红还是绿，红树确实是稀有树种，但种类并不少，有秋茄、老鼠勒、白骨壤、海桑、木榄，桐花树、红海榄等。比较常见的品种是秋茄。秋茄生长在河流入海口海湾较平坦的泥滩上，果实形状似笔，花期在四月至八月间，果期在八月至四月间。与木榄、桐花树同样有"胎生苗"的特别生长功能，果实还挂在树上时，种子已长出胚根。果实落下时，尖尖的胚根会插进泥土里。如果落在海里，能浮水的种子会随水漂流，待退潮时跌入泥土便争取时间生根发芽。据史料记载秋茄两小时会长出根，然后竖立，再长出叶，显示出它有其他树木所不具备的生命力。捧着一颗心来，不带半根草去。这句词的由来，出处是不是因此而来，答案肯定不是，但确十分贴切。千百年来，秋茄就是这样生于大海，魂归于大海，繁复于大海，生生息息的伴着潮汐隐没，迎着朝阳复出。任凭咸水浸泡、淤泥侵蚀、烈日暴晒、风浪摧残，依然千百年如一日，顽强地、坚忍不拔地生存着，无怨无悔、默默地为人类奉献着。这种不求索取，只图奉献的精神，多像中国石油人啊，几代石油人为了甩掉石油落后帽子，为了祖国繁荣昌盛，他们天当房，地当床，大地野菜当干粮。献了青春，献终身，献完终身，献子孙。

桐花树（紫金牛科）叶纹较秋茄清晰，叶柄带有红色，叶面常见有排出的盐。桐花树的根在泥土表层下成水平线伸展，像苍鹰的利爪，牢牢抓住海滩，稳定树身。单一的桐花树组成的树林，外貌黄绿色。树木分枝较多而树林顶部平整，像理寸头的成熟男子，没覆盖的是时而严肃、时而微笑的脸。覆盖的地方，疏密相间，有如一圈都是铁丝网，中间一个停机场。又像一块硕大的绿色地毯，人走上去，似乎也不会掉到海里。它的果实形状如山羊角，因此又称它为羊角木。另外，它还有浪紫、蜡烛果、红萠、黑榄、木榄等俗名。这其中的黑榄，才是我们经常在仙岛公园四周见到的红树林。黑榄长的平齐，还有个特点就是手足情深。它与同族兄弟姊妹一团和气，不管潮来潮去，不论风吹浪打，也不分严寒酷暑，都是手挽着手、肩并着肩地和睦相处。它在大潮暴涨之时，仅露出树冠顶端或全部淹没，因此被称为"海底森林"、"海底绿岛"。这种树还有一个人们很难会到的作用，那就是它们对于抵御海啸有极强的作用。当年，普吉岛发生海啸损失惨重，而斯里兰卡却逃过一劫，就是因为有大量的红树林缓解了海啸的冲力。

还有一种红树很特别，这种树叫白骨壤。白骨壤结豆，取名为海豆。海豆须先用刀切开果皮，用清水煮沸，去掉黑褐色含单宁的汤汁，再浸泡在清水中，放置半天到一天，捞取后再用水煮，这一过程为的是消除苦涩味。目前，白骨壤果实已成为广西人的席上珍。

在红树的族谱中，惟有一种能沾上红边的，那就是木榄。木榄叶较大，叶柄红色，树干曲曲弯弯，酷似一条条海蛇在水中游动。此种树含高浓度的单宁酸，物质呈红色。树的木材，树干，枝条，花朵都是红色。树皮可以提炼一种红色染料，马来人称此种树皮为红树皮，后来演变为红树。如此追根溯源，也许这就是红树代称的由来。

红树，种类繁多。我曾在报上有过这样的感慨："苍松不言寸草低，拳拳寸草报三春。"红树虽然没有苍松翠柏那么伟岸，没有桉树那么挺拔，甚至也比不上农家房前屋后的果树那么高，那么引人注目，且又有人呵护，但它依然千百年如一日，顽强地、坚忍不拔地生存着，无怨无悔、默默地为人类奉献着。

有人形容奶牛"吃的是草，挤的是奶。"弘扬的是一种无私奉献精神。自有红树的那天起，没人为它播种，没人为它施肥，没人为它修枝，也没人为它驱虫消灾，更没人关心它的存在。可它无论遭遇台风肆虐，还是海啸欺辱，它都笑傲以对，从不屈服。一个个弱小的身躯，组成一个众志成城的团队，携手互助，挽臂同心，筑起一道"防护墙"，任凭风吹浪打，就是固若金汤。撼不动的是身躯，毁不灭的是精神，动摇不了的是信念，不畏艰险的是品格，寸步不离守望大海的是执着。

花小言香不问美

　　生活的细微小事之中蕴含着大的哲理。比如说"一叶障目，不见泰山。"此语论点在叶而后是山，是说如果不是有一叶障目，就不会有不见泰山的感悟。还有"乐不思蜀、卧薪尝胆、望梅止渴"等成语的出处，都是源于生活小事，而感悟到许许多多的生活之哲理。这是笔者此次回家休假，嗅到桂花浓浓的香味，见到小小的花蕾，才浮想出如此的感言。

　　此次夜晚归家，一进油田生活小区，就闻到了一种浓浓的香味，我问爱人："什么味这么香？"妻子笑我答："亏你还是扬州人，连自家门前桂花的香味都不知道。"

　　其实，我对桂花并不陌生，在扬州生活十几年，房前屋后都有桂花树，只是感悟不深，也可以说是熟视无睹罢了。我曾拜读过历代文人墨客赏桂花之名篇佳作。唐朝王维的"人闲桂花落，夜静春山空。"宋之问的"桂子月中落，天香云外飘。"早年之时就已熟背。还有刘禹锡的"莫羡三春桃杏李，桂花诚实向秋荣"、吕声之的"独点三秋压众芳，何夸桔绿与橙黄"等诗句，将桂花与春之桃、杏、李，秋之橘、橙相比，赋予了桂花凌驾于众芳之上的独特美，表达了诗人对桂花的偏爱。另外，在词复兴的清代，赞美桂花的佳章绝句更是不胜枚举，有喻其为"金粟"的，也有喻其为"黄雪"的，但最值得推崇的是陈维崧《天香·咏桂》："灵隐门前，番禺城里，秋花一种清绝。碧海冷冷，金风阵阵，压下数堆黄雪。山斋湖舫，说不尽，幽芬清洌。金粟一番开谢，冰轮几回圆缺。"道出了桂花无论在灵隐门前，还是番禺城里；无论在石斋湖舫，还是清风明月下，都以其幽芬清洌的绝妙韵味深深地吸引着游人，令游人流连忘返。陈维崧的另一词说"城阴归晚，缤纷金粟，帽檐齐戴"，活脱脱地写出了词人不顾日暮独赏桂花，而被桂花落满一身时的兴奋、喜悦心情。

在现代文学史上描写桂花的诗歌、散文、小说的也不少，郁达夫先生的短篇小说《迟桂花》，将迟开的桂花类比为迟来而美丽永久的爱情，读来令人怦然心动。特别是小说末尾借一段祝词表达了作者对"迟桂花"式爱情的赞赏："桂花开得越迟越好，因为开得迟，所以经得日子久，现在两位的结婚，比较起平常的年龄来，似乎是觉得大一点了，但结婚迟，日子也一定经得久。"桂花无语，思念无声。桂花倾城，花香醉人。桂花还是情人的寄语，有人这样感言，我们的爱情也在指尖倾城而放，自由舞蹈，时而快乐，时而忧伤。聚散离别，亦如花开花落，来来回回地演绎着无法言说的情愁。也有人说，寂寞与惆怅，在芬芳的呢喃里，消散。一树清香，似你的气息，在秋天的落花里，迷朦了双眸。

树老根多，人老话多。捡一个话题，就能道出装满一车的闲话，还是斩断思绪，谈谈我闻花赏花之感受。虽说妻子一句简简单单的调侃，但像一柄重锤敲动了我的好奇心，第二天出了家门就去近距离品味那桂花。桂花高约十米，树冠特像"文革"时的高帽，锥型向上生长。树皮粗糙，像老人皱巴巴的手。叶对生，椭圆形或长椭圆形，幼叶边缘有锯齿。再看那花儿，三、五朵生于叶腋，分乳白、黄、橙红等色，不走近她很难窥到她的尊荣。但香气极浓，香味四溢，难以言表。给我的印象，桂花确实是秋的姊妹，拥有不起眼的外表，拥有浓厚的底蕴。秋天的桂花比不过春天的迎春花，娇小可爱、生机勃勃；比不上夏天的莲花，神圣纯洁、高风亮节；也比不上冬天的梅花，傲雪挺立，坚韧不拔。

忽有阵风拂过，刮断了我的思绪。不，确切地说，是一阵柔软的金色的桂花雨，扭转了我的思路，只见清芳无声地飘然洒落的桂花，似乎瞬间染黄了一片土地，香遍了大千世界。花儿落在我的头上，落在眉梢，落在身上，香气浓浓地包裹着我，熏染着我，陶醉了我。恍恍然，我步入如诗如画的梦境之中。举头望天，风和日丽，万里无云，喷薄而出的一轮红日，使我疑为月，疑为如盘的明月。

思绪仿佛回到孩提，每到中秋时节，常听母亲讲"嫦娥奔月"的神话。传说中月宫里有一株可编桂冠的月桂。一个叫吴刚的莽汉，想要砍伐它，始终不能如愿。就这样，一砍就是几千年。母亲说，你可以不信我的话，可是你瞧月亮上的影子，月亮上果真有一个伞形的树影。缥缈传奇，世世代代，镂刻在了人们心中。难怪古人将其赋予："不是人间种，疑从月里来，广寒香一点，吹得满山开。""线惠不香饶桂酒，红樱无色浪花细。""昨夜西池凉露满，桂花吹断月中香"。

桂花虽小，正是那一小朵、一小朵的身躯，平凡、渺小、微不足道，但隐在香韵外表下的才是它的精神。桂花总是能教给我些什么，人只有在放弃了自我而融入到集体之时，才能体现他的价值所在，才能把自己的平凡、渺小、微不足道通过另外一种方式变得强大。对此，好有一比，我们将炼厂比作一株硕大的桂花树，我们公司员工和一个个协作人员，好比一朵朵香气宜人的桂花。那么，定会像诗人描绘的那样："月宫秋冷桂团团，岁岁花开只是攀。共在人间说天上，不知天上忆人间。"到那时我们的炼厂的油花，一定会梅定妒，菊应羞，我者"花"中第一流！

择时绽放的茉莉花

花开有时，多在盛世。此言只听人说过，并没见过什么应验，但在炼厂的日子里，我宿舍窗台上的一盆茉莉花开了，花开的轻盈雅淡，天赋仙姿，给人以美的享受，无限的遐想，心灵的启迪。

此盆茉莉花植于一名老园丁之手，青花瓷的花盆，釉质白里泛青，厚重大方，轮廓秀丽，盆上绣有民宅、椰树，特别那北归的雁阵，在给人以赏心悦目感受之余，又使人心飞故乡。也许能工巧匠就是他乡之客，在描摹此画时就寄予思乡之情，恋家之意。抛开创作者究竟是何意，我是真真切切的触景生情，让我自然而然地念起了故乡哈尔滨、第二故乡扬州，想起我的亲朋好友，还有几十年难以忘怀的许许多多的往事。

说盐必言咸，言醋必说酸。言茉莉花就说花，我宿舍窗台盆中栽植的两株茉莉花，高约一米有余，枝条细长，小枝棱角，单叶对生，光亮润泽。最惹眼的是那花儿，花开定数有章，每绽必有三、四朵，花白如雪，花开之时满屋芳香，沁人心肺，回味无穷。哲人感言"室雅不在大，花香不在多。"我者感悟："花大言美不论香，花小言香不说美。"宋代姚述尧《行香子·茉莉花》言茉莉花："是水宫仙，月宫子，汉宫妃。清夸苦卜，韵胜酴醿。笑江梅，雪里开迟。香风轻度，翠叶柔枝。与王郎摘，

谈
盐
就
说
咸

TANYANJIUSHUOXIAN

美人戴，总相宜。"对于茉莉花古人还有描述："麝脑龙涎韵不作，熏风
移种自南州。谁家浴罢临妆女，爱把闲花插满头。"还有明代徐石麒《茉
莉》："佳人自南国，绝世号倾城。色入三江重，香含百越清。凌炎繁雪
乱，傲午数星横。珍重笼予发，殷勤感汝情。"这些古人以茉莉形色如
珠，故供助妆压鬓，其香更可爱，所供佛手当退三舍矣。还将茉莉花命于
至理名言："卿何远君子而近小人？我笑君子爱小人耳。"

谈起茉莉花不能不让我想起第二故乡扬州，江苏有一首名歌，名曰
《好一朵茉莉花》，见了此时盛开的茉莉花，自然会想起这首脍炙人口的
民歌，那"好一朵美丽的茉莉花，芬芳美丽满枝桠，又香又白人人夸，让
我来把你摘下"的轻柔歌声旋绕在我的耳畔，不由得让思绪脱缰，飞向远
古，揣摩茉莉花的真谛。

相传茉莉花的故乡是菲律宾，落户我国迄今已有一千六百余年的历
史。据说早在明末清初，苏州虎丘住着一赵姓农民，家中夫妇俩和三个儿
子，生活贫苦。赵老汉外出谋生，落脚在广东乡里，每隔两三年回来看
看。妻子和儿子在家种地。孩子渐渐大了，便将田地分为三块，各人一
块，都以种茶树为生。有一年赵老汉回家，带回一捆茉莉花树苗，栽在大
儿子的茶田的田边上。说起来有心栽花花不开，无心插柳柳成荫，隔了一
年，树上开出了一朵朵小白花，花香异人，让人不敢信以为真。一天，赵
家大儿子惊奇地发现，茶枝带有小白花的香气。检查整个茶田，让他惊奇
地发现昔日茶树淡益芳香。他不声不响采了一筐茶叶，到苏州城里去试
卖，意想不到的是，这含香的茶叶真的走俏，一会儿全部卖光。这一年大
儿子卖香茶叶发了大财，在那之后兄弟三人和睦相处，团结生产，大家生
活一年比一年富裕起来。后来苏州茉莉花成为地方著名产品。

士为知己者死，女为悦己者容。花开盛世，绽放有时。愿茉莉花伴随
着开厂的油花同时绽放，且绚丽多彩。

诱敌深入的猪笼草

　　端午节这天，挚友送我一盆不曾见过，甚至听都没听到过的花，名曰猪笼草。观此草给我的第一感觉是，它的叶茎与其他花草没什么特殊之处，特殊就特殊在低垂的叶尖下面吊着一个个布袋型的口袋，口袋口处还有一片盖形的小片，猎奇之心驱使我伸手去触摸它，湿漉漉的叶片和赋有弹性的小"布袋"让我确信，它虽然不是什么知名花卉，但确确实实是一盆鲜活的猪笼草。

　　朋友见我目不转睛地看那小"布袋"儿，知道我在揣摩其祥，玩味它的奇妙用途。不等我开口询问，朋友便告诉我，那"布袋"是捉蚊虫的陷阱，每当夜阑人静之时，它本能地从"布袋"中散发出一种幽香，蚊虫抵御不住香味的诱惑，便情不自禁地钻入囊中，那小小的叶片也就此派上了用场，瞬间封严袋口，蚊虫便成了猪笼草的美味佳肴。

　　布袋、陷阱、诱惑、引君入瓮等词出现在我的脑海。尤其是"诱惑"二字令人深思，一个小小陷阱何其了得？我用手托起轻飘飘的"布袋"掂了掂，思绪扯断了束缚，陷入了良久的沉思。除了惊叹造物主的神奇和玄妙之外，就是感叹这一个小小的"布袋"竟是暗藏杀机的陷阱，幽香的气味诱惑竟能使多少生灵误入歧途，葬身其腹。不由得使我念起了一段古诗："晓日照江水，游鱼似玉瓶。谁言解缩颈，贪饵每遭烹。"这一千古绝句，贪饵与遭烹，饵是诱因，烹是结果。贪饵每遭烹，虽不是出自佛家之口，但其警示和醒世意义，不乏其佛家因果之理。我感言到："公修公得，婆修婆得，不修不得"。一句美好的警言，对修身之人，无足轻重。对贪欲之人，该是救命之绳，握者生还，弃者迷途不返。试想，欲壑难填，待足时何时是足。欲望如水，有竭则能灌溉桑田，造福于民，若不竭则能滔天。君子爱财取之有道，无义之财不贪，无意之食不进，损人的事不做，不捏持金钱，不为物质丧志，仰慕国法芳规，"常修为政之德，常思贪欲之害，常怀律己之心"。刘备尚能以"勿以恶小而为之，勿以善小而不为"教育儿子阿斗，我们为什么不能以"勿以廉小而不为，勿以贪小而为之"警示自己，做到金钱面前不伸手，权力面前平常心，不给自己半点腐败的理由，堂堂正正做人，明明白白做事，干干净净做官。

人生道路曲折，有时宽阔平坦，有时如临深渊，但不论什么样的路总有一道中心线——基准线，只要你能始终踩准这条线，就可以让你平安通过人生的每一段路，如果心猿意马，经不住悬崖边利欲的诱惑，偏离了基准线，那后果自然可想而知。其实，人生路上的那些利欲不过是水中月、镜中花而已，廉者视而不见，所以他们心无旁骛，守得住清贫，耐得住寂寞，把身心都投入到为人民服务的工作之中。虽然一些廉者已经逝去，但人们不会忘记，而那些偏离基准线的坠崖者，留下的不过是人们茶余饭后的谈资和道德堕落的笑料。因此，千万别学贪饵之鱼，偏离人生的正确轨道。

大千世界，欲海茫茫，酒、色、财、气都是诱惑，如那"百慕大三角"，令人向往，令人追求，令人贪婪，令人陶醉，也让人恐惧。《楚辞·离骚》："众皆竞进以贪婪兮，凭不猒乎求索。"斩断言财的思绪，再顺着话题往下续，诱惑二字如同大麻，涉足者沉迷，远离者自己的命运自己做主。诱惑是存于世上的一种奇怪的东西，你会为之疯狂而不能自已，而它之所以存在，是因为人的一生不断地被欲念刺激，为诱惑折磨。人存于世上，首要面对的是物质上的诱惑，然后才是精神上的诱惑。精神诱惑，我理解是追求浮名、执着于表现突出自我、或是指对知识领域过度探求。由于蛇的引诱，亚当和夏娃偷吃了禁果，被神逐出伊甸园。诗仙李白虽然斗酒诗百篇，常常是长安街上酒家眠，给世人留下精神食粮和艺术之作，但因嗜酒无度损害了健康。而不忍一时之气，图一时心里痛快，惹下滔天罪孽的比比皆是。

言"布袋"，谈陷阱、诱惑，论人生长短，不由得使我想起了"布袋和尚"。论得失，一钵千家饭，孤身万里游，青目睹人少，问路白云头；言世事，眼前都是有缘人，相见相亲，怎不满心欢喜。世上尽多难耐事，自作自受，何妨大肚包容。大肚包容，了却人间多少事；满心欢喜，笑看天下古今愁。大肚包容，忍世间难忍之事；笑口常开，笑天下可笑之人。人似秋鸿来有信，事如春梦了无痕，也算是描摹猪笼草的启迪吧。

第六部　志趣连篇

diliubu zhiqulianpian

心灵的道白

　　临近"七一"，一直沉浸在对党浓浓的感情里。看了《长征》，为老一辈革命家付出的艰辛乃至生命而流出感动的泪水；观罢《井冈山》感到革命成功不易；以泪洗面看了《洪湖赤卫队》、《刘胡兰》、《烈火中永生》等电视片，使我感受到什么是对党和人民的忠诚。正是这情感的驱使，才一次次萌动撰写此稿之念，抒发一下对党的情感。

　　我是一个从事党的宣传工作三十多年的新闻工作者，新闻工作有个不是定律的定律，即采访的人物感动不了作者，作者就难以写出打动人心的作品，写不出感人的作品，就达不到宣传、影响和教育人的效果。可以说我采写的党员干部多得无法计算，无论是在大庆、江苏、新疆、山东，还是在江汉、玉门、青海、辽河、华北、冀东和广西，都浓墨重彩地描绘过共产党员的光辉形象。我在宣传他人的同时，自己也潜移默化地受到了教育，同时对党的情感也不断升温，对党的认识也越来越深刻。使我深刻体会到党员是党的组织成员，是党的决策、国家政策的执行者和组织者。党员是党旗上的一丝纤维，党员是党旗上的一抹华彩，党员是"宁可少活二十年，拼命也要拿下大油田"的中国工人阶级的榜样铁人王进喜；党员是枪林弹雨里敢于喊出"跟我上，向我开炮"的英雄王成；党员是兰考县治理内涝、风沙、盐碱身患肝癌仍坚持劳作的焦裕禄；党员是"老牛拉车不回头，退休又钻山沟沟"的杨善洲……我发现，我感知，在我们石油行业，在祖国各地，在各个岗位上都有党员的身影。这个群体里的很多人都很平凡，平凡得像一捧厚重润泽的泥土，像一片生机勃发的绿叶，只是他们的心里多了一份执着的信念。他们都很普通，普通得像邻家热情稳重的大哥大姐，或像一位温和厚道的长者，只是他们的心中多了一份对祖国对人民深深的爱！

我曾在采访几十年如一日守候油井的大庆采油七厂老党员温德明、采油女工的榜样共产党员李红玉、被誉为水乡铁人的共产党员向以平等许许多多的共产党员时，问过他们一个相同的问题："为什么要入党？"他们回答也是基本相同的："入党是一种觉悟的提高，入党把一个普通人的思想提升到了一个新的境界，党员的信念和忠诚要高出常人。"

我出生在一个贫民之家，父亲在旧时当过劳工，险些死在煤窑里。家里的贫穷境况可以说是上无片瓦遮身，下无寸土立根基。不但房无一间，地无一垄，盖的是草帘子，穿的是麻袋片。就是在我呱呱坠地之后，也没挖掉穷根，一匹灯芯绒布，差点是我卖身的筹码。但我是幸运的，因为我是在党的呵护下成长起来的，是党送我进学堂，是党引领我进入大庆这所人生的大熔炉，让我从一个普普通通的农民，成长为一名光荣的大庆石油工人，一名新闻记者，一名编辑，一名主编，一名总编辑。如果有人问我，党在你的心中是什么？我可以自豪地说，党就是一面飘扬的旗帜，那镰刀与斧头的铮铮铁骨，撞击出铿锵音律，驱散魑魅魍魉播下的黑暗，将一支雄浑激越的壮歌用血染成朝霞满天，用火淬成阳光灿烂。党就是一盏指路的明灯，如打火石敲出希望的火，点燃智慧的神灯，照亮生命的路，引导人们冲出黑暗，走向光明。党就是我心中的青松，巨干直耸，抖开万把利剑，顶起岩石千重，虬枝上的裂痕呵，见证了磨难艰辛，汇万方风雷，挽九天彩虹。党就是横跨天宇的桥，横世而卧，张开双臂，拥抱滔滔江海，扬起微笑，让历史的车轮飞驰而过，因为它装载着文明、富庶的果实。党就是那海，纳百川之容，进千钧之雷，以汹涌澎湃之势，叩击观海者的心扉，以经典般的旋律，奏起弄潮儿的华章。党就是生命之根，朴实谦虚，坚韧不息，笑傲悬崖峭壁，蔑视大漠黄沙，把生命之根深扎在人民大众之中。如果有人问我，党在我心中有多重？我可以毫不犹豫地回答，党在我心中重千斤，永远永远是我心中最重的砝码！我可以捧出一颗赤诚的心向党说：我的心永远向党，我的心永远赤诚，我的心像葵花一样永远向阳。

"路漫漫其修远兮，吾将上下而求索"。我要用我的毕生精力向党递交三份答卷：一份交给自己，让自己回首往事时，感到无比骄傲和自豪；一份交给党的新闻事业，在文字的田园里，像牛一样耕耘，体现自己的人生价值；一份交给石油企业，为企业撰写更多更美的文章，让企业的精神文明之花绽放出奇光异彩。

让雷锋之花在心灵绽放

多年来，每逢3月5日学习雷锋纪念日，见到团员青年走上街头学雷锋做好事，感到十分欣慰，欣慰之余又有许许多多的感慨，总想亮亮心声，引起更多人的反思和共鸣。

党和国家将3月5日定为学习雷锋纪念日，如果我没记错的话，不是雷锋逝世纪念日，而是毛泽东挥毫题词："向雷锋同志学习"之日。无需多言，国家元首这么重视，全国人民一以贯之，这一天确实值得纪念，无论是走上街头做好事也好，还是开展各种纪念活动也罢，都值得为之投赞同票。问题是怎么学，是只限于这一天学习雷锋？是长久的学习雷锋？还是狭义的"做好事"的学习雷锋？这一系列的问号，不能不引起人们的反思。

雷锋有一段话我一直铭记于心，"如果你是一滴水，你是否滋润了一寸土地？如果你是一线阳光，你是否照亮了一分黑暗？如果你是一颗粮食，你是否哺育了有用的生命？如果你是一颗最小的螺丝钉，你是否永远地坚守着你生活的岗位？"雷锋的话像金子一样字字闪烁着人生哲理，句句给人以灵魂的启迪。

我们学习雷锋精神，并非狭义的助人为乐，还有多元化的、更多的精神内涵，且在我们的生活、工作、理想、追求等诸多方面都能"对号入座"，都能找到思想的根蒂。虽然"阶级"二字似乎成了贬义，但好坏之分，或者说爱憎分明还是值得提倡的。毛泽东曾感言："凡是有人群的地方都有左中右。"可见人生在世，都要面对是与非的问题。我们学习雷锋，就要学习他对敌人要像严冬一样残酷无情，对党和人民的事业，哪怕高山、大海、巨川，就是头断骨粉，也身红心赤，永远不变。学习雷锋就是要学习他言行一致、表里如一的坦诚态度。要把实现崇高的理想落实到本职工作上，甘做一颗永不生锈的"螺丝钉"，干一行，爱一行，钻一行，精一行，在自己的工作岗位上忠于职守，刻苦钻研，努力使自己锻炼成为作风过硬、技术精湛的员工。学习雷锋就是要学习他公而忘私的共产主义风格，要摈弃自私自利之心，个人的幸福要依赖于企业的发展，时时处处都以企业的利益为重，把毫不利己专门利人看做是最大的幸福和快乐，把有限的生命投入到无限的为企业发展和壮大中去。学习雷锋就是要学习他勤俭节约精神，虽然我们的生活发生了翻天覆地的变化，我们再也不用穿带补丁的衣服，再也不用忍受饥饿，再也不用"新三年，旧三年，缝缝补补又三年"。但是，我们要传承他的精神，无论我们的生活多么丰富多彩，我们永远也不能缺乏雷锋"抠"自己，而对他人充满关怀与挚爱。雷锋人生观最光彩夺目的是，他正确地解决了"为谁活着，怎样做人"的问题。他把"生为人民生，死为人民死"作为自己的信条，时刻准备着为党和人民的最高利益，牺牲个人的一切，直至生命。我们要在这样的人生观影响下，始终保持着昂扬的精神状态和勇往直前的干劲，在平凡的岗位上做出了不平凡的业绩。

学雷锋绝对不是一种缅怀式的短期形式，应逐渐内化成我们的日常行为。要持之以恒，要学以致用，要变成我们推动企业前行的强大精神动力。在新的时代背景下，雷锋精神自然也被赋予了更新的含义，因为要确保市场经济的正常运转，奉献、忠诚、责任等道德主要元素是基石，这与雷锋精神如出一辙。在世界的许多地方，雷锋被不同肤色的人们所景仰，所学习。雷锋精神以超越时空的力量成为人类最宝贵的精神财富。西方人和我们一样，给予雷锋最高的表彰："雷锋精神与上帝共存。"一个日本企业家这样感叹："雷锋仅20多岁就做了那么多的好事，成为伟大的英雄，对人类是有贡献的。学雷锋无国界之分，把雷锋精神渗透到我们公司，运用到生产实践中去，会改变员工的精神面貌，产生巨大的效果。"诚然，外国人都这么虔诚的学习雷锋，我们不能墙里开花墙外红，要墙内开花更芬芳。无论我们从事什么工作，只要我们以雷锋为榜样，再平凡的岗位都可以做出不平凡的贡献。只要我们的人生观是正确的，我们的工作就会有不尽的源动力。取得成功最重要的不是我们的能力大小，而是一个人的道德品质。任何时候，雷锋身上助人为乐、爱岗敬业、积极进取、勤俭节约的品质都是我们不断学习的要素。雷锋精神是不受时空限定的，无论现代科技怎样发达，无论人们的生存方式怎样改变，雷锋对世界和他人真诚的爱永远是人间渴求的那种温暖，像阳光一样成为人类永恒的需要。

一个没有英雄的民族，是一个悲哀的民族；一个有英雄却不知尊重、不知珍惜的民族，则是一个可怜的民族。雷锋精神之所以薪火相传，生生不息，具有强大的生命力，从根本上说，就在于雷锋精神产生于社会主义建设的火热实践之中，符合时代进步的潮流；就在于雷锋精神与我们党全心全意为人民服务的根本宗旨是一致的，展示了共产党人的特殊品格；就在于雷锋精神继承了中华民族几千年的优良传统，体现了伟大的民族精神；就在于雷锋精神贴近实际、贴近群众、贴近生活，反映了广大人民群众对建设美好社会、创造美好生活的迫切愿望。愿我们员工的名字都像雷锋那么神奇，愿企业出现更多的雷锋！

一部没有卖点的书

　　还是2006年年底的时候，挚友李新年给了我一本"白皮书"，书名为《新年悟语》，托我在京找家出版社出版。

　　我粗略地翻了翻，一共五十三篇卷首语，是他主编的《大庆石化》杂志扉页的点缀之言，收集成册。

　　此书给我的第一感觉是没有卖点。因为出版书籍，对出版社而言，必须把发行放在首位，也就是此书必须有相当数量的受众，才会有效益的回报。否则，出版就没有什么价值。另外，对个人而言，出版后找不到买主，个人掏出版费，落个孤芳自赏，图个出本书而已。但这是我的心里印象，绝对没有流露只言片语。待我回到单位细细研读，才领略到《红楼梦》中"都云作者痴，谁解其中味"的深刻内涵。我从李新年的字里行间，感悟到生活哲理、处事哲理、事业哲理、为人哲理。她像一条条活蹦乱跳的鱼，给人的感觉特鲜；她像一束束鲜花，喷香诱人，惹人喜爱；她像一块块金砖，有价确又无价；她像一盏盏明灯，给夜行人带来光明；她是一本富含人生哲理的书，无论是工人、农民、商人、学生或为官者，都能在书中找到答案，受到启迪！

一

2007年央视春节晚会之后，流行一句笑话："太有才了。"李新年确实是太有才了。他每篇卷首语都是点睛之笔，都有着眼点，并赋予一定的精神内涵。他的文章像人生的引路人，能把人引领到理想的目的地；又像航海中的罗盘，能让您读出准确方位，辨出那是理想的彼岸。如卷首语开篇《出路》一文，他这样自问自答的："面对不断世界化的生活浪潮，我们的出路在哪里？就在我们自己的脚下。市场经济本身就是自主经营经济，从来就没有什么救世主，也不靠神仙皇帝，寻觅出路全靠我们自己。"他为读者下了定义之后，又顺藤结瓜，告诉读者出路在哪儿？怎么才能找到出路？接着他继续深化主题，"出路是志气的外化、出路是心的凝聚、出路是行为上的顺应和心理上的适应、出路是事业上的不断创新、出路是生命运行的轨道。"他举例引导读者接受他的思想，"哥伦布决计探险，浩瀚的大洋便在他驾驶的木船下变成了通途；雄鹰志向高远，无垠的天空处处都是它展翅搏击的空间。人只要有志，高山便是上九天揽月的阶梯，大河就是去五洋捉鳖的通道。否则，失掉志气，即便面对一条小溪，也会望而却步。"

曾有人说过："世间本来没有路，人走多了便成了路。"他将此话赋予了新的创意，用赋予哲理的语言引领读者思维，"世间本来处处都是可走的路，人走多了便没了路。"就自然规律而言，大都市交通拥挤，有时乘汽车还不如自行车便捷。他提示读者的远不止这一浅显的道理，更深奥的哲理是告诉读者，要辩证地看待问题，要审时度势，另辟属于自己的途径。再如《挑战》一文，就更能彰显出他的才气和文章的精神内核。请让我们共同欣赏一下他精辟论述："挑战是强者入世的宣言。但挑战不是好战，不是孤注一掷的投机，更不是赌徒压宝时所下的最后决心。而是面对未知世界，在冷静思考后发出的理性宣告，对选定的目标发起新的冲锋。挑战是智者处世的歌唱。会当水击三千里，自信蓝天阔无垠。挑战是弱小者图腾的勇气，有了这种勇气，一粒落脚山崖岩缝中的种子，照样能生根、发芽，长成参天大树。挑战是志者立世的旗帜。峭壁悬崖，瘦石嶙峋，苍松傲然，高擎这面旗，任风摇雷轰，雪压霜欺，而泰然自若，于是拥有了与彩虹拥抱，与明月握手，与流霞亲吻的风流。"他的才气像火山喷发岩浆一样，流金溢彩，美不胜收。

二

李新年此书中还蕴含着一种"气"，这种气不是生气的气，也有别于气功的气，是气度、气势、大气，气势磅礴之气。如《放眼》一文，他这样和读者共勉："山高水长，天光云影，草色花颜，需要我们放眼去感受；人世沧桑，人生逆顺，事业兴衰，需要我们放眼去对待；放眼是大气的人生。鼠目之光短浅，只能生活于阴暗潮湿的洞穴之中；雄鹰之目光高远，便得超凡脱俗，英雄般地翱翔天宇，叱咤风云；放眼是一种高远的心境。心境狭窄则目光必然短浅，身处喧嚣尘世，面对万千风云，短浅的目光是不能成就大业的。放眼是学识的展现。学识是眼光的力矩，学厚则识远。在风云变幻的世界里，识远才能见人所未见，找到更多的发展机遇，成就别人难以成就的大业。"读了他的文章，似乎是他站在五岳之首的泰山巅峰，大有"会当凌绝顶一览众山小"之感，给人的印象是他用苍鹰一般的眼睛鸟瞰着苍穹。海纳百川，有容乃大。世界上什么最大？天不算大，地也不算最大，人心最大。李新年的文章不失为人处世之大气。再如《勇气》。他描述的更形象、更贴切、更有非凡之气度。请共同欣赏："勇气是精神中的钙质，人生超常的刚性能量。有勇气的人，必定铁骨铮铮，顶天立地，纵有千难万险，最终只能把他百炼成钢。勇气是敢作敢为，无所畏惧的气魄。有勇气的人，必定气概恢弘。在艰险中磨砺，视坎坷为成功的基石，把人生潜能发挥到极致。勇气是一种心境，一种脱俗忘我必定心境。因为忘我，才能临危不惧，处险不惊，荣辱不记，在事业上始终勇往直前。"还有《透明》一文，更能彰显他那超凡脱俗的胸襟。他在文中这样和读者交心："透明在自然，是洗练的碧空，是湛蓝的海浪，是不染尘垢的江河，是清澈见底的甘泉，是芬芳的百花，是欺霜傲雪的青松，是千秋万载风云雷电难更其形的高山。透明在人，是脱去装饰，拆除护栏，打开城府，没有机关，不必设防的交流；是心与心的碰撞，是言行一致，表里如一的行为。透明在政治，是秉德无私，心怀天下，任在民，责在民，思在民，诺在民，行在民，唯民事而无己为，以民之喜乐为镜鉴。阴一套阳一套，不是透明；说一套行一套，不是透明；言不由衷，不是透明；逢场作戏，以假乱真，不是透明；以华丽包装诱人青睐，更不是透明！"还有《沟通》、《自信》、《理解》、《宽容》等文章，都能让人触摸到他那宽阔的襟怀、气贯长虹之大气。

三

李白斗酒诗百篇，酒后赋诗总有神来之笔。李新年的文章是否酒后之作，没听人说起过，他对笔者也没那么讲过，但他的文章给我的感觉，确实有些出神入化之处。他曾和我探讨过写文章的体会。他说："人的眼睛是心灵之窗，可以靠眼睛眉目传神；绘画同样，必有点睛之笔；写文章也要有'眼睛'，所谓眼睛指的是文章之中，必须有一两句或一个段落的'出奇冒泡'之笔，给人留下美感、艺术感，令人回味，给人以警示、醒示的佳章绝句。如王勃的'落霞与孤鹜齐飞，秋水共长天一色。'还有古诗'大漠孤烟直，长河落日圆'，以及白居易的'篱篱原上草，一岁一枯荣，野火烧不尽，春风吹又生'等等。一篇文章好坏，不是字字句句都是

谈盐就说咸

TANYANJIUSHUOXIAN

经典，而是能在文字堆里找出一两块'金子'。"如他书中很有鉴赏价值的《以德立世》，论述的词汇非常丰富、哲理论辩令人折服，让人读了如同在读诸葛亮的《出师表》。我摘录一段让我们共同品品其中之味："重利者由利入世，眼在利，心在利，唯利而思，为利而动，凡事唯较其利，无利不起早，拔一毛以利天下而不为，利来人心去，终报以大失，输在其只见利。小人欲于利，小人难养也，此乃千古圣人训诫。人何以为小？小在少德。因而强调人要'修身、齐家'，之后才能'治国、天下太平'。人以德尊，才以德厚，业以德显。德——乃立世之根，成事之基。人没有德的润泽，就会变得矮小，既难长高，也难行远；才离开德的驾驭，才就会成为最具破坏力的魔怪；事业没有德的支撑，事业之厦就没有坚实的根基。企之强弱，业之兴衰，国之安危，皆源于德。"我觉得此段文字洋洋洒洒，有高山流水，又融潺潺小溪，十分顺畅。但我觉得此段美文美在一个佳句上，那就是"利来人心去，终报以大失。"一句话信口拈来，看似平凡，其实并不平凡。此句能成为点睛之笔，是它能给人以警示。还有他《品格》中的几句话，更是耐人寻味。请看看他怎么说："山为有品格而可仰，松为有品格而可敬，人为有品格而可尊。""品格是人生比金子还要贵重千万倍的财富，拥有这样的财富，平凡的人生就会殷实富足。"再如《希望》，他这样劝慰读者："处顺境而不滞留，陷逆境而不消沉，临险境而不堕落，坠绝境而能奋起。"请再欣赏一下他的《简单》："把复杂的事情做简单了是智慧，把简单的事情弄复杂了是愚笨。简单是淘尽沙砾后的真金，简单是汰去铅华的质朴。简单不是幼稚，简单是擦去虚幻后的实在，是脱去包装后的真容颜，是洗去脂粉后的真美丽。"

李新年佳章绝句确实不少，我就不再一一枚举，总的说来，行武的人讲精气神，做人也要讲精气神，写文画画同样也要讲精气神。这是读罢李新年《新年悟语》的一个及其深刻的感悟，愿李新年多出佳章，以飨读者。

五环与地球村的联想

　　自喜马拉雅巅峰点燃奥运圣火，我的心就开始炽热起来。我的心潮在沸腾，我的激情在燃烧，我按捺不住内心的激越，恨不能是个画家，画几幅长卷，寄托一份情感；我愿自己是位裁判，给世界带来公平；我愿是个志愿者，付出自己的艰辛，为他们献出一片爱心。可我什么都不是，什么都做不到，于是我想撰篇小文，但又苦于无处着笔，直到今天才突发灵感，就五环与地球村、地球村与五环有何关联和寓意做个小小的理论，也算本村民的一段感言。

　　五环标志我不想多赘片言，因为谁构思、谁设计，世人皆知，无须交代，我只是想告诉读者五环的深刻含义。五环环环接套，寓意着团结、和谐、祥和。蓝、黄、黑、绿、红五种颜色，是奥运会的会标，我理解为地球村的村旗，各自色彩是各个部落的标示。黄色代表亚洲，黑色代表非洲，蓝色代表欧洲，红色代表美洲，绿色代表大洋洲。还可以诠释为五色代表的是世界五大洲不同肤色的村民，五环连在一起代表着五大洲的村民能够友好和谐相处。

　　地球村是近年才有的新名词，是随着广播、电视和其他电子媒介的出现，人与人之间的时空距离骤然缩短，整个世界紧缩成一个"村落"，亦可称谓世界村。 地球村的出现打破了传统的时空观念，使人们与外界乃至整个世界的联系更为紧密，人类相互间变得更加了解。

其实，今天的顿开茅塞，是我昨天不解的谜团和困惑。我不只一次地想，反反复复地问自己：自从盘古开天地之初，地球不可能有国籍之分，球体上的所有有生命的物种，只有类别、种群、强弱，绝没有划疆为界，圈地为村，聚众为国一说。是不是三皇五帝之时或之后，有了人类，有了种族，有了强弱，有了利益，有了贪欲，有了战争，有了扩张，才有了不同的国度？至于国家、国籍的形成，我不是历史学家，不是研究国度形成的学者，很难表达准确。我只是对此有些不同的想法：国家的形成，各自为政，圈疆定土，人不犯我，我不犯人，人若犯我，我必犯人。维护的是本民族和本国人民的利益和尊严。正是如此，千百年来人类国与国之间，民族与民族之间，国人派别的自相残杀，战火的硝烟就没停止过，可以说我们赖以生存的地球，就没宁静过。也应了《三国演义》第一页第一句话："天下事，分久必合，合久必分"。今天的友好联邦，明天战场刀戈相见；今朝的不共戴天之敌，明天又成为一衣带水的友好国家。不可回避的是世界本来就是矛盾的共同体，没有矛盾人类就不会进步，在一定的历史时期，是不可争议的真理。但科技在发展，人类在进步，当今的科技进步，穿过人类思维的时空，不但能解天体之谜、宇宙之变化，且能登上月球，到星球上做客。科学家预言宇宙间的星球上，可能还有其他人类，而且科技发展要远远超过地球。假如真的有外星人，能否发生星球大战，不敢断言。假如发生星球大战，外星人袭击地球，还能分哪个国家、哪片疆土？到那时就是星球与星球之间的对抗。

村人有句很有生活哲理的话："家里不和外人欺"。我向往有一天整个地球取消国家一说，真真切切地成为地球村，全球村民团结、和谐、祥和、互帮互助、共同发展，没有国界，没有战争，没有语言障碍，不同肤色的人，能够友善和谐相处，同在一村生活，同在一村劳作，共同拥有一片蓝天，何乐而不为？愿五环的大旗是一片祥云，带给村民安宁、祥和、瑞气和喜悦。愿地球村，没有冲突，没有战争，没有恐慌。愿全世界人民只有一个国籍——地球村。愿人类带着"渊源共生、和谐共融"的理念，带着东方神韵与奥运精神，带着全世界的美好祝愿开始步入和谐之旅。让我们拥有同一个世界，同一个梦想，同一片蓝天，同一片祥云。

感觉真武阁

　　这是一个观感，也是一个难以忘怀的记忆，确切地说是一个视觉的震撼，那就是我亲眼目睹了真武阁。

　　真武阁，没近距离接触它，印象是个零。什么叫真武阁，何方神圣之地，不可得知。要说对真武的感知，只是知道我在江苏有一石油重镇，叫真武镇，是个油田所在地。到了广西才晓得什么叫真武阁，并为之震撼，为之撰文，抒其感怀。

　　真武阁位于容县城东绣江之滨，古经略台真武阁是全国重点文物保护单位。经略台是唐乾元二年（759年）著名诗人元结任容州都督府容管经略使时，为了操练兵士和观赏周围风光所建。明代万历元年（1573年），为奉祀真武大帝，以镇火灾，在经略台上建起了三层楼阁，即真武阁，至今已有四百多年。真武阁在古建筑群中，历史久远，建筑艺术享誉中外。它虽然没有黄鹤楼那种古典与现代熔铸、诗化与美意构筑；没有处于山川灵气动荡吐纳的交点、亲近自然的空间意识、崇尚宇宙的哲学观念；没有冲决巴山群峰、纳潇湘云水、傲立两江而三镇互峙的伟姿；没有滕王阁那飞阁流丹，"落霞与孤鹜齐飞，秋水共长天一色"的绝妙佳境；更没有岳阳楼"洞庭天下水，岳阳天下楼"恢宏之气。但它与黄鹤楼、滕王阁、岳阳楼齐名，素有南方四大名楼之称，同样是我国古建筑中的一大壮举，用今人的话来说，它是中国乃至世界建筑的典范工程。

不久前，去参观它，虽然观阁时间不长，但印象极其深刻。真武阁轻盈秀美，玲珑剔透，隆栋蜚梁，斗窗云槛，摘星辰于尺五，纵目以四方，为一邑之具瞻。真武阁是现存的江南四大名楼中年岁最高的"老大"。真武阁的建筑技术登峰造极，巧妙奇绝。全阁高13.2米，面宽13.8米，进深11.2米，是用杠杆原理串联逗接而成。全阁用近三千条大小不一的南方特有的格木构件，以巧妙的杠杆结构方法，串联吻合，相互制约，组成一个优美、稳固的统一整体，全阁不用一颗铁钉。二层楼上，出现了四根头顶千斤、脚不着地的承重内柱，承受着上层楼板、配柱和庞大屋顶的沉重负荷，这是"杠杆原理"所造成的悬柱奇观，将从地层通到二层的八根通柱，变成二层以上整个结构的支点，在通柱上分上下两层横贯七十二根挑枋，这些挑枋像天平上的横杆一样，外面长的一端挑起宽阔的瓦檐，里面短的一端挑起二层的内柱，使它头顶千斤，脚不落地。这种杠杆原理在我国的古建筑中应用较多，而真武阁则用得特别巧妙奇绝。

1962年我国著名古建筑学家梁思成教授亲自到真武阁进行详细考察后说，在木结构建筑中，乃至现代任何金属建筑中，主要依靠这种杠杆作用来维持一座建筑的平衡，是从来没有的。四百多年来，真武阁像一架精确的天平，经历了多次风暴和地震的考验，被人们赞誉为"天南奇观"、"古建明珠"、"天下一绝"、"容州滕王阁，绣江黄鹤楼"，更有传说是鲁班建造的"神仙楼"。

观阁思今，先民造阁，煞费苦心，打造如此精品，为后人树立典范。而今科学如此发达，知识如此通泛，如此精品和传世之作几多？

金田壮歌

　　萧条庭院，重门洞开。松涛在即，历史未眠。征鸿过尽，万千追忆难寄。这是笔者参观太平天国起义旧址时发自内心的震撼和追思。

　　太平天国起义旧址，位于广西金田的一个山麓。如果说满清崛起东北，入主中华二百余载，其间热血之士，慨胄之胥溺，抱恢复之壮图，随时随地以发难者，不绝记载，而促其亡，以启后人之思，莫若太平天国。洪杨诸子，起自金田，揭竿举义，纵横十余省，历时十余年，改正朔，易服冕，定制度，开科举。建国规模，亦已粗备。虽胜败非常，兴亡飙忽，然种族思想之磅礴，奇才异能之荟萃，革命建设之伟大，新制善政之俸施，至今犹有深意，令人肃然起敬。

　　据史料记载，1851年1月11日，洪秀全在广西桂平县金田村率众起义，建国号"太平天国"。3月，太平军转战到武宣东乡，洪秀全正式称"天王"；9月，太平军攻占永安州。在永安滞留期间，进行了休整补充和制度建设，初步奠定了太平天国政治制度的雏形。1852年4月，太平军从永安突围，北上围桂林，克全州，入湖南。太平军转战湖南途中，发布了《奉天讨胡檄布四方谕》等重要文告，阐明太平天国"扫除妖孽，廓清中华"宗旨，号召广大群众纷纷响应。湘江上的纤夫、船工，码头上的挑夫、搬运工，城镇中的铁匠、商贩、木匠，以及郴州、桂阳山区的煤矿工人都参加了起义，迅速壮大了太平军。1853年1月，太平军攻克武汉三镇，队伍增至50万，声威大振。2月，太平军水陆兼程，沿江东下，连克九江、安庆、芜湖等重镇。3月19日，太平军占领南京，洪秀全进入南京城，宣布改南京为天京，定都天京，建立了与清王朝相对峙的农民革命政权——太平天国。

为了巩固和发展胜利战果，太平军大举北伐和西征。1853年5月，林凤祥、李开芳率军进兵北京。北伐军出江苏，过安徽，进河南，渡黄河，入山西，直捣直隶，逼近天津。但由于孤军远征，最终失败。洪秀全及部下，遭重挫而不不灰心，重振军威，另谋发展。为了控制长江中游，确保天京安全。 1853年5月，又派赖汉英、胡以晃、曾天养率军溯长江西上，攻占了安徽、江西、湖南、湖北的广大地区。在湖南境内，多次打败曾国藩组织的以地主团练为骨干的湘军。1856年上半年，太平军又在天京外围展开了激烈的破围战，先后击破了江北大营和江南大营，在军事上达到全盛。1853年冬，制定并颁布了《天朝田亩制度》，提出了"凡天下田，天下人同耕"的原则。试图建立一个"有田同耕，有饭同食，有衣同穿，有钱同使，无处不均匀，无人不饱暖"的理想社会。《天朝田亩制度》是在小农经济基础上维持绝对平均主义的农民乌托邦，不可能付诸实施。但是，它表达了广大农民要求得到土地的强烈愿望。太平天国还实行男女平等；改革考试制度；对外关系上，坚持独立自主。1859年，洪仁玕提出《资政新篇》。主张"权归于一"，反对"结党联盟"，提倡广开言路，"上下情通"。效法西方，兴办工矿、交通和金融事业；准许私人投资，雇佣劳动；奖励民间制造器皿技艺，准其专利自售，中外自由通商，平等往来，兴办学馆，建立医院，设立社会福利机构。《资政新篇》作为太平天国后期的政治纲领，具有明显的资本主义倾向。1860年上半年，李秀成、陈玉成部捣毁江南大营，并开辟了苏南根据地。1861年9月，安庆失陷。次年5月，陈玉成败走寿州，被俘就义。太平天国西线陷入无法挽救的危境。

第二次鸦片战争后，外国侵略者同清政府互相勾结，共同镇压太平天国。太平天国坚决同侵略者进行英勇斗争，先后重创"常胜军"、"常安军"、"常捷军"，并将"洋枪队"头目华尔打死，给侵略者以沉重打击。安庆失陷之后，太平军在江苏、浙江的根据地也相继失守，只剩下天京及其周围小块地区。这时，天京内无粮草，外无援兵，形势日益危急。李秀成提出"让城别走"，另辟根据地的主张，被洪秀全拒绝。1864年6月1日，洪秀全病逝。7月19日，湘军挖掘地道，用火药轰塌城墙，经过激烈巷战，天京陷落。大部分太平军将士壮烈牺牲，少数人突围。幼天王和洪仁玕在江西被俘，英勇就义。李秀成在天京突围时被俘，被曾国藩杀死。太平军余部转战大江南北，一直奋战到1868年。

国人有句安抚人心的话：不以胜败论英雄。这句话挪用于太平军实在不妥。太平军没败。论疆域，太平天国曾在江苏、浙江、江西、安徽、福建、湖北等省建立地方政权，实施过有效统治，如果加上遥奉太平天国为正朔的政权，则还有云南、贵州西，势力所及约半个中国。论军事，太平天国攻下过六百多座城池，自金田起义到大塘覆军，一共坚持了二十二年之久，其中有一半以上的时间几乎处在无日不战之中，无论战略的层次（动辄跨省），战斗的规模，对手的强大（湘军、淮军加洋人，远胜历代那些腐朽官军和地主团练），还是著名将领和著名战役的数量，乃至兵种（步兵、骑兵、水军、工程兵）、武器（太平天国有自己的兵工厂、造船厂）、战术的多样性（冷热兵器结合的战术特色，大量独创的战法阵法），整个太平天国战史的宏伟与多样性，也不是历代能及的。论政治影响，太平天国建立了一整套独特的政体（不同于历代封建王朝的军师负责制）、官制、军制、法制、礼制，拥有自己的历法、服饰、徽帜、科举、印书、文书格式乃至文字、标点符号、绘画风格、医疗卫生组织，对内建立农业、商业、手工业的税赋制度，使用了自己的货币（太平天国钱币的质量远好于清朝的货币，直到天京失守后，湘军的老家湖南还有这种货币在流通），对外建立了海关关税制度，太平军攻占过的地区，及遥奉太平天国的起义政权，几乎遍及内地十八行省，影响力远及欧美、日本，在其主导中国对外贸易的几年间，将对英国的商业出口额推上了历史新高。对后世，不管在精神，还是实质上，太平天国都实现了汉民族的一次振兴，以孙中山、黄兴为首的大批辛亥革命党人都曾在很多场合表示过深受太平天国的影响，并以太平天国后继者自居，今人还有人称孙中山是洪秀全第二。可以说太平天国起义为后来的辛亥革命奠定了重要的思想基础。凡此种种，亦均非史上任何一次农民起义可及。

也许有人笑谈，太平军没有攻下北京，这并不足以证明他们就不如黄巢、李闯，蒋介石还攻下过延安呢，八百万大军不照样三年之内冰消雪化？黄巢进长安两年多，长安从一个富庶之都沦为饥荒连年，而大齐政权拿不出任何有效方针，以致沦落到长安百姓以人为食的地步。李自成攻下北京不过几个月，皇帝宝座都还没坐热，大军就一溃千里，身死国灭。而太平天国虽然未能推翻清朝，却开启其后一甲子的历史。太平天国是伟大的中国农民战争的史诗，是中国革命的奠基石，是推翻清王朝建立新中国的第一缕曙光！

五星红旗我为你骄傲

　　五星红旗，在这普天同庆建国六十华诞之际，使我倍感这方鲜红的旗帜蕴涵了无限的历史符号和精神元素，散发着永恒魅力。民族的灵魂在旗帜的图案上凝固，人生的理想在五颗金星里浓缩，亿万缕纯朴的心愿拧成经纬宏愿，三山五岳之巅编织出鲜艳的色彩。

　　"采一滴太阳血，染出她鲜红的底色，蘸一点黄河水，绘出金灿灿的五颗星。"这是诗人的形象思维，赋予她极其深刻的含意，她能让古老萌动青春，使进步战胜腐朽。1949年10月1日，一个振聋发聩的声音响彻北京，荡破了东方的天空——世纪伟人毛泽东站在天安门城楼上向全世界庄严宣告：中华人民共和国成立了！中国人民从此站起来了！也就是从这天开始，在世界的东方大地上树起了一面令世人瞩目的旗帜——五星红旗。从此，野蛮的舞台在摇晃中缥缈，文明的强音在奋进中升腾。九百六十万平方公里的中国大地，无处不有红红的吉祥色，红色旗面象征党领导的伟大革命，左边最大的星象征伟大的中国共产党，旁边四颗小星象征人民大众，四颗小星各有一尖角正对大星中心点，象征人民紧密地团结在党周围。我曾在二十六年前，很荣幸地膜拜过天安门前的五星红旗，她在微微的风中猎猎挥舞，在首都圣洁的天空里，迎着初升的朝阳冉冉升起，跳动着如火般的鲜红颜色，伴随着那抒情的旋律，升腾着中华民族的希望，昭示着一个东方古国的尊严，我内心涌动着炽热的爱国情怀，直到今天那时那刻那情那景，那永远难以忘怀的历史时空，似乎就定格在我的眼前，以至于成了我矢志石油新闻事业强大的精神支柱。有一位伟人曾有这样的感慨：五星红旗是"人类历史上最伟大、最光辉的旗帜。"这是一个多么中肯的评价！这是一个多么崇高的评价！五星红旗的身上还体现着一种高贵的品格——人类的真谛在于正义，人类的价值在于奉献。她，越五洲，扬四海，响天地，震寰宇！

这是五星红旗的感召！五星红旗的力作！五星红旗的辉映！受此感悟的我是沧海的一粟，雷锋"唱支山歌给党听，我把党来比母亲"唱出了华夏精神时尚，点燃了国人的心灵之灯；铁人王进喜，为了报答党的恩情，"宁可少活二十年，拼命也要拿下大油田"，以战天斗地的英雄气概，发现和开发了世界级大油田，成为一代代石油人追寻和学习的典范。还有"鞍钢"奔腾不息的铁水，沐浴火红的年代；"一汽"高歌红旗曲，孕育美好的春天；"东方红一号"钻云破雾巡天遥看；神舟七号太空漫步谈笑华夏千年飞天梦想；"三峡"水电站气势恢宏，彰显的是国家经济发展的实力；港澳回归雪的是耻辱，争回的是国人的颜面，圆的是炎黄子孙的团圆梦。西气东输让我们跨越地域的沟壑；2008年奥运圣火照亮北京年轻的雄姿；北部湾畔建设起巍峨的千万吨炼厂，尽的是石油人的神圣职责，惠及的是"两广"之众。六十年的中国跳动着青春的脉搏，五十六个民族迈出了铿锵的脚步。

朋友，面对高山，也许你感慨她的巍峨气势；放眼大海，也许你惊叹她的汹涌不凡；仰望劲松，也许你赞美她的高大和苍翠；俯看小草，也许你称颂她的坚韧和伟大……然而，这许许多多的也许蕴含着什么？孕育着什么？记载着什么？回答是肯定的，也只能一个答案：她们蕴含着中华民族数百年的不屈精神！她们孕育了中华民族几千年的文明历史！她们记载了中华民族奋发有为的斗志！

　　我最喜欢听的是《红旗颂》，我最喜欢唱的是《绣红旗》，曾让我流泪的是《红岩》，使我树立起人生信念的是《红旗谱》。五星红旗啊，你是我的骄傲！你让我自豪！

"七一"放想

"大孝治国，中孝治企，小孝治家。"这是我的感言。值此"七一"党的生日到来之际，言此孝道，意在寄托我对党炽烈的情愫，亲切真诚地歌颂我对伟大的党的热爱。

知恩图报，是我们中华民族的传统美德，千百年来延续至今，催人泪下的忠孝故事，多如繁星。羊有跪乳之恩，鸦有反哺之义。表的是小羊跪着吃奶，小乌鸦能反过来喂养老乌鸦，以报答父母的养育之恩。衔环结草，以报恩德。结草与衔环都是古代报恩的传说，出自《左传》。前者讲一个士大夫将其父的爱妾另行嫁人，不使殉葬，爱妾已死去的父亲为替女儿报恩，将地上野草缠成乱结，绊倒恩人的敌手；后者讲有个儿童挽救了一只受困黄雀的性命，黄雀衔来白环四枚，声言此环可保恩人世代子子洁白、身居高位。后人将这两个典故合成一句，比喻受人恩惠，定当厚报。明朝冯梦龙在《醒世恒言》中感言："大恩未报，刻刻于怀。衔环结草，生死不负"。我的第二故乡在江苏，漂母赐饭之恩，理当厚报的故事就发生在此地。故事讲的是韩信少年时家中贫寒，父母双亡。他虽然用功读书、拼命习武，却仍然无以为生，迫不得已，他只好到别人家吃"白食"，为此常遭他人冷眼。韩信咽不下这口气，就来到淮水边垂钓，用钓得的鱼换饭吃，经常饥一顿饱一顿。淮水边上有个为人家漂洗纱絮的老妇人，人称"漂母"，见韩信可怜，就把自己的饭菜分给他吃，且天天如此，从未间断，韩信深深铭记漂母赐饭之恩。后来，韩信被封为淮阴侯后，派人四处寻找漂母，最后以千金相赠。知遇之恩，世人无人不知，无人不晓。春秋时期，俞伯牙擅长弹奏琴弦，钟子期擅长听音辨意。有次，伯牙来到泰山北面游览时，突遇暴雨滞留岩下，寂寞之余，拿出古琴弹了起来。正在附近躲雨的樵夫钟子期听到后，忍不住叫道："好曲！真是好曲！"随后伯牙每奏一支琴曲，子期都能听出它的意旨和情趣，这使得伯牙惊喜异常。二人因此结为知音，并约好来年再会论琴。可第二年伯牙来会子期时，得知子期不久前已经因病去世。伯牙痛惜伤感，摔破了古琴，从此不再抚弦弹奏，以谢平生难得的知音。"士为知己者死，花为知己者荣"。"花为知己者荣"实乃后人狗尾续貂。真正的版本这是春秋末期晋国著名刺客豫让有知遇之恩的智伯被赵襄子所杀，豫让认为"士为知己者死"，决心刺杀赵襄子为智伯报仇。第一次攻击失败以后，他用漆疮烂身体，吞炭弄哑声音，残身苦形，使妻子不识，然后寻找接近赵襄子的时机。第二次行刺仍以失败告终，但被捕的豫让说："明主不掩人之美，忠臣有死名之义。"他请求赵襄子借衣服让他砍一刀。赵襄子脱下了自己的华服，豫让拔剑三跃而击之，然后伏剑自杀，留下千古美谈。

关于孝道，比喻和借喻也颇多，如萱草，在我国一向有"母亲花"的美称。远在《诗经·卫风·伯兮》里载："焉得谖草，言树之背？"谖草就是萱草，古人又叫它忘忧草；背，指母亲住的北房。这句话的意思就是，我到那里弄到一支萱草，种在母亲堂前，让母亲乐而忘忧。叶梦得也有诗云："白发萱堂上，孩儿更共怀。"萱草又成了母亲的代称，萱草也就自然成了我国的母亲花。

孝是中华民族人伦道德的基石，是中华民族"和合"文化的重要组成部分，在人类历史的长河中始终闪耀着不灭的光芒。孝的初义，大概就是

"善事父母"，后来发展到包含尊敬父母、友爱兄弟、家庭和睦、尊师敬贤、尊长爱幼、扶危济困、精忠报国、热爱人民等美德范畴。"孝为德之本"，中华民族自古以来，就把孝视为一切道德规范的根本基础和发展前提，认为孝是美德之首、立身之本、齐家之宝，更是治国之道。《孝经》开篇就讲，"先王有至德要道"即"孝"。《孝经》的宗旨，无非就是以孝劝忠，以孝治天下。

我此时言孝，绝非卖弄文辞，哗众取宠，实乃情感自然流露。我乃一介村夫，而今冠以新闻工作者、作家等头衔，说是个人奋斗的结果，不如说是我报效祖国的求索之路。知恩图报，吃水不忘掘井人，是我几十年的心路和誓言。也应了古人："病骨支离纱帽宽，孤臣万里客江干。位卑未敢忘忧国，事定犹须待阖棺。"我虽位卑，但我不乏大济苍生的慈悲之心；我虽位卑，但我有"不以物喜，不以己悲"的豁达之心；我虽位卑，但我有"天行健，君子自强不息"的进取之心；我虽位卑，但我有"朝闻道，夕死可矣"的执着之心；我虽位卑，但我更有"位卑未敢忘忧国"的赤子之心！虽不能付之大孝，但也能倾其中孝。

元旦溯源

　　元旦，据传说起于三皇五帝之一的颛顼，距今已有三千多年的历史。"元"有始之意，"旦"指天明的时间，也通指白天。元旦，便是一年开始的第一天。"元旦"一词，最早出自南朝人萧子云《介雅》诗："四气新元旦，万寿初今朝。"宋代吴自牧《梦粱录》卷一"正月"条目："正月朔日，谓之元旦，俗呼为新年。一岁节序，此为之首。"汉代崔瑗《三子钗铭》中叫"元正"，晋代庾阐《扬都赋》中称作"元辰"，北齐《元会大享歌皇夏辞》中呼为"元春"，唐德宗李适《元日退朝观军仗归营》诗中谓之"元朔"。历来元旦指的是夏历（农历、阴历）正月初一。在汉语各地方言中有不同叫法，有叫"大年初一"的，有叫"大天初一"的，有叫"年初一"的，一般又叫"正月初一"。

　　我国历代元旦的月日并不一致。夏代在正月初一，商代在十二月初一，周代在十一月初一，秦始皇统一六国后，又以十月初一日为元旦，自此历代相沿未改（《史记》）。汉武帝太初元年时，司马迁创立了"太初历"，这才又以正月初一为元旦，和夏代规定一样，所以又称"夏历"，一直沿用到辛亥革命。"中华民国"建立，孙中山为了"行夏正，所以顺农时；从西历，所以便统计"，定正月初一（元旦）为春节，而以西历（公历）1月1日为新年。1949年9月27日，中国人民政治协商会议第一届全体会议决议："中华人民共和国纪年采用公元纪年法"，即是我们所说的阳历，为了区别农历和阳历两个新年，又鉴于农历二十四节气中的"立春"恰在农历新年的前后，因此，便把农历正月初一改称为"春节"，阳历一月一日定为"元旦"，至此，元旦才成为全国人民的欢乐节日。

由于世界各国所处的经度位置不同，各国的时间也不同，因此，"元旦"的日期也有不同。如大洋洲的岛国汤加位于日界线的西侧，它是世界上最先开始一天的地方，也是最先庆祝元旦的国家。而位于日界线东侧的西萨摩亚则是世界上最迟开始新一天的地方。按公历计，我国是世界上第12个开始新年的国家。

"元旦"一词，是中国古代的"土产"。中国很早就有过"年"的习俗。"年，谷熟也"，也就是人们庆祝丰收的节日。世界大多数国家把每年1月1日作为元旦，也有一些国家和民族由于当地的历法传统及宗教信仰、风俗习惯、季节气候的不同，庆祝的方法也不一样，使得这个节日庆祝更加多姿多彩，更显地域、民族特色。阿根廷人沐浴元旦，他们认为水是最圣洁的。每年元旦，各家老少成群结队地到江河洗"新年浴"，并以鲜花揉搓全身，以示洗去污秽和霉气，换来吉祥和幸福；巴基斯坦人涂粉元旦，元旦这一天，他们携带着红粉出门，见到亲友便相互把红粉涂在额上，以示幸运吉祥；德国人元旦爬高，元旦这天比赛爬高，选又直又高的树砍去树枝，小伙子顺着树干比赛爬高，以示步步高升；巴拉圭人冷食元旦，把每年最后5天定为"冷食日"。在这5天中，上至国家元首，下至普通百姓，都不能动烟火，只能吃冷食；直到元旦，才能生火做饭；朝鲜人元旦烧发，元旦的黄昏，家家户户都要把一年里收集起来的脱落的头发全部烧掉。据说，烧头发可以使全家四季平安；保加利亚人元旦打喷嚏，元旦用餐时，谁打喷嚏谁准会给全家人带来幸福，家长将把"第一只羊、牛或马驹许给他，以祝愿他给全家人带来幸福。"唯有巴西农村人过元旦风

谈 **盐** 就说 **咸**

俗独特——揪耳元旦，人们在元旦见面时，一定要相互使劲揪住对方的耳朵，以示相互祝福。

话 "五一"

　　"五一国际劳动节"亦称"五一节"，在每年的五月一日。它是全世界无产阶级和劳动人民的共同节日。

　　此节源于美国芝加哥城的工人大罢工。1886年5月1日，芝加哥的二十一万六千余名工人为争取实行八小时工作制而举行大罢工，经过艰苦的流血斗争，终于获得了胜利。为纪念这次伟大的工人运动，1889年7月第二国际宣布将每年的五月一日定为国际劳动节。这一决定立即得到世界各国工人的积极响应。1890年5月1日，欧美各国的工人阶级率先走向街头，举行盛大的示威游行与集会，争取合法权益。从此，每逢这一天世界各国的劳动人民都要集会、游行，以示庆祝。中国人民庆祝劳动节的活动可追溯至1918年。是年，一些革命的知识分子在上海、苏州、杭州、汉口等地向群众散发介绍"五一"的传单。1920年5月1日，北京、上海、广州、九江、唐山等各工业城市的工人浩浩荡荡地走向街市、举行了声势浩大的游行、集会，这就是中国历史上的第一个五一劳动节。1921年"五一"前夕，在北京的共产主义小组成员邓中夏等人创办的长辛店劳动补习学校里，工人们学唱《五一纪念歌》："美哉自由，世界明星，拼吾热血，为他牺牲，要把强权制度一切扫除净，记取五月一日之良辰。红旗飞舞，走光明路，各尽所能，各取所需，不分贫富贵贱，责任唯互助，愿大家努力齐进取。"这首雄壮有力的歌,是由长辛店劳动实习学校的教员和北京大学的进步学生共同创编而成的。解放后,中央人民政府政务院于1949年12月将五月一日定为法定的劳动节,全国放假一天。这天,举国欢庆,人们换上节日的盛装,兴高采烈地聚集在公园、剧院、广场,参加各种庆祝集会或文体娱乐活动,并对有突出贡献的劳动者进行表彰。

闲侃端午节

　　农历五月初五，是中国民间的传统节日——端午节，它是中华民族古老的传统节日之一。端午也称端五、端阳。此外，端午节还有许多别称，如：午日节、重五节，五月节、浴兰节、女儿节，天中节、地腊、诗人节、龙日节等。虽然名称不同，但总体上说，各地人民过节的习俗还是同多于异的。

　　端午节别称很多，但有一个称呼知道的人不多，那就是五月耽误节。为什么称它五月耽误，这儿还有个故事。世人熟知东北人逢年都扭秧歌。这扭秧歌的来历就和端午节有关。元朝时达子侵犯汉人，村子里几乎家家户户都住达子，达子为了寻欢作乐，坐在炕头喝酒，还逼姑娘、媳妇为他们扭秧歌。开始时一个人扭，他们觉得场面不够热闹，就让一家人都扭，后来发展到全村人集体扭。村民百姓对他们恨之入骨，计划五月节这天杀达子，但因为没通知到家家户户，而耽误这次活动，直到八月节吃月饼，将信息放在月饼里，才得以成功，所以就有了五月耽误这一俗称。我国由于地域广大，民族众多，加上有许多故事传说，不仅产生了众多相异的节名，而且各地也有着各不相同的习俗。其内容主要有：女儿回娘家，挂钟馗像、迎鬼船、躲午，贴午叶符，悬挂菖蒲、艾草，游百病，佩香囊，备牲醴,赛龙舟，比武，击球，荡秋千，给小孩涂雄黄，饮用雄黄酒、菖蒲酒，吃五毒饼、咸蛋、粽子和时令鲜果等，除了有迷信色彩的活动渐已消失外，其余至今流传中国各地及邻近诸国。有些活动，如赛龙舟等，已得到新的发展，突破了时间、地域界线，成为了国际性的体育赛事。

关于端午节的由来，还有纪念屈原说、纪念伍子胥说、纪念曹娥说、起于三代夏至节说、恶月恶日驱避说、吴月民族图腾祭说等。以上各说，各本其源。据学者闻一多先生的《端午考》和《端午的历史教育》列举的百余条古籍记载及专家考古考证，端午的起源，是中国古代南方吴越民族举行图腾祭的节日，比屈原更早。但千百年来，屈原的爱国精神和感人诗辞，已广泛深入人心，故人们"惜而哀之，世论其辞，以相传焉"，因此，纪念屈原之说，影响最广最深，占据主流地位。传说屈原死后，楚国百姓哀痛异常，纷纷涌到汨罗江边去凭吊屈原。渔夫们划起船只，在江上来回打捞他的真身。有位渔夫拿出为屈原准备的饭团、鸡蛋等食物，"扑通、扑通"地丢进江里，说是让鱼龙虾蟹吃饱了，就不会去咬屈大夫的身体了。人们见后纷纷仿效。一位老医师则拿来一坛雄黄酒倒进江里，说是要药晕蛟龙水兽，以免伤害屈大夫。后来为怕饭团为蛟龙所食，人们想出用楝树叶包饭，外缠彩丝，发展成粽子。有（唐）文秀诗为证："节分端午自谁言，万古传闻为屈原；堪笑楚江空渺渺，不能洗得直臣冤。"

品 年

　　"寒辞去冬雪，暖带入春风。"新年像一缕春风将在烟花爆竹的掌声和欢呼中飘然而至。关于年的感悟，我最推崇的当属王安石的"爆竹声中一岁除，春风送暖入屠苏。千门万户曈曈日，总把新桃换旧符。"寥寥几笔就把春节的景象描写得淋漓尽致，读来让人仿佛嗅到新春佳节的味道，那此起彼伏的鞭炮声，那红红的春联，那欢快的笑脸、闲适的心情，那夜空中绽放的绚丽烟花，让人真切地感受到春节特有的氛围，它浓烈得像一杯陈酿的美酒，迷醉了男女老少、千家万户。

　　春节是孩提时代最迫切的盼望，那里有童话般美妙的世界，那里有父母关爱和教诲的慈祥，那里有伙伴们手提着灯笼在街上嬉戏的故事。苏轼感言："明年岂无年，心事恐蹉跎；努力尽今夕，少年犹可夸！"春节在孩子们的眼里，意味着放鞭炮，贴春联，穿新衣，吃美味，走亲戚，还有压岁钱。谈到年，不能不念起母亲的话："小孩小孩你别馋，过了腊八就是年。"正是因为母亲的这句话，一过"腊八"，我就扳着指头数日子，期盼春节快快来临。其实，我对吃并不太感兴趣，最感兴趣的是放鞭炮，对于出现在我面前的爆竹，能让我兴奋得眼睛发亮。我觉得过年的味儿，就是从爆竹的火药味儿弥散开来的。那时，一毛多钱一挂的百头小鞭舍不得一次放完，小心翼翼地拆开，计算好了一次放多少，装进口袋里，点燃半截香到外面的院子里一个个燃放，为的是享受那一声声脆响的愉悦。开始的时候，我将小鞭放到墙头上，一只手捂着耳朵，一只手去点燃引信。后来胆子越来越大，竟然将小鞭捏在手上，最近距离地感受那声炸响。我对除夕夜给祖宗和长辈磕头也特别在意，刚刚吃过年夜饭，便以长幼排序，首先对着祖宗的画像磕头。除了给仙逝的祖先磕头外，还给活着的长辈磕头，特别是叩拜父母，在连续三叩首的瞬间见到父母脸上发自内心的满意又慈祥的笑容，我心里感到特别惬意，因为那是幼小心灵与长辈心贴心的情感互动。

一句"每逢佳节倍思亲"的诗，凝结着人们心头几多深情。春节是国人共同的吉祥福气，不论是漂泊海外，远涉重洋的游子，还是羁旅他乡、辗转迁徙的儿女；无论是庶民，还是达官显贵，心里无不揣着对春节的眷恋，无不怀抱着对过年的珍视。每逢年关迫近，跋涉于迢迢旅程的人们，那种星夜兼程的匆匆行色，那渴望归家的殷殷目光，无一不因春节这根幸福丝带而牵动和感染。可以说没有哪一个国家和民族，能像我们这样对春节饱含深情，旷世持久；也没有哪一个国家和民族，能像我们这样对春节无比虔诚，历久弥坚。我是个漂泊在外几十年的人，每到年关临近，恋家的情节特别浓重，记得我初次离家是十七岁，偶然的机遇留在大庆，到采油队当采油工，在荒无人烟的大草原上巡井。刚刚离开父母和亲人的我，说不出是什么滋味，对未来更是一无所知，更多的是孤寂，甚至都觉得不如在农村看场院，真想辞了这份工作。事情偏偏又有意考验我，上班没几天就是春节，心里的滋味更是苦不堪言，想找领导请假肯定不准。不能回家过年，我内心的温度也和天气一样冰冷，叫人懊恼抱憾。因为处于那个年龄段的我，家，就是一盆炭火，一个热腾腾的炕，母亲呵护的目光才能融化我的心灵之冰。在无奈的情况下只有把相思打点成厚厚的家书，寄给母亲。

春节盛满了欲望，人人梦想乘着吉祥的欲望之船抵达美满如意的彼岸。人们寄托的是真情，期盼的是团圆。此时此刻，许许多多人的心中便有形形色色的欲望悄然升腾。有的期待时来运转，把忧伤与苦痛抛弃；有的渴望开年大吉，将理想与希冀化为现实；有的畅想洪福齐天，能有贵人保佑平安、万事顺遂。因而久别的希望重逢，分离的希望团聚，贫穷的希望富有，卑微的希望平等，痛苦的希望幸福，忧伤的希望和美，农人希望丰收，工人希望加薪，穷人希望发财。人们似乎把所有人气与运气和机遇一股脑地托付给春节，哪怕是画饼充饥，望梅止渴，也对春节充满无限的眷恋。

"一夜连双岁，五更分二天。"其实，过年是一种习俗、一种感受、一种情结。节一天，年一宿。除夕之夜，就像一位慈爱的老人，让儿女们的心花在她面前尽情绽放。火红的灯笼挂起来，火红的鞭炮响起来，火红的心情跳起来，火红的日子美起来。听说新年的第一声祝福非常灵验，谁先听到谁就会最先享受到幸福和快乐，在此我衷心地把我心底的第一声祝福送给读者，送给刚刚起航的炼厂，恭祝大家幸福快乐、平安吉祥。

百期物语

　　这是一段值得用心体会的岁月，那一篇篇饱含激情的文章，那叠叠泛黄的存档报纸，那年复一年、日复一日的单位与单位、人与人之间的合作，无不唤醒我尘封的记忆。

　　当我拿起珍贵的报纸合订本，陈旧的气息扑面而来，而眷恋的情愫开始漫上心扉。红色醒目的报头，宛如遥远的号角，吹奏着广西石化从无到有的创业史。那字字句句的文字，那瞬间的存照，无不记载着三年多的办报历程、百期的履历。且不仅仅是纸页和文字，还有那艰辛的汗水，赞许的箴言，诚意的品评，情感的泪滴。

　　2007年8月8日，我清楚记得是周一，《广西石化》乘飞机"落草"三千亩工地，公司各级领导及许多员工，手捧着报纸，犹如见到了刚刚落地的"宠儿"，那情、那景、那场面、那激动人心的时刻，是无法用语言可言表的，用我的话来形容当时的境况，"孩子"美与丑都是"父母"的"心头肉"，孤芳自赏也好，他人勉励也罢，她是在一片呼声中诞生的。也许是"连亲"的"宠儿"更美丽，更受人宠爱，连续三年的《广西石化》年会，公司总经理、党委书记吴恩来，报纸主管领导党委副书记靳望康，党群工作部原主任刘贵州，党群工作部现任主任陈德恩、副主任谭中一，中国石油报社社长白泽生、报社原副社长张海韵、现副社长周德军，陆海油公司总经理康宏强等领导在北京三次集会，可以说我创办过《江苏油田电视台》、《邵伯湖》文学杂志社、参与创办《中国石油》杂志、改刊《中国石油企业》杂志，没有一家领导这般重视。美好的语言胜过金钱，美好的语言是前进的助推器，美好的语言使人废寝忘食，美好的语言熔铸承诺。人不是在赞许中前进，就是在否认中逍遁。《广西石化》一路跌跌撞撞地走到今天，如果没有这些领导的扶持和呵护，没有胡林的《我还要再干十年》、陈文静的《学会放弃》、聂幸丽的《分外耀眼的小红点》、文珥言的《和谐就是生产力》、王芝的《我心飞翔》、陈保华的《没有如果》，以及李芳、卫玉磊、杨中国、徐冰、张满意等众多同仁的佳篇名作，报纸绝对不会有今天的延续。

一路的风雨和明媚的阳光弥留在往昔，记忆里也曾犹疑，也曾迷惘，无数细微的挫折也曾让我困顿。在无数抬头与低头的瞬间，有过多少次倔强的微笑与艰难的面对，但是依然把脚印继续铿锵地延伸下来。如今，在决定开始开拓一段崭新的旅程的时候，把一切的不安、一切的烦恼、一切的困顿抛弃，因为这是坚持的希望，是奔向前方的身影，是金色的向日葵在向灿烂的阳光微笑。

百分百的努力，不见得让人百分百的满意。一路步履蹒跚的走来，虽然通过多方的努力，《广西石化》已成为公司不可或缺的精神食粮，在公司乃至业内产生了较大影响，为传播创业精神，为公司企业文化建设的繁荣发展做出了应有的贡献，同时也成为公司品牌形象的重要窗口。但还有不尽如人意的地方，我深知，《广西石化》距各级领导的期望和广大读者的要求还存在一定差距，我们将认真总结并加以改进。

千里之行，始于足下；九层高台，起于累土。一百期，是一个重要的里程碑；一百期，凝聚了过去的不凡成绩，更代表了一个全新的起点。小报纸，大空间，我们将进一步充分利用这块阵地，突出特色，严格把关，多刊登贴近公司管理，贴近员工生活，贴近读者的好作品、好文章，提升公司的品牌美誉度，让《广西石化》伴着墨香，更好地走向未来。

第七部 杂章有序

diqibu zazhangyouxu

油龙从此昂起头

——写在十万吨码头进油之际

2010年12月13日上午，对我国乃至世界而言，不是什么特殊的日子，也没发生过有意义或值得铭记的事。可这一天对广西石化炼厂建设工地而言，是一个非同寻常的日子，也是非常有意义的一天。因为，这一天十万吨码头隆重开港，首船进口原油接卸！

十万吨码头隆重开港，首船进口原油接卸！工地一位领导送给它一个昵称："北部湾畔高昂的龙头"！这样称谓它，是因为它的投用标志着"228"和"630"目标将成为现实，它向世人闪烁出广西石化的胜利的曙光，向世界展示出她的伟岸雄姿。

有人这样赞美我们的祖国：在爬满甲骨文的钟鼎之上，读祖国童年的灵性；在布满烽火的长城之上，读祖国青春的豪放；在缀满诗歌与科学的神州大地之上，读祖国壮年的成熟……

那么，十万吨码头隆重开港，首船进口原油接卸！我们仰视高如楼阁的船舶，登高远眺一条巨龙般呈S型伸向大海的码头，以及那高入云端的炼塔和那涓涓流淌的异国原油，你定会读出是中国石油西南地区战略布局即将获得成功的内涵！你定会读出设计人员昼夜的苦苦求索、采购人员不辞辛劳的奔波、建设者的艰难步履、广西石化领导者的运筹帷幄！

人说窥一斑而见全豹。此时此刻，它向世界证明着中国石油人艰苦卓绝的攻关精神和聪明睿智；此时此刻，它告诉世人炼厂建设已向建成投产迈出了坚实的一步；此时此刻，它为你、为世人诠释着这一个个问号。

"感人心者，莫先乎情"。在火热的建设工地，激动人心的事很多，有中央代表团的关心，有自治区党政领导、集团公司领导的关怀和正确领导，也有广西人民的厚望，但最激动人心的时刻是2008年10月4日，温总理给我们带来了党中央、国务院的亲切问候和关爱。这情、这爱、这难忘的瞬间，像春雨润物，像和煦的春风，似甘甜的雨露，给三千亩建设工地带来了勃勃生机，成为工程建成投产的强大精神动力源泉，全体参建将士不负重托，不辱使命，追星赶月，与恶劣的自然条件搏斗，终于为党中央、国务院交上了这张令人满意的答卷。

这里的参建将士们虽然不是军人，更不用去扛枪打仗、去流血牺牲，但他们为建设国内领先、世界一流炼厂，同样做出了许许多多的牺牲。这里，有电脑里面找爸爸的感人故事。中油六建青年工人苏强家在桂林，儿子已经三周岁了，可他陪伴儿子的时间总共不到两个月，和儿子沟通情感的唯一途径就是电脑视频。有人问孩子爸爸在哪里时，孩子几乎都是指着电脑说："爸爸在电脑里面。"还有女助理工程师牟东宁在工地过年节的故事，她去年春节就在工地度过的，今年又在岗位度过"双节"。

信笔于此，这只是万马营中两个闪光范例。在过去两年多的岁月里，我们万余名参建将士为实现庄严的承诺，不知有多少人路过家乡而不归，以大禹治水般的精神，把全部精力投入到参加炼厂建设中去；不知有多少人放弃轮休与亲人团聚的机会，识大体、顾大局奔忙于炼厂建设工地；不知有多少人长时间夫妻两地生活，举头邀明月，千里寄相思；不知有多少人在工地挑灯夜战，以苦为乐，以建设好炼厂为荣，默默无闻，无私奉献；不知有多少人不能在父母床前尽孝，将大孝奉于国家、中孝献于炼厂；也不知有多少人不能尽父母之责，不恋儿女情长，将全部精力投入炼厂建设。

国人近年有首唱遍大江南北的歌曲，叫《为了谁》。火热的建设激情，绝非因金钱的诱惑而燃烧。我们的参建将士矢志炼厂建设，追求的是责任，践行的是承诺，奔的是全厂早日建成的目标。用青年女工牟东宁的话来说，每逢佳过节倍思亲，但工程建设这么紧，顾得了亲情，就顾不了工程建设，影响工程建设，就实现不了目标。赶上年节想家的时候，看看身边那么多放弃同家人团聚的工友们，特别是亲眼目睹装置如芝麻开花节节高，感觉更多的是值了！

朋友，2010年将是中国石油人乃至广西石化人的功成名就和享誉世界的扬威之年。

一极之点创大业，雄途迢迢岂不催？党和国家、中国石油人乃至广西人民，在时时刻刻关注着我们，企盼着我们的成功，期待着我们届时建成这个举世闻名的炼厂，实现这个具有划时代意义的伟大使命！我们一定要发挥我们石油人不畏艰难、敢打敢拼的光荣传统和作风，倾出全部精力，燃起建设激情，为全面建成投产而奋勇拼搏吧。胜利一定属于我们建设将士，国内领先，世界一流的伟大荣誉，注定是非我们莫属的！

着力铸就企业之魂

　　"狼行千里吃肉，羊走千里吃草。"这是《亮剑》中的一句话，此话言俗理不俗，蕴含着不朽的"亮剑"精神。企业管理虽然不同于军队打仗，不需要"狼性"员工，但同样需要这种精神，需要铸就精诚团结、斗志昂扬、无往而不胜的企业之魂。

　　大庆人铸就大庆精神、铁人精神，就是特有的企业之魂。而铸就这种企业之魂，是铁人跳泥浆池用身体搅拌泥浆战井喷的英雄壮举，是严冬季节破冰用脸盆端水保开钻的大无畏精神，是差一毫米也要推倒重来的科学态度，是千里背石磨一心为会战的集体主义精神，是"宁肯少活二十年，拼命也要拿下大油田"的一代代大庆人的奉献精神。铸就这种企业之魂，是一个个具有过人的胆略，敢于为别人所不敢为，视困难如草芥的员工；是一个个具有铁的纪律，精诚团结，斗志昂扬，无往而不胜的员工队伍。

　　当年，大庆人靠这种企业精神和企业之魂，为国争光，为民族争气，甩掉了中国贫油的帽子。而今，我们广西石化人要铸就与"国内领先、世界一流"相适应的企业精神和企业之魂，敢为天下先，创造世界炼化之奇迹，同样是为国争光，为民族争气。

　　古人云：善弈者，谋势也。一个团结协作的队伍才能出成绩，一个团结协作的队伍才能出效益。我们广西石化是个联合团队，需要目标明确，步调一致，相互配合，以双赢、多赢的方式妥善处理各种矛盾，以追求企业发展的心态求同存异，不断创造，推动企业向着拟定的目标前进。

我们的企业需要雷打不动的执行力。执行力就是生产力，高效的执行力意味着高效的生产力，我们的企业员工只要心存信念，不辱使命，高效执行，成功便离我们近了一大步。企业管理者的执行力关系着企业发展的脚步，员工应执行管理者的管理细节，执行安全，执行质量，执行效率，执行卓越，员工要在服从和执行管理者命令的同时也亮出自己的宝剑，所向披靡，勇往直前。只有这样企业才能在市场的博弈中，攻取制高点，掌握主动权，立于不败之地。

古人云："远使之而观其忠"。一个优秀的企业员工，需要对事业的执着、忠诚和责任。我们身在祖国西南边陲，肩负着建设和管理"国内领先、世界一流"炼厂的重任，承载着党和国家、集团公司、自治区领导和人民的厚望，秉承我为祖国献石油的神圣使命，挥师钦州湾展开炼厂建设大会战。我们曾在温总理面前宣过誓言，在集团公司、广西自治区领导面前有过多次承诺。党和国家期待着我们的成功，全国石油人和广西人民期盼着我开启投产的按钮，让那期待已久的涓涓油流，流向"两广"大地，福泽北部湾，润泽世界各地。也可以说，考验我们的时候到了。党和国家、全国石油人、乃至广西人民检验我们的时候到了。能不能负起历史赋予我们的责任，没有太多的理由，现实更不允许有什么借口。

奥地利作家茨威格曾说："伟大的事业降临到渺小人物的身上，仅仅是短暂的瞬间。谁错过了这一个瞬间，它绝不会再恩赐第二遍。"建设和管理国内领先，世界一流炼厂的机遇已经摆在我们目前，我们一定要珍视机遇，迅速出击，把它编织成美好的未来。一个能在职场上主动出击的员工，必定有着卓越的技能和出类拔萃的创造力。无论哪一行哪一业，只要能积极主动地去做，善于寻找工作中的一切机会，就能够脱颖而出，圆满地完成任务。一个具有强烈的使命感、做事目标清晰、方向明确的员工，无论在什么时候都把个人目标与团队目标紧密地联系在一起，我们坚信，企业的发展定与个人的前途成正比。勇于承担责任，敢于负起使命，是以扎实的功底和较强的实力为基础，否则，担了责任却做不到，反而坏了大事。但决定一个人的成就不仅仅是技能，不仅仅是学历，更是一个人的精神，这种精神中包含了主动、无畏、责任、敬业，而这一切就是成功者必不可少的精神准则。

我们坚信，有使命感的召唤，有企业精神作为蔑视困难、傲视群雄的力量源泉，我们定会创造出人间奇迹。

钓翁之意亦在鱼

　　"蓬头稚子学垂纶，侧坐莓苔草映身。 路人借问遥招手，怕得鱼惊不应人。"这是唐代诗人胡令能的一首小诗，名曰：《小儿垂钓》。胡令能远不及"扬州八怪"的名气，能使我久久不能忘怀，是诗中展现出的那逼真的孩提垂钓的童趣，当然还有恰如其分的描述。

　　言之新闻采访与写作，拿几句古诗来卖弄，似乎有忽悠人，或者风马牛不相及之嫌。其实并不然。世间万事都有触类旁通的定数，被科学界认知的仿生学，音乐行的曲不离谱，还有适用的工具和农具种种，都说的是这个道理。不妨让我借用有关垂钓的诗句来谈几点作新闻的感悟。

　　"路人借问遥招手，怕得鱼惊不应人。"重温此诗，不言而喻，我所感悟的是投入、用心和专心致志。我们做新闻工作，特别是从事报纸文字工作，纸白字黑，无论是立意、行文和用词都摆在读者面前，能让人认可，能让人说声可以，假如能让人说声不错，那就是对我们用心的认同。也应了一分辛苦一分才之论。苏东坡没有墨染池塘，哪有笔走龙蛇的隽永；王勃不博览群书，就撰不出《滕王阁饯别序》；司马迁受宫刑，仍立志著史，才成就"史家之绝唱，无韵之离骚"。

　　"凡鱼不敢朝天子，万岁君王只钓龙。"我所引发的联想，就是同样把竿"垂钓"，要学会钓大鱼、钓活鱼。我们要学会在纷繁的事件中，识别和挑选有影响性、指导性、倾向性、趣味性、可读性的事件进行写作和报道。要突出"重围"，要出奇"冒泡"，要学那太阳冲出地平线，喷薄而出。过去讲一本书主义，而今一篇美文照样闻名于世。

"孤舟蓑笠翁，独钓寒江雪。"此句有钓翁之意不在鱼之意，意在宣泄诗人心中的苦闷、愤懑和失意后的感叹。借用此诗言其新闻采访与写作，我所理解的是情，是新闻工作者矢志新闻工作之情，是对国家、企业之情。是一种至高无上的职责。我们有幸为世界级的炼厂采写稿件、办报纸，为炼厂建设鼓与呼，不用情，不倾情，不付出我们的心血和汗水，岂不有愧党、有愧国家、有愧企业、有愧历史赋予我们的机遇？

"数尺丝纶垂水中，银钩一甩荡无踪。"这是奋进中的等待，这是春耕中的孕育，这是美文的伏笔，这是成功者的过程。

钓翁之意亦在鱼，愿我们钓的鱼更大更鲜活更有价值。

让笔端流出"甘露"

"文人的笔端不是流甘露，就是流毒汁。"此语出自何人之口，确实无从考究。虽然此论有些过激，但细嚼慢品起来，确也不失其理。

蔡仪在《文学概论》中言：文章的风格和基调是由作者的世界观所决定的。世界观，范畴颇宽泛，概括地说是一个人对整个世界的根本看法，也曾有过阶级的痕迹。阶级虽然已是皇历旧章，当年政治色彩的适用词汇，但仍是是是非非的分水岭，是人生的价值取向和对具体事物态度的"试金石"。不妨就此话题谈谈个人感受。

龌龊的心灵，描绘不出表现真善美的图画。真善美的心地，笔端流出的汁液自然也是美的。武林有律，"习武先修德，悟道必修心。"练武、习文各有迥异，但是理则相通。我们从事文字工作，作文必先做人，习文必先修心。心正不欺人，身正影不斜。诗言志，歌咏怀。人如其文，文如其人。为人有律，静坐常思己过，闲谈莫论人非。处事有则，勿以善小而不为，勿以恶小而为之。撰文有章，当好党的喉舌，点亮读者思想火花。

"靖康耻，犹未雪；臣子恨，何时灭！驾长车，踏破贺兰山缺，壮志饥餐胡虏肉，笑谈渴饮匈奴血。待从头，收拾旧山河，朝天阙。"这是民族英雄岳飞之作，名曰《满江红》。不难理解作者"天下兴亡匹夫有责"的忧国忧民之心，还我山河的远大抱负。还有毛主席"欲与天公试比高"、"江山如此多娇，引无数英雄竞折腰"、"一代天骄，成吉思汗，只识弯弓射大雕"、"俱往矣，数风流人物，还看今朝"等等脍炙人口的诗句，让人读罢掩卷思之，能使人触摸到诗人的伟岸身躯，不屈的个性，不朽的精神。我们撰写文章，就是要效仿他们，胸怀要像海一样宽阔，鸿鹄之志如鲲鹏一样高远，精忠报国不惜披肝沥胆。文笔练达，如高山流水般顺畅，表意似赋予灵魂般传神，鞭挞丑恶如宝剑般犀利。

我以《让笔端流出甘露》命题，不能不谈的一个话题，就是文章的可读性、趣味性和美感。文章好比一杯水，白水一杯，清淡无味；清茶一杯，淡雅芳香；咖啡苦涩，耐人寻味。王勃"落霞与孤鹜齐飞，秋水与长天一色"堪称景物描写一绝。"抽刀断水水更流，举杯消愁愁更愁"是诗仙李白寄予情愫的经典之作。而当代新闻界的范文：徐迟的报告文学《哥德巴赫猜想》、魏巍的通讯《谁是最可爱的人》、茹志鹃的散文《百合花》等，不仅体现了文章的新闻性，还具有了文学作品的美感。

信念，不朽的魂灵

信念，是一个人的立身之本。信念，赋予人极高的品性。人生的拐杖就是信念。信念虽然不仅是钢铁，却能铸造出一条坚实的人生之路。使人站起来的不仅是双脚，还有理想、智慧、意志和创造力。我借"新闻写作絮语"言信念，意在新闻写作要赋予笔下的单位和人物以精神、信念和魂灵。

丹青难写是精神。北宋大家王安石诗云："糟粕所传非粹美，丹青难写是精神。"细嚼慢品此诗，别有一番意味，用在新闻写作上，也不失其启迪的寓意。画家，最成功的是赋予花草鸟虫、梅兰竹菊、岁寒三友、龙凤麒麟、名山大川、神仙仕女以精神。我们从事新闻工作，描写的是各个单位的创业史，是成功经验，是一个个里程碑，是一部部人生的心灵之页，是原汁原味的人生甜酸苦辣。但平铺直叙的、白水一般的、品之无味的作品多得数不清，能蕴含"精气神"的却是凤毛麟角。这就要求我们的笔下要有传神之韵。通讯《大庆精神，大庆人》、《谁是最可爱的人》，报告文学《哥德巴赫猜想》、《县委书记的榜样焦裕禄》，就是贺敬之的《雷锋之歌》都蕴含着人物崇高的思想和精神境界。

章章节节见精神。中华文明悠悠数千年，如厚土，似长河，星光灿烂。笼而统之，中国文化之三大国粹：中医、国画、京剧。中医，理论体系为阴阳五行，从阴阳、表里、寒热、虚实等几个途径去诊断人体正邪病患。国画，画道之中，水墨为最上。肇自然之性，成造化之功。咫尺之图，写百千之景。东南西北，宛尔眼前；春夏秋冬，生于笔下。传之最神的是"蛙声十里有山泉……"我们石油企业同样有着优厚的人文传统，大庆人从一场大火的教训中，诞生了"岗位责任制"，还有"三老四严、四个一样"、"岗位责任制大检查"等。我们广西石化打造"国内领先、世界一流"炼厂，不是简简单单的一句口号，同样蕴含着创业者的追求，石油人的梦想，敢于同世界同行齐眉的英雄壮举。作为新闻工作者的职责，就是在我们撰写文章的章章节节，都充分彰显出广西石化人的理想、信念和追求。

　　风帆，不挂上桅杆，是一块无用的布；理想，不付诸行动，是虚无缥缈的雾。信念是《神曲》中的贝阿德丽采，带领着人们走入神圣的天堂；信念是《老人与海》中的马林鱼，帮助老人与鲨鱼展开殊死的搏斗。信念是脊梁，支撑着不倒的灵魂，支撑着人生的大厦。信念让我们笔走龙蛇，讴歌企业成功的经验，高唱人生美好的理想、智慧、意志和创造力。让笔下的企业富有"精气神"，冠以英雄的称谓；让我们宣传的人物彰显出美好的心灵、无私的奉献、不朽的精神；让我们学习鲁迅犀利的文风，临摹徐迟细腻的写作笔法，效仿魏巍传神的写作风格，将我们从事的新闻事业，熔铸坚实的信念，赋予美好的灵性，撰写出具有影响力的文章。

凡事皆规律

　　有句广告词说得好："把简单的事情做复杂了，太累；把复杂的事情做简单了，智慧。"所谓简单，就是凡事都有最基本的规律。认识、尊重、应用这些规律，一切就变得简单了。办报是一种实践性很强的工作，更多的时候，我们不是在高深的问题上犯错误，而是远离了那些最基本、最简单的规律。

　　新闻规律，最核心的规律是新闻价值规律。一张企业报为什么受欢迎或不受欢迎，可以从多种角度分析，找出不同的问题，但只有内容符合新闻价值规律，才能真正赢得读者。新闻价值规律，即新闻事实自身具有的满足受众需求的特质。新闻价值的存在是一种客观现象，它并不以办报人的意志为转移。新闻价值的大小最终要靠实践和时间来检验。即要看一则新闻对社会的影响力有多大。也有的新闻当时并未引起普遍注意，但由于它实际存在的新闻价值，它完全可能逐渐引起人们重视，甚至特别的重视。而那些没有新闻价值的事件、人物，即使用新闻手段表现，甚至放在显要位置，实际上也不是新闻，仍然无法引起人们的兴趣。

　　几乎所有新闻基础知识书，都会提到新闻价值理论，对新闻价值理论的表述也颇多，但对新闻价值的规律大体上认识又是一致的。可以说，影响一个事件新闻价值大小的最根本的因素有以下三条：一、新异性。事实越异常、越新鲜，新闻价值越大；二、重要性。事件本身具有的意义越大，新闻价值越大；三、接近性。新闻事实在地域、时间、心理、利益等方面，与读者和见报时间越接近，新闻价值越大。另外，还有比较普遍的说法，把显著性和趣味性列入新闻价值标准。但就企业报而言，显著性可以并入重要性；而趣味性、可读性，更像是对新闻的附属要求，而非最本质的新闻价值。趣味性若无新异性等其他因素，更多的时候不能单独形成新闻价值；而可读性又可能有多种可读性，如有新闻的可读性，也有文学性的可读性等等。

在现实新闻工作中，从文字上熟知新闻价值规律，与在实际工作中理解和体现新闻价值规律完全是两回事。在办报实际工作中，一些办报人对新闻价值的判断，更多的出现在两个问题上：一是对新闻价值度的判断。对新闻价值，我们本身也需要辩证的观点。比如，车辆正常行驶不是新闻，撞车是新闻；但大都市每天就有几十起车辆追尾，那又不是新闻，除非不寻常的交通事故才构成新闻。要知道，重复不是新闻。重复出现的事情，新闻价值是递减的。现在连美军在伊拉克被杀，谁都不会当新鲜事了。一个好的新闻工作者，重要的不是判断"这是不是新闻"，重要的是，能不能准确判断"这是多大的新闻"。再就是必须具备综合判断能力，要有不变的新闻追求，又要有灵活辩证的思考判断方法。

必须反对对新闻价值标准的曲解和僵化认识。比如有人偏爱接近性，把接近性庸俗化，周围近日什么无关紧要、无限重复出现的，都当做新闻。有人将重要性呆板化，认为只要是重要的单位、重要的人物，无论做点什么、说的什么都是重要的。其实即使是联合国的决议，也并非对"我"都重要。有人偏爱新异性，将新异性极端化，以为越离奇越怪异，越有新闻价值。其实更多的时候，那些虽以新异形式出现，但其实具有普遍意义的事情，才更有价值。

谈盐就说咸

TANYANJIUSHUOXIAN

办报不仅有新闻规律，也有宣传的要求，这两者应找到结合点，而不是将其对立。新闻规律含有角度，角度就是立场，就是思想。新闻规律中蕴含着故事，会写故事是对新闻工作者的最起码要求，也是必须的要求。新闻作品必须有细节，好故事来源于细节。新闻规律中肯定有数字，数字能量化，能标定准确性和时效性。

千招会与一招精

　　读书精写信，做木精做凳。三百六十行，行行出状元。这些行业俗语，都是经验之谈，也是被实践证明的哲理。

　　千招会不及一招精。这句富于哲理的语言，激励着无数的企业员工练成了绝活绝技。刘佃松的冷焊方法，以他的成功实践告诉人们、启迪人们，绝活绝技是解决企业技术难题的法宝，是企业员工的立身之本。其实，绝活绝技，国内企业之宝贵财富，在国外高度发达的市场经济社会也是提倡的。比如在美国、德国、日本等国家，很多企业实行的是流水线作业，他们只要求每一个员工把属于自己流程内的一项工作做好就行，也就是用绝活绝技去保证整个流程的高质量，保证最终产品的高质量。

　　然而，每种技术都浅尝辄止或只会耍几下花拳绣腿不行，必须在精字上下功夫，必须练就一招具有深厚内力的绝技，最起码要精通自己的本职业务。特别是在高科技的企业里，每一个岗位都需要技术精湛的员工，最缺乏的也是能够在本职岗位上自主解决复杂技术问题的员工。每年集团公司都举办企业技能大赛和一系列的行业技能大赛，同样也是在提倡学技术、练本领，发掘具有绝活绝技的人才。拥有绝活绝技的员工，一定会在本企业、本岗位受到尊重。企业在提倡大家成为复合型人才的同时，还要切实地鼓励员工在本职岗位上刻苦钻研，掌握一门高超技术，让更多的员工成为拥有绝活绝技的人才！

业精于勤荒于嬉，行成于思毁于随。业者因勤奋而精通，事由反复思考而成功。古往今来，多少成就事业的人来自于"业精于勤"。战国时期的苏秦，开始虽有雄心壮志，但由于学识浅薄，跑了许多地方都得不到重用。后来他下决心发奋读书，有时读书读到深夜，实在疲倦、快到打盹的时候，就用锥子往自己的大腿上刺，刺得鲜血直流。他用这种"锥刺骨"的特殊方法，驱逐睡意，振作精神，坚持学习，终于成了著名的政治家。愿我们的员工刻苦钻研科学技术，让各行各业、各个工作岗位都有绝活绝技的人才。

春风化雨润物无声

——关于思想政治工作"着陆点"的几点思考

医学有这样的话："病有一百单八症，药有一百单八方。"也就是说对症下药，把脉病理，药到病除。思想政治工作也不外乎其理，一切作用于职工思想而产生正面效应的行为，有语言或行动的、有声或无声的、有形或无形的、有组织或分散的、集中或个别的行为，都是思想政治工作的具体表现形式。这些表现形式应该说各有所长，且产生其应有的效果。但不是万能"药"，也不见得都奏效，最起码"着陆点"值得商榷，不妨我亮一管之见，供诸君参考。

卖茶不问酒的事

古人言："锲而舍之，朽木不折；锲而不舍，金石可镂。"我们的思想政治工作者，首先要明确自己的职责和目的，就是要用人类最先进、最科学的世界观和方法论去教育人、启发人、解决人的立场和思想问题，不断提高认识和改造世界的能力，从而激发职工的工作热情。因此，在工作中要恪尽职守。只有知道了自己的职责，才能更好地尽职，才能尽心尽力，创造性地完成工作。要有强烈的责任感。实践反复证明，责任感越强，工作就越扎实，缺乏责任感，工作必然难有起色。特别是领导干部具有强烈的责任感和事业心，是克服困难、解决问题、做好工作的前提和基础。要有创新精神，领导干部缺乏创新精神，工作必然墨守成规，履行职责也只能敷衍塞责，更谈不上高标准地干好工作。要坚持走群众路线，体察群众意愿，关心群众疾苦，听取群众批评，想群众之所虑，急群众之所难，谋群众之所求，专心致志地做好思想政治工作。

启迪人非同教训人

"使目非是无欲见也，使口非是无欲言也，使心非是无欲虑也。"这是古之哲人启迪人之论，意思是眼不是正确的就不看、耳不是正确的就不听，嘴不是正确的就不说，心不是正确的就不去思虑。劝导人在私欲面前不动邪念，人多势众也不会屈服，天下万物都不能动摇信念，做有德行、有操守的人。到那时天显现出它的光明，大地显现出它的广阔，君子的可贵则在于他德行的完美无缺。

既然思想政治工作的落脚点是人，就要针对职工的特点和思想实际，充分发挥思想政治工作效力，积极引导职工敬业爱岗，无私奉献。要进行正确的价值观培养和集体主义价值观的教育，增强职工的荣辱意识、风险意识和忧患意识。要坚持以人为本，要尊重人、信任人。不用官话训人，不拿大话唬人，不以假话骗人；要培养人、塑造人。立足教育引导，为职工提供学习、深造、发展、发挥聪明才智的机会；要关心人、帮助人。主动关心，办好实事，为职工提供宽松环境，发奋工作；要理解人、支持人。善解人意，真心支持，排难解忧，助人上进；要激励人、鼓舞人。理直气壮地宣传党的政策和主张，宣传理想信念，宣传他人长处，鼓舞人心，激励斗志；要管理人、规范人。敢抓敢管敢碰硬，用党纪国法规范人，用反面教材启发人，现身说法感召人。要在认识问题、分析问题、解决问题上寻求突破口，从单纯的说教式、注解式转化为符合心理规律的诱导式、解惑式。

劝导人不是改造人

"青，取之于蓝，而青于蓝；冰，水为之，而寒于水。故木受绳则直，金就砺则利。"古之哲言，虽然绕口，但不失其劝导之理数。

有人言思想政治工作可以改造人，我难以苟同，倒是生出许多联想。改造？猛虎，虎虎生威，改变不了食肉的本性，更确切地说猛虎永远也改造不成性情柔弱的绵羊。绵羊，性情柔弱，永远改变不了食草的本性，同样也改造不成虎虎生威的猛虎。铁，百炼能成钢，终不会成木。木，百炼成灰烬，绝对改造不成铁。史上"三顾茅庐"请诸葛亮，请的是军师，是镇国之宰相，不是冲锋陷阵的将军。歌唱家、画家、作家拜师成名，导师之功，在于发现，在于点播，而不是改造。朽木之材，焉能成栋梁之才？凡例种种，不胜枚举，足能说明非改造也。

"物类之起，必有所始。荣辱之来，必象其德。肉腐出虫，鱼枯生蠹。"这是自然法则。"登高而昭，臂非加长也，而见者远；顺风而呼，声非加疾也，而闻者彰。假舆马者，非利足也，而致千里；假舟楫者，非能水也，而绝江河。"劝导，也可以称为引导、疏导、激励和养成教育，还可以喻之为培养。就广西石化员工队伍而言，是高智商的人才队伍，绝大多数接受过高等教育、名师的教诲，他们缺少的是企业生产管理实践经验。他们如干柴、如黄金、如火箭、如战士，需要的不是改造，需要的是点燃，需要的是认知，需要的是助推，需要的是一声令下！

"着陆"，落脚点一定要准，且不可偏离跑道。让蛟龙入大海，让鲲鹏遨苍穹，让方方面面的人才在广西石化的舞台上都有角色，都能崭露头角，这也是我们领导干部责任之所在。

口才也是才

　　口才，有天赋成分，但也需要后天的刻苦训练。古今中外历史上一切口若悬河、能言善辩的演讲家、雄辩家，他们无一不是靠刻苦训练而获得成功的。

　　美国前总统林肯为了练口才，徒步三十英里，到一个法院去听律师们的辩护词，看他们如何论辩，如何做手势，他一边倾听，一边模仿。他听到那些云游八方的福音传教士挥舞手臂、声震长空的布道，回来后也学他们的样子。他曾对着树桩、成行的玉米练习口才。

　　日本前首相田中角荣，少年时曾患有口吃病，但他不被困难所吓倒。为了克服口吃，练就口才，他常常朗诵、慢读课文，为了准确发音，他对着镜子纠正嘴和舌根的部位，严肃认真，一丝不苟。

　　肖楚女在重庆国立第二女子师范教书时，除了认真备课外，他每天天刚亮就跑到学校后面的山上，找一处僻静的地方，把一面镜子挂在树枝上，对着镜子开始练演讲，从镜子中观察自己的表情和动作，经过这样地刻苦训练，他掌握了高超的演讲艺术，他的教学水平也有了很大提高。1926年，他年方三十，就在毛泽东同志主办的广州农民运动讲习所工作，他的演讲至今受到世人的推崇。

　　我国著名的数学家华罗庚，不仅有超群的数学才华，而且也是一位不可多得的"辩才"。他从小就注意培养自己的口才，学习普通话，他还背了唐诗四五百首，以此来锻炼自己的"口舌"。

　　这些名人与伟人为我们训练口才树立了榜样，我们要想练就一副过硬的口才，就必须像他们那样，一丝不苟，刻苦训练，正如华罗庚先生在总结练"口才"的体会时说的："勤能补拙是良训，一分辛苦一分才。"练口才不仅要刻苦，还要掌握一定的方法。科学的方法可以使你事半功倍，加速你口才的形成。当然，根据每个人的学识、环境、年龄等条件的不同，练口才的方法也会有所差异，但只要选择最适合自己的方法，加上持之以恒的刻苦训练，那么你就会在通向"口才家"的大道上迅速成长起来。

精神，成功者的动力源泉

几天前和几位文友从炼厂建设谈到竣工投产，不知不觉将话题挪到精神和物质的问题上，且擦出了不少思想的火花。

谈起精神和物质，不能不念起毛主席"物质可以变成精神，精神可以变成物质"的英明论断。还有那"人的正确思想是从哪里来的？是从天上掉下来的吗？不是。是自己头脑里固有的吗？不是。人的正确思想，只能从社会实践中来。"读来十分亲切，让人茅塞顿开。

孔子曾称赞他的弟子颜回说："一箪食，一瓢饮，在陋巷，人不堪其忧，回也不改其乐。"人可怕的不是物质的贫穷，而是精神的穷匮。精神富有者不计较金钱和利益得失，不为暂时的穷困所困惑，而是固守自己的精神家园，穷其一生追求自己的人生理想。精神贫困者即使腰缠万贯，整日山珍海味、美酒佳酿，也难以掩饰其心灵的空虚，也不可能找到真正的快乐。不去踏踏实实地做好本职工作，整日用抱怨来麻醉自己的心灵，只能是精神空虚的表现。

在我们的现实生活中，仍有的人慨叹自己生不逢时，得不到领导的赏识，不为世人所用，稍一经历工作和生活中的挫折，便把注意力专注于怨天尤人上，视本职工作为儿戏，发表一些自以为看破红尘的言论，或者公开与领导和同事们唱对台戏，不仅给工作带来巨大的损失，而且也影响了正常的人际关系。和谐社会的本质特征是"以人为本"，激励社会中的每一个人最大限度地发挥自己的聪明才智，促使他们"八仙过海、各显其能"。因此，问题的关键不在于你是否得到谁的赏识，而在于你是不是有真才实学，如果你学富五车，才高八斗，在单位某一领域有过人的才干，是一颗真正的"夜明珠"，你终究是不会被埋没的。英雄不是没有用武之地，千万吨炼厂是我们施展才华、体现人生价值的平台。要有所为，就得承受常人所不能受的煎熬，就得承受别人所不能忍的寂寞，就得比他人更多地付出。否则，把好端端的人好时光花费在叹息上，其结果必然是"竹篮打水一场空"。

有道是山涧的泉水经过一路曲折，才唱出一支美妙的歌。智者的梦再美，也不如愚人实干的脚印。不去耕耘，不去播种，再肥的沃土也长不出庄稼。不去奋斗，不去创造，再美的青春之花也结不出硕果。翘首盼来的春天属于大自然，用手织出的春天才属于自己。骏马是跑出来的、强兵是打出来的、过硬的员工队伍是锤炼出来的。不为个人得失而迷惑，不放弃一点机会，不停止一日努力。我们这个世界，从不会给一个伤心的落伍者颁发奖牌。没有激流就称不上勇进，没有山峰则谈不上攀登。山路曲折盘旋，但毕竟朝着顶峰延伸。只有登上山顶，才能独领风骚。只有创造，只有拼搏，才有充实的工作和生活。

一个具有强烈的使命感、做事目标清晰、方向明确的员工，无论在什么时候都把个人目标与团队目标紧密地联系在一起，我们坚信，企业的发展定与个人的前途成正比。决定一个人的成就不仅仅是技能，不仅仅是学历，而是精神，正是这种精神推动成功者最终到达胜利的彼岸。

石油是"黑金"还是"魔咒"

早在1991年，也就是以美国为首的多国部队发动海湾战争之后，我就拜读了挚友彭元正出版的《海湾国际大灭火》，给我留下记忆最深的就是海湾战争中凄惨场面的描写，大有动了"法老"的"金字塔"，就得遭遇"魔咒"的感觉。特别是科威特黎民百姓遭受战乱之苦，妇女哀鸣般的嘶喊："我咒死石油、我咒死石油！"以至于后来的伊拉克小孩受惊吓落下豆大泪珠和眼下的多国联军对利比亚发动空袭所带来的生灵涂炭，让我陷入了对"石油与战争"的深层次思考。

都是石油惹的祸

有人说，如果你控制了石油，你就控制了所有国家；如果你控制了粮食，你就控制了所有的人；如果你控制了货币，你就控制了整个世界。路人皆知的"9·11"事件，撞倒了一幢"世贸"，殃及的不仅仅是"池鱼"，还有伊拉克，也就是说此次幢楼成了打击伊拉克的导火索，更确切地说是掠夺石油的借口。其实，石油与战争结下不解之缘应该从1911年英国人首先把石油用于军舰燃料算起。特别是自二十世纪五十年代世界进入

"石油时代"以后，世界各国为了争夺石油资源而导致的冲突和战争层出不穷。1956年第二次中东战争起因是因为埃及总统纳赛尔决定从英国人的手里收回苏伊士运河而引发，其根源还在于石油。当时，英国等西欧国家经济对海湾石油严重依赖，而大部分石油都必须经苏伊士运河运输。1967年第三次中东战争爆发后，阿拉伯国家再一次拿起了"石油武器"。战争爆发后，伊拉克、科威特、沙特等国宣布对美石油禁运。可阿拉伯人这次输掉了战争，蕴藏丰富石油的西奈半岛被以色列占领。1973年第四次中东战争中，阿拉伯国家再次动用"石油武器"支援埃及、叙利亚等国。战争爆发不久，阿拉伯国家就一致决定立即实行石油减产计划，逐月减产5%。随后，阿拉伯国家纷纷对美实行石油禁运。从而导致了二战后最严重的全球经济危机。1980年，世界第三大产油国伊拉克和第五大产油国伊朗之间爆发长达八年的战争。伊拉克对与其接壤的伊朗胡齐斯坦省虎视眈眈，而该省的石油储量几乎占了伊朗石油储量的90%。战争期间，双方都竭力破坏对方的石油设施，轰炸产油基地。两个产油大国间的战争引起了世界石油市场的动荡和供应紧张，欧佩克油价一度从几美元涨至三十四美元一桶，从而酿成了第二次世界石油危机。还有近年来伊拉克入侵科威特并很快占领全境；1990年8月7日，美国军队开赴沙特阿拉伯；1991年1月17日，以美国为首的多国部队轰炸巴格达，引发海湾战争爆发和如今的多国联军轰炸利比亚，无一不是石油惹的祸。

是"魔咒"更是政治

石油是不可再生，且在一些领域是无法替代的重要能源，对保障国家经济和社会发展以及国防安全有着不可估量的作用。随着经济增长成为各国竞相追逐的目标，发展无限与资源有限之间的矛盾日趋尖锐，并逐渐成为制约许多国家可持续发展的战略性问题。石油作为现代工业的"血液"，不仅是一种商品，更是国家生存和发展不可或缺的战略资源。虽然石油不会很快枯竭，但是由于石油的超经济属性，导致各国对其趋之若鹜，美国甚至不惜发动战争来确保其能源安全。

因此，石油是黑金，是魔咒，更是政治。石油储量造就了一些原本荒芜的产油国战略地位，石油价格的波动也影响并改变整个世界。1980年的全球油价暴跌在前苏联解体的过程中起到重要作用，最近十年的价格暴涨又让俄罗斯重新崛起。在那些产油国家，石油价格越高，国王或政府就可以用丰厚的石油收入收买人心，缓解社会要求改革的压力。因此，一个享有石油财富的国家会削弱民主化，并且会放慢经济改革步伐，这就是"资源的诅咒"。而过去十年的油价暴涨，也让伊朗、委内瑞拉等产油国拥有了对抗美国的资本，并希望建立天然气组织制约美国。

人类之所以为了石油不惜诉诸武力，除了石油可以带来巨大的经济利益之外，石油资源的超经济性特征，其所具有的战略属性、资源的分布不均与消费市场相对集中、能源储量有限与能源消费需求不断上升、能源资源结构与能源消费结构不对称的矛盾加剧等等，都是导致为油而战的原因之所在。而石油与政治之间所形成的非常敏感的关系，更使得任何政治动荡都可能直接威胁到石油出口国与进口国的利益安全，后者国内的任何动荡，同样对国际政治和地缘政治产生着一系列的影响。于是，能源就是政治，政治为了能源的局面形成了。人类进入二十一世纪以后，能源的地缘政治特性被人为放大到极致。难怪有人把发生在二十一世纪的阿富汗战争和伊拉克战争称之为四分之一世界大战。看来，能源的威力并不亚于任何原子弹。

经济杠杆撬动世界经济

作为世界经济的"油库"，盛产石油的中东如今已成为国际局势最不稳定的地区之一。二十世纪七十年代的阿拉伯和以色列，八十年代的伊朗和伊拉克，九十年代的海湾战争，二十一世纪的美伊战争，多年的战乱让中东地区成为目前这个地球上最不安全的地方，还有如今的利比亚军事打击。然而，在硝烟弥漫的战争背后，明眼人很快发现其背后隐藏着一条线索，那就是石油的价格。第一次石油危机（1973—1974年）国际市场石油价格从每桶三美元涨到十二美元。第二次石油危机（1979—1980年）后，伊朗和伊拉克开战，使石油日产量锐减，国际石油市场价格也随之骤升，每桶石油价格从十四美元涨到了三十五美元。第三次石油危机（1990年）爆发了海湾战争，油价一路飞涨。三个月的时间石油价格开始涨得离谱，到2008年一路上扬到触目惊心的一百四十七美元。在这一戏剧般的暴涨过程中，国际石油赤裸裸地暴露出了它被幕后黑手人为投机操纵的斑斑劣迹。在中国的资本市场上，石油留给广大股民的伤痛至今未能抚平。"中国石油"从一出场四十八元人民币一路毫无眷恋头也不回地下跌到九块多钱。

战争让我们体会了一种暴力的残酷，然而，事实上，除了用鲜血生命和炮火去抵抗战争外，石油背后还隐藏着另外一场没有硝烟的战争。从某种角度来说，这场战争更加惊心动魄，意义更加重大。那就是经济战争，一场对资源的全球争夺的竞争。地球上的石油即将接近峰值，我们迟早会吸干地下最后一滴油，在这场与石油有关的战争中，每一次价格的涨和跌，通货的膨胀和缩紧，美元的贬值和升值，无不牵动着无数的利益各方。无论你准备好了没有，你都无法回避这场石油的博弈。